막막한

독서

안나 카레니나에서 버지니아 울프까지, 문학의 빛나는 장면들

막막한 독서

시로군 지음

북루덴스

＊본문 내 작품 인용은 별도의 표시가 없는 경우 저자가 번역한 것이다. 원문이 영어, 일본어인 경우에는 원서를 참고했고, 원문이 스페인어, 독일어, 러시아어인 경우에는 영역본을 참고했다.

＊작품 속 장면을 다루는 글의 특성상 인용이 많다. 가능하다면 인용에는 기존 한국어 번역본을 사용하고 싶었다. 처음부터 번역으로 접했고 글을 쓰면서 자주 들여다봐 외우다시피 한 대목들이기 때문이다. 하지만 저작권 문제로 대부분 새로 번역하였다. 단, 기존 번역의 문체와 표현을 살리고 싶은 경우엔 인용 허가를 받아 기존 번역을 사용하였음을 밝혀둔다.
세계문학은 곧 번역문학이란 말이 있는데, 얼마 안 되는 분량을 번역하면서도 번역자들에게 빚진 바가 많다는 사실을 새삼 깨달았다. 새로 번역한 경우에도 서술의 어조나 인물의 말투는 기존 번역본을 따른 경우가 많다.

＊직접 번역한 것이라 쪽수를 표기할 수 없었고 내용도 일치하지 않지만 책에서 인용 대목을 찾아보고 싶은 독자를 위해 가급적 인용 대목의 장章과 절絕을 표시해두었다.

＊글을 쓰며 참고한 판본들은 책 말미의 '참고 도서'에 명시하였다. '참고 도서'의 한국어 번역본들은 곧 추천 판본이기도 하다. 독서 모임에서 가끔 하는 말인데, 세계문학을 읽을 때 좋아하는 작품이라면 여러 번역본으로 읽어볼 필요가 있다. '필요'에 앞서 '재미'가 있다. 작품 전체 분위기가 다르게 다가오기도 하지만 전혀 예상치 못했던 대목에서 다름을 발견할 수도 있다.

＊본문 중간에 수록된 '번역에 대한 이야기'는 바로 그 다양한 번역본들에 대한 이야기이다. 판본별 번역 비교에만 그치지 않고 번역이라는 작업을 새롭게 볼 수 있는 관점을 담기 위해 노력했다.

프롤로그

펼쳐놓는 것으로 충분하다

이 책의 제목은 '막막한 독서'다. 이것은 독서 모임의 이름이기도 하지만 책 읽기에 대한 나의 가장 정직한 생각이기도 하다. 책읽기는 참 막막하다. 읽으면 읽을수록 어려운 게 책 읽기이고 문학 읽기는 더 그렇다. 이 정직함이 독서 모임과 이 책에 모은 글들의 출발점이 되었다.

오래 독서 모임을 진행해오면서 자연히 '책을 읽는다'는 말의 의미에 대해 생각해 보게 됐다. "나 이 책 읽었어"는 무슨 뜻일까? 모든 페이지의 모든 글자를 다 읽었다는 뜻일까? 내용을 완벽히 이해했다는 뜻일까? 모든 페이지를 다 읽긴 했지만 내용을 잘 이

해 못했다면 그 책은 '읽었다'고 할 수 있을까? 완벽하게 이해한
건 어떻게 증명할 수 있을까? 어려운 철학서 한 권을 완독하고 내
용도 잘 이해했다고 생각했는데 나중에 알고 보니 오역들로 가득
한 책인 경우는 어떨까? 책의 줄거리와 핵심을 요약할 수도 있고
이야기로 들려줄 수도 있는데 실제로는 책의 일부분만 읽은 경우
는 어떤가.

　세상에는 다양한 책이 있고 다양한 독자가 있다. 읽기의 방식도
모두 다르다.

　책은 꼭 읽어야 할까? 우리가 살아가는 데 책 읽기는 필요할까?
이 질문에 답하기는 쉽지 않다. 꼭 필요하다고 생각되는 순간이
있는가 하면, 그렇지 않은 순간도 있기 때문이다. 『안나 카레니나』
나 『죄와 벌』처럼 걸작이라 불리는 책을 몰입해서 읽고 나면 그
직후에는 감격에 겨워 '이 책만큼은 누구나 읽어야 해!'라고 생각
한다. 하지만 한 달쯤 지나면 그런 생각을 했다는 게 좀 민망해진
다.(감동했다는 사실을 아예 잊어버리기도 한다.) 인간은 시간 속의 존
재라 마음 상태가 금세 변하며, 많은 것들을 빨리 잊는다. 따지고
보면 삶에 꼭 필요한 건 사람마다 다 다르지 않은가. 내가 책을 읽
으며 느꼈던 재미와 감동을 누군가는 영화나 드라마, 만화책과 웹
툰을 통해 얻을 수도 있는 일이다. 자신의 감동을 한 발짝 물러서

바라보면 민망함이 찾아온다. 뒤이어 모든 게 불확실해진다. 오늘날 책을 읽는다는 건 이 민망함과 불확실함을 감당하는 일이기도 한 것 같다.

분명한 건 우리들 중 상당수가(특히 지금 이 글을 읽고 있는 여러분이라면 더더욱) 책을 읽어야 한다는 생각에 붙들려 있다는 거다. 그래서 바쁘다는 이유나 그 밖의 이런저런 이유로 책을 읽지 못할 때 어떤 죄책감 같은 걸 느낀다. 이와 같은 책 읽기에 대한 의무감, 죄책감이 자연적인 것인지, 아니면 어떤 사회적이고 정치적인 필요에 의해 오랜 세월에 걸쳐 조장된 것인지는 알 수 없다.

어쨌든 문학 독자로서 우리가 책 읽기에 대해 얼마간의 의무감과 (그것과 동전의 이면을 이루는) 죄책감을 갖고 있는 건 분명해 보인다. 그리하여 우리 모두는 눈앞에 책을 펴두고는 있지만 이미 혼이 나간, 말테의 가정교사와 같은 경험을 한 번쯤은 해 본 적이 있다.

가정교사는 내 옆에 앉아 의자를 약간 뒤로 빼고서 책을 읽고 있었다. 그녀는 책을 읽을 때면 넋이 나갔기 때문에 정말로 책을 보고 있었는지는 알 수 없었다. 그녀는 몇 시간이고 앉아서 책을 읽을 수 있었는데, 책장은 거의 넘기지 않았고, 그래서 나는 이런 인상을 받았다. 혹시 그녀가 보는 동안 책의 페이지가 점점 더 불어나는 것은 아닌가, 그녀에겐 필요하지만 책에는 쓰여 있지 않은 말들을 덧붙여 가면서 읽고 있는 것은 아닌가.

— 라이너 마리아 릴케, 『말테의 수기』

릴케는 어린 말테의 시점에서 가정교사의 책 읽는 모습을 관찰하고 묘사한다. 아니, 책을 읽는다기보다 책 페이지를 펼쳐놓고 멍을 때리는 모습이다. 프랑스의 비평가 롤랑 바르트 역시 책 읽기에 대해 이런 말을 한다. 사람들은 흔히 '책을 읽었다'고 말하는 대신 '책을 봤다'고 말한다는 것이다. 바르트는 이 같은 표현에 진실이 들어 있다고 본다.

통상 사람들은 극히 잘 다듬어진 완곡어법을 사용하고 있습니다. 그들은 어떤 책을 보았다고 말하죠. 그들은 그것을 읽지 않았습니다. 그들은 그것을 보았습니다. 〔…〕 나로서는 그것으로 충분하다고 단언할 수 있습니다.

— 롤랑 바르트, 『문학은 어디로 가고 있는가?』, 유기환 옮김, 강, 1998,
58쪽

그렇다. 우리는 대체로 책을 본다. 읽는 게 아니라 본다. 우리가 보는 건 책의 표지일 수도, 펼쳐진 페이지일 수도, 책장에 꽂힌(또

는 책상 위에 쌓인) 책들의 집합일 수도 있다. 롤랑 바르트는 "그것으로 충분하다"고 단언한다. 그 모든 게 독서 행위라는 것이다. 바르트는 진심일까? 자신은 많은 책을 읽었으면서 일반 독자들에겐 거짓 위안을 설파하고 있는 게 아닐까?

어쩌면 책이란 물끄러미 보면서 쓸데없는 생각을 하기 위해 존재하는 것인지도 모른다. 우리 눈 앞의 페이지는 머릿속 생각을 펼쳐놓는 일종의 화폭이나 스크린 같은 것이고 말이다. 릴케는 이 점을 잘 알고 있었기에 위와 같은 독서 장면을 묘사했으리라. 그리고 나쓰메 소세키도 이 점을 잘 알고 있었다.

> 산시로는 베이컨의 책 23쪽을 폈다. 다른 책도 읽을 수 없을 것 같다. 물론 베이컨도 읽을 기분이 들지 않는다. 그럼에도 산시로는 침착하게 23쪽을 펴고, 구석구석 빠짐없이 23쪽 전체를 훑어보고 있었다. 산시로는 23쪽을 펼쳐두고 어젯밤 일을 복기해볼 생각이다.
>
> ― 나쓰메 소세키, 『산시로』

많은 사람들이 책 앞에서는 엄숙한 태도로 집중해야 한다고 생각한다. 위대한 작가들이 전하는 핵심 메시지를 빨리 파악해야 한다고 생각한다. 세계문학의 고전으로 취급받는 책 앞에서는 더욱 그렇다. 가장 정신이 맑을 때 책상머리에 딱 각 잡고 앉아서 집중해서 읽어야할 책들이지 꾸벅꾸벅 졸거나 딴 생각을 하면서 읽을 책은 아니라는 것이다. 그러나 독서 시간을 정신이 맑을 때로 한정한다면, 우리가 읽을 수 있는(볼 수 있는) 책의 권수는 큰 폭으로 줄어들 것이다. 그리고 우리는 다음과 같은 사실을 기억해야 한다. 작가들도 항상 정신이 맑은 상태에서 글을 쓰는 건 아니라는 사실을.

도무지 읽히지 않는 책 앞에서 내가 택한 방법을 소개하면 다음과 같다. 그건 펼쳐진 페이지 앞에서 멍때리는 것이다. 릴케에게서 배운 독서 방법이다. 다르게 표현하면 이렇다. 펼쳐진 두 페이지 앞에서 오래 머물기.

물론 무작정 펼쳐두고만 있는 건 아니다. 책을 이리저리 뒤적이다가 관심을 끄는 내용이 나오면 그 대목을 본다. 삼사백 페이지 중에 몇 군데는 분명히 있다. 오! 꽤 흥미로운 대목이 있네. 아니면 이해는 잘 안 되지만 뭔가 있어보이는 멋진 표현이 확 다가올 때도 있다. 해당 대목을 인덱스로 표시해놓는다. 줄도 긋는다. 거기서부터 확장해서 그 주변을 읽어나간다. 그런 대목이 서너 군데 생기면 이제 처음부터 읽기 시작한다. 표시해 놓은 대목에 도달하길 기대하며. 거기까지 작가가 어떤 식으로 이야기를 이끌어갈지 기대하며.

한 글자도 빼먹지 않고 모조리 읽겠다고 마음먹고 달려드는 것
보다는 아침에 일어나 15분 정도 목적 없이 뒤적여 보는 것이 중
요하다. 책을 뒤적이다 만난 인상적인 대목은 나를 사로잡은 장
면, 내게 필요한 장면이다. 어떤 이유로든. 이유는 정말 다양하다.
그 이유를 생각해 보는 것도 책 읽기의 재미다. 책과(책을 쓴 저자
와) 나 사이에 공통점을 발견하는 일이기도 하다. 우리는 서로 비
슷한 문제로 고민했구나. 이런 식으로 독자는 책과 저자에게 친밀
함을 느끼게 된다.

　독서 모임을 진행해오면서 가장 좋았던 점은 수많은 감상들을
들을 수 있었다는 것이다. 그 감상들엔 항상 '내가 미처 살피지 못
한 디테일'과 '예상치 못한 관점'이 들어있었다. 막막한 독서 모임
에는 '인상적인 장면' 코너가 있다. 참가자 각자가 인상적으로 읽
은 대목을 나누는 순서다. 핵심적이거나 감동적인 장면뿐만 아니
라 사소하지만 웃겼던 장면, 궁금증이 일었던 장면을 나눈다. 서
로가 짚어주는 한 대목, 한 장면은 서로에게 책 읽기를 이어갈 동
력이 된다. '아 저분은 이 장면을 이렇게 읽었구나.' '아 이 장면은
이런 재미가 있구나.' 이 책에서 다룬 장면들 중 상당수는 그런 감
상 나누기를 통해 포착된 장면들이기도 하다.

　『말테의 수기』의 독서 장면으로 돌아가보자. 내게 이 장면이 인

상적이었던 이유는 책을 펼쳐놓고 넋이 나간 가정교사에게서 나 자신의 모습을 보았기 때문이지만, 그보다 더 중요한 이유는 릴케의 서술에서 일종의 위로와 응원을 느낄 수 있었기 때문이다. 마치 릴케가 내게 이렇게 말하는 것 같았다. "책을 읽는다는 건 본래 그런 것입니다. 읽으려고 펼치긴 하지만 저도 모르는 사이에 넋이 나가게 되지요."

물론 내가 릴케를 오독하고 나 좋을 대로 받아들인 건지도 모른다. 그러나 어쨌든 저 대목을 읽고 난 후 나는 책을 펴놓고 읽지 못했던 수많은 '멍때림의 순간들'을 자괴감이나 자책감과 연결하지 않을 수 있게 되었고, 무엇보다 (어차피 못 읽을 거라는) 두려움에서 벗어나 책을 펼쳐놓을 수 있게 되었다.

가정교사 독서 장면 말고도 『말테의 수기』 곳곳에서는 책 읽기의 어려움을 토로하는 대목을 발견할 수 있다. 예를 들어 릴케는 "나는 분명히 한 번도 올바른 독서가가 아니었다"라고 강조해서 쓴다. 릴케도 우리와 다르지 않았다. 그는 책 앞에서 우리가 발휘하는 능력과 집중력이 아니라 무능력과 주의산만에 주목한다. 그리고 거기서 출발한다.

책은 펼쳐두는 것으로 충분하다. 읽지 못해도 좋다. 문학 읽기는 매일 정해진 진도를 나가야 하는 학교 수업이 아니니까. 일단은 그게 내가 『말테의 수기』를 통해 얻은 교훈이다. 하지만 읽지 않아도 괜찮다고 해서 펼쳐두지조차 않으면 곤란하다. 가능한 한 자주 책을 펼쳐두도록 하자. 전혀 읽지 않고 멍하니 바라보고 있다가 다시 덮게 되더라도.

중요한 것은 책을 펼치고 덮는 이 과정을 계속해서 반복하는 것이다. "책에는 쓰여 있지 않지만 우리에게 필요한 무언가"를 읽는 일은 바로 그러한 반복, 일견 무익해 보이는 반복을 통해 비로소 가능해질 테니 말이다. 이 책에 소개된 이야기들이 여러분에게 그런 가능성을 열어주면 좋겠다.

차례

셋째 장. 읽는 습관

이야기의 가능성 : 발견

시대와 개인 : 인식

넷째 장. 읽는 행복

읽는다는 것 : 의미

첫 장. ————————————————————

읽는 용기

고전에 익숙해지기

———

인내

진실되고 단호한 박치기
:『돈키호테』 미겔 데 세르반테스

"정 박치기를 하셔야겠다면 어떤 식으로 박치기를 하실 건지 잘 좀 생각해 보셨으면 합니다. 〔…〕 어차피 흉내 내느라 꾸며서 엉터리로 하는 일 아닙니까요. 그렇다면 물이나 솜같이 부드러운 것에다 박치기를 하는 것으로 만족해하시는 편이 좋을 것 같습니다. 뒷일은 제게 맡기세요. 제가 둘시네아 공주님께 주인님이 다이아몬드 모서리보다 더 단단한 바위 모서리에 박치기를 하셨다고 말씀드릴 테니까요."

"네 뜻은 고맙구나, 산초야. 그러나 내가 하는 이 모든 일이 엉터리 속임수가 아니라 매우 진실한 것임을 자네가 알아주었으면 하네. [⋯] 나의 박치기는 진실되고 단호하고 효력 있는 것이어야 하며 허황되거나 몽환적이어서는 안 되는 것이네."

ㅡ『돈키호테 1』3부 25장

모험 소설?

『돈키호테』(1605)는 수수께끼 같은 소설이다. 실은 이 작품을 '소설'이라 부르는 것도 간단치 않은 일이다. 소설 태동기에 쓰여진 소설, 즉 소설이란 장르와 형식이 아직 확실히 갖춰지지 않은 시기에 쓰인 작품이기 때문이다. 우선 작품의 위상 자체가 모호하다. 작가 세르반테스Miguel de Cervantes Saavedra, 1547-1616는 서문에서, 자신이 이 작품을 쓴 게 아니라 시장에서 우연히 구한 아라비아 역사가의 책(의 스페인어 번역본)을 보고 베낀 것이라 주장한다. 내용도 종잡을 수 없다. 돈키호테의 모험이 주를 이루는 줄 알았더니 다른 이야기들이 끼어든다. 2부의 카리스마 넘치는 산양치기 여인 마르셀라 이야기, 3부의 사랑에 배신당해 미쳐버린 청년 카르데니오 이야기 등이 대표적인데, 이렇게 삼천포로 빠지는 경향은 뒤로 갈수록 한층 심화된다.● 소설 내적으로는 주인공의 행동 동기가 모호하다. 철 지난 기사도騎士道 이상에 사로잡힌 시골 귀

● 　　『돈키호테』1권은 모두 4부로 이뤄져 있다.

족의 모험이라고 일단 정리할 수 있겠지만, 돈키호테의 광기를 어떻게 바라봐야 할지의 문제가 그리 단순하지 않다.

물론 돈키호테의 황당한 모험들을 따라가는 재미도 만만치 않다. 『돈키호테』에서는 아무도 시키지 않았는데 사서 하는 고생들이 펼쳐진다. 여관 사람들에게 담요 키질을 당하기도 하고, 양 떼를 군대로 착각하고 공격했다가 양치기들에게 돌팔매질을 당하기도 한다. 한밤중의 쿵쿵 소리를 거인의 발소리로 착각하여 겁에 질리는데 나중에 알고 보니 빨래방아 소리여서 민망해하기도 한다. 돈키호테는 몇 번의 승리를 거두기도 한다. 흰옷을 입은 신부들에게 승리를 거둬 식량을 얻으며, 이발사를 공격해서 (돈키호테의 대표 아이템인) '맘브리노의 투구'를 얻는다(실은 놋쇠 대야지만). 호송되는 죄수들을 교도관들로부터 해방시키기도 하는데, 엉뚱한 요구를 했다가 결국 자신이 풀어 준 죄수들에게 폭행을 당하고 만다.

숱한 모험 중에서 가장 널리 알려진 장면은 바로 풍차와 싸우는 장면이다. 사실 이 대목에 관한 서술은 그리 길지 않은데 왠지 『돈키호테』를 대표하는 이미지가 되었다. 풍차 돌진 장면은 캐릭터 특징을 압축적으로 보여주는 장면이기는 하다. 돈키호테는 뭔가를 계속 악당이나 괴물로 오인하고 괴물을 퇴치하겠다며 막무가내로 돌진한다. 그러나 현실에 괴물은 없기 때문에 그가 실제로 저지르는 일은 기물 파손이거나 애꿎은 사람 때리기다. 그가 이렇게 악당과 괴물 퇴치에 몰두하는 이유는 '공훈'을 세워 '기사'가 되기 위해서다. 그러나 악당도, 괴물도, 기사도, 기사의 공훈을 인정해 줄 권위도, 공주와의 로맨스도 책 속에만 존재할 뿐 현실에는 없다. 돈키호테는 책(기사 소설)을 너무 많이 읽은 나머지 책 속에 빠져 현실 감각을 잃어버린 사람이다. 즉 책 때문에 미친 사람이다.

광기를 연기하는 돈키호테

그렇다면 돈키호테는 그저 미친 사람인가. 그리고 그가 책 때문에 미쳤다고 한다면 독서는 위험한 것인가. 이런 질문을 품고, 돈키호테의 광기와 관련하여 생각해 볼 만한 묘한 장면이 있다. 돈키호테가 광기를 연기하는 대목으로 이 사건이 일어나는 배경을 따라 '시에라 모레나 산 장면'이라 불리기도 한다.

일련의 모험 끝에(실은 민폐 행각 끝에) 시에라 모레나 산으로 들어간 돈키호테는 책 속 기사들의 고행을 본받아야겠다며 고행의 일환으로 바위에다 박치기를 하겠다고 한다. 그러면서 산초에게 자신이 어떻게 박치기를 하는지 잘 지켜본 후, 둘시네아 공주에게 가서 "네가 본 것을 잘 전달하라"라고 말한다. 산초는 본 것으로 하고 잘 전달할 테니 박치기를 한 셈 치자고 한다. 그래도 돈키호테가 박치기를 하겠다고 고집을 부리자 산초는 어차피 책 속 기사들의 고행을 흉내 내는 것이라면 단단한 돌에다 하는 것보다 물이나 솜 같은 부드러운 데 하는 게 어떻겠냐고 제안한다. 이에 돈키호테는 "내가 하는 이 모든 일이 속임수가 아니라 매우 진실한 것임을 알아주었으면 한다"면서 자기가 하는 박치기는 "진실되고 단호하고 효력 있는 것이어야 하며 허황되거나 몽환적이어서는 안 되는 것"이라 말한다.

이게 대체 무슨 소린가. 돈키호테는 미쳐도 단단히 미친 사람이구나 싶지만, 소설 내내 돈키호테가 보이는 진지한 태도 때문에 독자는 저도 모르게 다음과 같은 생각을 하게 되기도 한다. 아 그렇구나, 이 세상에는 매우 진실되고 단호하며 효력 있는 박치기 같은 게 존재하는구나. 그것은 속임수로 하는 박치기, 허황되고 몽환적인 박치기 하고는 완전히 다른 것이구나.

돈키호테가 광기를 연기하는 이 대목은 읽을 때마다 여러 묘한 생각이 든다. 일단 이 대목은 "돈키호테가 정말 미친 사람일까?"를 되묻게 한다. 풍차에 막무가내로 돌진하는 등의 모습을 보면 돈키호테는 제정신이 아닌 게 맞다. 하지만 이미 미친 사람이 미친 짓을 '연기'한다는 게 가능할까? 왜냐하면 연기란 의식적이고 의도적인 행동이기 때문이다. 이 점에서 돈키호테의 광기는 완전히 분별력을 잃은 광인의 미친 짓과는 다르다. 예를 들어, 시에라 모레나 고행 장면 직전 에피소드에 나오는 인물인 카르데니오는 자신이 미쳤을 때 무슨 짓을 했는지 전혀 기억하지 못한다. 반면 돈키호테는 자신이 미친 짓을 하겠다는 것을 분명히 인식하고 있으며,

19세기 프랑스 판화가 오노레 도미에가 그린 돈키호테 삽화

산초에게 이제부터 미친 짓을 할테니 잘 봐달라고 한다.

한편 이런 문제도 생각해 볼 수 있다. '단순한 흉내'와 '진심 어린 행동'을 명확히 구분하는 것은 과연 가능할까? 실은 우리가 하는 행동들 대부분이 어떤 흉내나 연기로 이루어져 있는 건 아닐까? 돈키호테가 책 속 기사들을 흉내 내듯 우리 역시 우리 머릿속에 롤모델로 자리 잡은 어떤 인물을 모방하고 흉내 내며 살아가는 게 아닐까? 그런 흉내 내기가 어색하지 않고 자연스러운 것으로 남들에게 비치면(적어도 스스로에게 자연스러운 것이라 납득된다면) 그게 곧 진심 어린 행동과 같아지는 게 아닐까?

시에나 모레나에서의 박치기 같은 대목들을 통해 『돈키호테』는 속임수와 진실, 환상과 현실, 광기와 제정신의 경계를 무너뜨린다. 간단히 말해 『돈키호테』는 애매모호함에 관한 소설, 애매모호함을 만들어내는 소설이다. 돈키호테를 그린 그림들이 공통적으로 표현하는 것도 바로 이 '애매모호함'이다.

교묘한 속임수나 허황된 것이 아닌, 진실한 박치기

진실되고 단호한 박치기 장면은 이 시기 글쓰기의 양상을 비유적으로 언급한 대목으로도 이해해 볼 수 있다. 여기서 돈키호테가 하는 말들, "내가 하는 이 모든 일이 속임수가 아니라 매우 진실한 것임을 알아주었으면 한다"라든지, 자기가 하는 박치기가 "진실되고 효력 있는 것이어야 하며 허황되거나 몽환적이어서는 안 되는 것"이라 응수하는 것 등은 이 당시 소설이 '허황된 거짓말'이나 '교묘한 속임수'로 받아들여진 것을 감안하면 의미심장하게 들린다. 어찌 보면 세르반테스는 허황된 거짓말, 속임수로 여겨지던 소설(픽션) 속에 진실을 담아내려 시도한 최초의 인물이 아니었을까.

아닌 게 아니라 『돈키호테』는 소설의 효시라 평가되기도 한다. 시대적 맥락을 구체적으로 들여다보면 이 시기(16세기 말-17세기 초)는 근대적 의미의 소설이 아직 존재하지 않았던 시기다. '소설'이란 단어는 시정잡배들의 황당무계하고 비현실적인 이야기, 유치한 사랑 이야기를 가리키는 용어였다. 소설은 거짓말, 농담, 속임수와 동의어였고 진지하고 현실성 있는 이야기는 '역사'라 불렸다.[•]

『돈키호테』를 읽다 보면 (세르반테스에 해당하는) 서술자가 자꾸 등장해서 자기가 하는 이야기는 모두 '진실된 역사'라 강조하곤 한다. 이 말은 독자들에게 이 책을 비현실적이고 황당무계한 이야기(소설)가 아닌 진지하고 진실한 이야기(역사)로 읽어달라는 당부다. 물론 『돈키호테』는 사실에 기반한 역사서가 전혀 아니며 꾸

[•] 물론 역사를 다룬 책들도 지금처럼 역사적 사건을 객관적 시각으로 다룬 건 아니었고, 교훈을 명확히 전달하기 위해 또는 독자의 이해를 돕거나 재미를 위해 중간 중간에 널리 알려진 신화나 우화, 지어낸 이야기를 포함시켰다. 그래서 많은 작가가 자기 작품을 '문학적인 역사'라고 부르기도 했다. 이때 '문학적인'에서 '문학'은 그리스 로마 시대의 고전을 말한다. 당시의 글쓰기에서는 고전적 규범을 지키는 게 중요했다. 말하자면 이 시기 글 대부분은 고전이라는 규범적 틀에 맞춰진 것들이었다는 얘기다. 이러면 당연히 (틀에 맞추기 위해) 왜곡이 생길 수밖에 없고 사건을 바라보고 해석하는 시각 또한 제한적일 수밖에 없다.

며낸 이야기인 게 맞다.(게다가 내용도 황당무계하다.) 그렇다면 세르반테스는 말도 안 되는 억지를 부리고 있는 것일까? 그보다는 진실한 이야기를 다룬다며 뽐내고 있던 당시의 역사책들에 대한 비판으로 보는 게 맞을 것 같다. 또한 꾸며낸 허황된 이야기들이라 여겨지고 있는 소설이지만, 그런 소설에도 얼마든지 사실성과 진실성을 담아낼 수 있다는 의도의 표현으로 볼 수 있다. 실제로 오늘날 소설을 교묘한 거짓말, 허황된 글쓰기로만 보는 사람은 거의 없다. 오히려 오늘날 소설(문학)은 다른 어떤 형식의 글쓰기보다도 삶의 진실, 세상의 진실, 관계의 진실을 표현할 수 있는 글쓰기로 여겨지는데, 소설이 그런 것으로 발전해 가는 흐름의 맨 처음 지점에 세르반테스의 『돈키호테』가 놓여 있다고 할 수 있다.

『돈키호테』가 쓰여진 시기에 '소설'(허구, 픽션)과 '역사'가 어떤 글쓰기를 의미했는지 설명했는데, 이와 관련 흥미롭게 다가오는 대목이 있다. 앞서 『돈키호테』는 이야기가 삼천포로 빠지는 경향이 있고 후반으로 갈수록 그 경향이 심해진다고 언급했는데, 1권 후반부를 보면 돈키호테와 산초가 묵고 있는 여관에 하나둘 새로운 사람들이 등장해 자기 사연을 이야기하기도 하고 자신이 알게 된 재밌는 이야기를 들려주기도 한다. 그중 분량적으로도 상당하며 내용 또한 인상적인 이야기가 둘 있는데, 하나는 '무모한 호기심에 관한 이야기'(1권, 33-35장)이며, 다른 하나는 '포로와 무어 여인의 이야기'(1권 39-41장)이다.

'무모한 호기심에 관한 이야기'는 책 속 이야기이다. 돈키호테의 마을 친구인 신부와 이발사가 돈키호테를 찾아 나서고 시에라 모레나에서 고행 중인 그를 발견, 집으로 데려가는 중에 여관에 묵게 된다. 그런데 여관 주인도 기사 소설을 좋아해서 자신이 소장하고 있는 소설들을 가져와 보여주는데, 기사 소설에 대한 입장이 달라 신부와 말다툼이 벌어진다. 신부는 소설이란 기본적으로 꾸며낸 허구이며, 소설의 기능은 단지 즐거움이나 가벼운 기분 전환에만 있기에 그것을 현실과 착각해서 너무 진지하게 받아들여서는 안 된다고 말한다. 그러나 여관 주인은 이 책들이 다 왕실의 인가를 받아 인쇄된 것이므로 책 속의 영웅담이나 마법이 거짓말일 리 없으며 자신은 사실이라 믿는다고(그 진실성을 믿는다고) 반박한다. 일종의 문학 논쟁이 펼쳐진 셈이다.

그러나 말다툼도 잠시, 굉장히 흥미로워 보이는 책이 한 권 발견되자 모두의 관심은 책에 집중된다. 이 책이 '무모한 호기심에 관한 이야기'다. 모두가 이야기를 듣기 원하는 분위기 속에서 신부가 책을 낭독하기 시작한다. 내용은 이탈리아 피렌체를 배경으로 펼쳐지는 두 친구 안셀모와 로타리오, 그리고 안셀모의 정숙한 아내 카밀라의 이야기다. 일단은 안셀모의 무모한 호기심 때문에 모두가 불행해지는 이야기라고 요약할 수 있다. 호기심이 강한 안셀모는 절친 로타리오를 통해 아내 카밀라의 정숙함을 시험하고자 한다. 이에 로타리오는 부부간의 신의와 친구 사이의 우정을 시험에 들게 할 수 없다며, 그런 시험을 해봤자 이익이 되는 게 아무것도 없을 거라고 안셀모를 설득한다. 로타리오의 논변은 거의 완벽하다. 하지만 안셀모의 반론도 만만치 않다. 안셀모는 호기심을 충족하는 데서 오는 즐거움을 내세운다. 자신의 호기심이 병적이라는 것은 잘 알지만, 이것을 고치기 위해서라도 어떻게든 시험을 해보는 수밖에 없다는 것이다.

로타리오는 합리적인 사고를 하는 인물을 대변한다. 단지 호기심 때문에 부부 사이의 믿음, 그리고 친구 간의 믿음을 시험에 들게 하는 것은 아무런 이익이 없다는 것이다. 그렇다면 안셀모가 대변하는 건 무엇일까? 안셀모의 호기심은 무분별한 것이고 결과적으로 모두를 불행에 빠뜨리는 것이지만, 그렇다고 해서 그의 호기심을 비정상적인 것이라며 부정할 수는 없을 것 같다. 안셀모의 호기심은 곧 인간의 자기 자신의 본성에 대한 끝없는 탐구심을 상징한다고도 할 수 있기 때문이다. 인간은 과연 믿을 수 있는 존재일까? 가장 정숙한 아내와 가장 신실한 친구라 하더라도? 이런 호기심(의심)을 푸는 게 아무 도움이 안 된다 하더라도 그걸 쉽게 거둘 수 있을까? 안셀모는 예상되는 파국에도 불구하고 자신의 호기심을 끝까지 밀어붙이는 인물이다.

이 이야기에서 또 한 가지 흥미로운 요소는 선의의 거짓말이 파장을 일으켜 비극적 결말에 이르게 된다는 것이다. 처음에 선의로 거짓말을 하는 건 로타리오다. 그는 실제로는 카밀라에게 말 한마디 걸지 않았으면서 유혹을 했다고 안셀모에게 거짓말을 한다. 나중에는 안셀모가 몰래 엿보고 있는 것을 눈치채고 어쩔 수 없이 카밀라와 함께 짜고서(친구의 아내를 유혹하는) 혼신의 연기를 펼친다. 그런데 이때 이런 표현이 나온다.

> 그 둘[로타리오와 카밀라]은 속임수를 진실 이상으로 만들고 있었다.

> 그 인물들이 매우 기이하고도 효과적으로 연기를 하고 있었으므로 그들의 속임수는 어느새 진실 자체가 되어 있었다.

혼신의 연기를 본 안셀모는 깜박 속아 넘어가고, 아내가 자신을 배신하지 않은 것에 또 자신의 호기심이 충족된 것에 만족한다. 하지만 이 이야기는 거기서 끝나지 않는다. 로타리오와 카밀라가 펼친 혼신의 연기가 어느새 진심으로 이어져, 둘이 정말로 사랑하게 되어 버린 것이다. 거짓 연기이고 속임수였지만 어느 순간 진실 이상의 것이 되어버린 셈이다. 그 결과 이야기 속 세 인물은 모두 비극적 결말을 맞게 된다.

이런 이야기를 소설 중간에 삽입한 세르반테스의 의도는 뭘까? 사실 이는 『돈키호테』를 읽다 가장 궁금한 점이기도 했다. 이야기 자체는 너무 흥미롭지만, 주인공인 돈키호테와 산초와는 아무 관련이 없는 이야기이기 때문이다(심지어 이 이야기를 낭독할 때 돈키호테는 자고 있어서 이야기를 듣지조차 못해 어떤 감상이나 의견을 내지도 못한다). 세르반테스가 '무모한 호기심에 관한 이야기'를 넣은 정확한 의도는 알 수 없지만, 한 가지 짚어볼 수 있는 건 이 이야기가 신부와 이발사가 돈키호테를 집으로 데려가기 위해 변장을 하고 연기를 펼친 직후의 시점에 등장한다는 점이다. 그러니까 본인들이 읽은 책 속 상황과 실제로 벌어지고 있는 현실의 상황이 딱 겹쳐지는 것이다. 그들도 지금 돈키호테의 귀환을 위해 선의의 거짓말을 하는 셈이기 때문이다.●

좀 더 큰 틀에서 의미를 짚어볼 수도 있다. 이는 '무모한 호기심에 관한 이야기' 바로 뒤에 나오는 '포로와 무어 여인의 이야기'와의 비교를 통해 가능하다.

'포로와 무어 여인의 이야기'도 여관에 새로운 일행이 도착하면서 시작된다. 이번에 찾아온 손님은 남자 한 명과 아름다운 무어 여인이다. 남자는 '루이 페레스 데 비에드라'라는 군인으로 군 복무 중 알제리 해적왕에게 붙잡혀 터키에서 포로 생활을 하다 탈출

●   그리고 여기서 한 겹 더 바깥의 관점에서 보면 돈키호테가 기사 소설이라는 허구를 진실로 믿고 있는 것, 그가 시에라 모레나에서 행한 고행들도 모두 '거짓, 속임수, 혼신의 연기가 어느 순간 진실 이상이 됨'이라는 주제와 관련이 있다.

한 사람이다. 무어 여인은 '렐라 소라이다'라는 이름으로, 기독교로 개종하여 기독교 국가에서 살고자 남자의 탈출을 도운 여성이다. 이들까지 포함해서 모두가 모인 식사 시간에 돈키호테가 '문과 무'에 대해 일장 연설을 한다.

하지만 사람들이 진짜 관심을 두는 건 포로와 무어 여인의 사연이다. 포로는 사람들에게 이야기를 들려주기 시작하는데 그의 이야기는 '진짜 전쟁 이야기'이다. 역사 속 실제 전쟁을 배경으로 하는 이야기란 점에서 꾸며낸 이야기와는 위상이 다르다. 39장에서는 당시 스페인과 터키(오스만 튀르크 제국) 사이에 일어났던 전쟁 이야기가 배경 설명으로서 상세히 서술된다. 그런데 이 대목은 유럽사(스페인사)를 잘 모르는 독자에게는―대부분 잘 모를 텐데―무척 지루하게 여겨질 것이다.(실제로 독서 모임에서 『돈키호테』 1권 전체에서 가장 지루한 대목이란 감상도 있었고, 그 감상에 나도 동의한다.) 이어지는 포로의 이야기도 전쟁 중에 터키군에 포로로 잡혔다가 우연히 기독교 신앙을 가진 무어 여인을 만나 기적적으로 탈출했다는 것이 기본적 줄거리인데, 환상적, 모험적 색채가 강해 그리 재밌게 읽히지는 않는다.

짚고 넘어갈 점은 첫 이야기인 '무모한 호기심 이야기'와 두 번째 이야기 '포로와 무어 여인의 이야기'가 여러모로 대비가 된다는 것이다. 일단 이야기의 위상이 대비된다. 하나는 '소설 속 이야기(허구=꾸며낸 이야기)'로서 들려지고, 다른 하나는 '실제 경험담

(역사=진실)'으로서 들려진다. 호기심 이야기를 다 읽고 난 후에 신부가 짧게 코멘트를 하는 대목이 있다. 이야기는 재밌지만 사실은 아닐 거라고. 그리고 이 이야기가 꾸며낸 이야기라면 작가가 잘못 쓴 거라고. 안셀모처럼 그렇게 어리석은 남편이 현실에 있을 리 없다는 게 신부의 주장이다. 즉 인물의 사실성, 개연성이 너무 떨어진다는 것이다. 한편, '포로와 무어 여인의 이야기'의 경우에는 시작 전에 화자(포로)가 이런 멘트를 한다. "그럼, 여러분, 잘 들어 주십시오. 기묘하고 계획적인 속임수가 만들어내곤 하는 거짓 이야기들은 따라갈 수 없는 진짜 이야기를 들으실 겁니다." 이렇게 두 이야기는 '꾸며낸 이야기(소설) vs. 진짜 이야기(역사)'라는 대립 구도 속에서 제시된다.

그런데 막상 읽어보면 '무모한 호기심 이야기'가 캐릭터가 훨씬 입체적이며, 심리 묘사의 리얼리티가 풍부하다. 반면 '포로와 무어 여인의 이야기'는 역사적 사실이라지만 낯선 이국을 배경으로 펼쳐지는 환상적 모험 이야기 같고 캐릭터도 평면적이다(일례로 선악 구분이 뚜렷하다). 앞서 구분에 따르면 '무모한 호기심 이야기'는 꾸며낸 이야기(픽션)이고, '포로와 무어 여인의 이야기'는 진짜 있었던 전쟁이 배경인 역사 논픽션이지만, 좀 더 개연성과 단단한 심리적 리얼리티를 갖춘 것은 전자다. 후자는 실제 전쟁을 배경으로 깔고 있음에도 정작 이야기 자체는 허황되고 과장되게 읽힌다. 즉 세르반테스는 꾸며낸 이야기가 더 진실되게 느껴지고, 실제 경

험에 기초했다는 역사가 오히려 꾸며낸 이야기처럼 느껴지게 써
놓았다.* 말하자면 두 이야기의 위상을 뒤집어놓고 있는 것이다.
그럼으로써 세르반테스는 꾸며낸 이야기—즉, 소설—에 오히려
심오한 진실이 깃들 수 있다는 가능성을 열어놓은 셈이다.

■ 『돈키호테』에 관한 몇 가지 사실들

1) 세르반테스는 셰익스피어와 같은 날(1616년 4월 23일) 죽었
다. 1995년, 유네스코에서는 이날을 '세계 책의 날'로 지정했다.

2) 『돈키호테』에서 가장 널리 알려진 장면은 풍차와 싸우는 장
면인데, 실제로 이 대목에 대한 서술은 그리 길지 않다. 그보다
는 산초가 당한 '담요 키질'이 여러 번 반복해서 언급된다.

3) 돈키호테는 행동가형, 햄릿은 사색가형 인물로 대비되곤 한
다. 이 대비를 처음으로 한 사람은 러시아 작가 투르게네프다.
하지만 실제로 돈키호테는 대단히 사색적이고 아는 것이 많은
인물이다. 무엇보다 말이 굉장히 많고 말을 꽤 잘한다. 말로는
그를 이길 수 없다. 틈만 나면 설교나 자기 자랑을 늘어놓는 직

● '포로와 무어 여인의 이야기'는 작가 세르반테스의 실제 체험(그는 무적함대 소속 군
인으로 활약하다 알제리 해적들에게 포로로 잡혔다 탈출한 적이 있다)과 연관되는 것이
기도 하다. 좀 더 나아가면, 세르반테스는 당시 전쟁 이야기가 겉으로만 진짜 체험
(사실)에 기반한 이야기임을 내세울 뿐, 내용을 보면 환상적, 모험적 색채를 띠고 다
들 비슷한 방식으로 창작된 경향을 풍자하고 있다고 볼 수도 있다.

장 상사 같은 느낌도 있지만, 차이가 있다면 돈키호테의 말은 논리적이고 비유나 예시도 풍부하다는 것이다. 물론 그보다 더 결정적인 차이는 산초의 리액션이다. 산초는 계속 딴지를 걸고, 예상치 못한 질문들을 던짐으로써 돈키호테의 말이 일방적인 설교가 아니라 양방향적인 대화가 되게 만든다.

■ 번역에 관한 이야기

박치기를 수식하는 어휘들은 번역본마다 다른데 "진실되고 단호하고 효력 있는"은 시공사 판본의 번역이고, 문예출판사에서는 같은 대목을 "정직하고 확실하고 유효한"으로 번역했다. 스페인어를 알지 못해 원문을 참조할 수는 없었지만, 아쉬운 대로 영문판을 살펴본 내용을 공유하면 다음과 같다.

"허황되거나 몽환적인"(문예출판사 판본에서의 번역은 "알쏭달쏭하고 얼버무리는")의 영어 표현은 어떤지도 확인해 볼 수 있다.

"[...] so my knocks on the head must be real, solid, and valid, without anything sophisticated or fanciful about them," (trans. John Ormsby, 2012)

"So my blows on the head must be real, firm and effective, with no element of the sophistical or the fantastic about them." (trans. John Rutherford, 2003)

이렇게 여러 판본의 번역을 소개한 것은 다음의 이유에서다. 먼저, 우연히 본 어떤 판본의 번역—특히 특정 어휘의 선택—이 작품에 대한 느낌을 좌우하는 경우가 있기 때문이다. 가령 내 경우 "정직하고 확실한 박치기"를 먼저 봤다면 이 글을 쓸 생각을 못했을 것이다. 내게는 "진실되고 단호한 박치기"가 훨씬 더 흥미롭게 다가왔고 또 돈키호테와도 어울리게 느껴졌기 때문이다. 물론 이는 주관적 느낌이기에 독자마다 다를 수 있다. 또 다른 이유는, 번역본마다 서로 다르게 택한 어휘의 의미와 뉘앙스를 찬찬히 곱씹어 보면서 독자 입장에서 어떤 게 더 공감이 되는지, 해당 대목을 다르게 옮기고 싶다면 어떻게 옮길지 생각해 보는 것도 문학 읽기의 큰 즐거움이기 때문이다(이는 잘 알고 있다고 생각한 한국어 어휘를 음미해 보는 일이기도 하다). 이 즐거움을 공유하고 싶었다.

안나를 대표하는 두 단어, simple과 spirit
:『안나 카레니나』레프 톨스토이

[안나의] 자신의 상황에 대한 이 솔직하고 깔끔한 태도는 몹시 골리니쉬체프의 마음에 들었다. 안나의 마음씨 착하고 쾌활하며 정력적인 모습을 보고 있노라니, 알렉세이 알렉산드로비치[안나의 남편 카레닌을 말함]도 브론스키도 알고 있던 골리니쉬체프로서는 그녀라는 사람을 완전히 알 수 있을 것 같은 느낌이 들었다. 그녀 자신도 전혀 모르고 있는 것, 말하자면 남편을 불행하게 하고 그와 아들을 버리고 명예고 뭐고 다 잃었으면서도 어떻게 이토록 발랄하고 쾌활하고 행복한 기분으로 지낼 수 있는지를 그는 알 수 있을 것 같았다.

-『안나 카레니나 2』, 박형규 옮김, 문학동네, 2012, 438쪽

세계문학사상 가장 매력적인 여주인공

"세계문학사상 가장 매력적인 여주인공, 안나 카레니나". 출판
사나 영화사 홍보문구 같지만, 여기에는 나름의 근거가 있다. 『롤
리타』로 유명한 작가 블라디미르 나보코프는 미국으로 망명 후
여러 대학에서 러시아 문학 강의를 했다. 나중에 그 강의록은 책
으로 엮였고 한국에도 번역 출간되었는데,* 눈길을 끄는 건 꽤 두
꺼운 책의 4분의 1가량이 『안나 카레니나』 한 작품에 할애되어 있
다는 것이다. 그러면서 나보코프는 『안나 카레니나』가 얼마나 위
대하고 완벽한 소설인지 칭찬을 늘어놓는다. '러시아 문학 강의'
가 아니라 『안나 카레니나』 홍보 글처럼 여겨질 정도다.

『안나 카레니나』(1877)는 과연 위대한 소설일까? 그렇다고 할
수 있는 근거는 뭘까? 도스토예프스키, 토마스 만, 고리키, 김영하
등 내로라하는 작가들이 이 작품에 최고의 찬사를 보낸 바 있다.
뿐만 아니라 종종 '세계문학 작품 1위'라고도 소개된다. 문학에 성
적을 매기는 것 같아 불편하기도 하지만 한국 독자들에게는 은
근히 어필했을 이 소개에는, 놀랍게도 꽤 그럴듯한 근거가 있다.
2007년 《뉴욕 타임즈The New York Times》에서 영어권 현역 작가 125

●　　블라디미르 나보코프, 『나보코프의 러시아 문학 강의』, 이혜승 옮김, 을유문화사,
2012

명을 대상으로 가장 좋아하는 작품을 10편씩 꼽아달라는 설문 조
사를 했는데, 이때 가장 많은 지지를 얻어 1위로 꼽힌 작품이 『안
나 카레니나』였다.●

　위 두 사실을 종합하면, 『안나 카레니나』를 읽는다는 것은 '세
계 최고의 작품'에서 '세계문학사상 가장 매력적인 여주인공'을
만나는 게 된다. 이렇게 해서 책장에 두꺼운 책 3권이 쌓인다.(그
래, 일단 사두자!) 문제는 우리가 책을 읽었을 때 작품의 위대함이
나 인물의 매력을 실감할 수 있느냐는 것이겠다. 고전 읽기에는
진입 장벽이 있다. 시대와 장소가 다르고 이슈와 관심사가 다르
기 때문이다. 러시아 문학의 경우 이름도 장벽이 된다. 이름이 너
무 길고 부르는 방식이 인물 간 관계와 상황에 따라 자주 달라지
는 탓이다. 『안나 카레니나』의 경우 주인공 안나가 소설이 시작한
지 한참 지난 후에야 등장하는, 애타는 구성 또한 진입 장벽이 된
다. 왜 안나 카레니나가 매력적인지 한 번의 독서로 알 수 있는 독
자는 드물 것이다.

안나를 대표하는 두 단어 : simple과 spirit

　그래서 한 장면을 꼽았다. 주인공이 어떤 캐릭터인지 파악해 두
는 것은 책을 끝까지 읽어나갈 수 있는 동력이 된다. 작가가 공들

●　참고로 2위는 플로베르의 『마담 보바리』, 3위는 톨스토이의 『전쟁과 평화』, 4위는
　나보코프의 『롤리타』이다.

여 창조한 인물인 경우는 더욱 그렇다. 이 글 맨 위의 인용 대목에 따르면 안나 카레니나는 "솔직하고 깔끔한 태도"를 지닌, "마음씨 착하고 쾌활하며 정력적인" 인물이다. 그리고 지금 기분은 "발랄하고 쾌활하며 행복한 기분"이다. 아하 그렇구나 싶기보다는 대체 무슨 소리지 싶을 것이다. 안나를 설명하는 형용사들이 추상적이기에 당연하다. 번역이 좀 애매하다는 느낌도 든다. 지금까지 소설을 쭉 읽어온 독자 입장에서는 마음씨가 착하다거나 발랄하고 쾌활한 안나를 머릿속에서 그려보는 게 쉽지는 않다.

"솔직하고 깔끔한"은 문학동네 판본의 번역이다. 다른 번역본에서는 "솔직하고 꾸밈없는"(펭귄클래식), "직설적이고 솔직한"(민음사)으로 번역되어 있다. 큰 차이는 없어 보인다. 영역본을 참조해 보자. "그녀 자신의 상황에 대해 보인 이 솔직하고 깔끔한 태도는 몹시 골리니쉬체프의 마음에 들었다Golenishchev liked this direct and simple attitude to her position." 영역본의 단어 선택은 좀 다르다. "direct and simple"이다. 즉 안나는 직설적이고 심플한 성격인 것이다. '심플simple'이라고 하면 '단순한'이나 '솔직한'이라고 했을 때와는 상당히 다른 인물이 그려진다. 펭귄클래식 판본의 '꾸밈없는'이 '심플'에 좀 더 근접한 느낌이다. 그런데 영역본에서 simple이란 단어는 이어지는 다음 문장에서도 나온다. 문학동네 판본에서 "마음씨 착하고"로 번역된 "manner of simple-hearted"가 그것인데, 다른 번역본에서는 "선량하고"(펭귄클래식)로 되어 있다. 여러 표현들을 종합해서 보면, '솔직하다', '착하다', '선량하다'보다는 '심플하다'가 어울린다.

인용 대목은 작품을 통틀어 안나의 성격이 가장 직접적으로 묘사된 대목이기도 하다. 한데 이 대목에서 독자가 눈여겨봐야 할 것은 안나의 성격을 묘사하는 형용사들보다도 이 성격 묘사가 이뤄지는 구체적인 상황이다. 즉 안나의 성격이 정말로 어떠냐 보다 누가 안나를 이렇게 보고 있느냐가 중요하다. 이는 인물의 성격을 독자에게 설득력 있게 제시하기 위한 톨스토이의 서술 전략이기도 하기에 흥미롭다.

톨스토이는 안나의 성격 묘사를 위해 한 명의 단역을 불러들인다. 즉 안나를 처음 만나는 골리니쉬체프라는 인물을 통해 안나를 보게 하고 그의 눈에 안나가 어떻게 보였는지를 서술한 것이다.[*] 현재 안나는 불륜 상대인 브론스키와 함께 러시아를 떠나 이탈리아에 와 있는 상태다. 그 후 러시아 사교계에는 안나에 대한 뒷담

---

[*]   생각해 보면 신의 한 수라 할만한 서술이다. 왜냐하면 서술자가 직접 주인공의 성격이 어떻다고 묘사하는 건 진부하고 설득력도 떨어지기 때문이다. 안나를 처음 만난 이의 시선을 끌어들임으로써 설득력과 임팩트가 생긴다. '아, 안나는 이런 인물이었지!' 하고 독자도 동의하게 되는 것이다. 시점의 마법이랄까.
인물들 시점을 자유자재로 오가며 취하는 건 톨스토이의 장기이기도 하다. 널리 알려진 톨스토이의 별명 중 하나는 '천 개의 눈을 가진 작가'이다. 심지어 『안나 카레니나』의 한 대목(6부 12장)에서는 인물과 함께 사냥 나간 개의 시점을 취하기도 한다. 개는 처음에는 신나서 새를 쫓고 숲속을 뛰어다니다가 주인(레빈)이 평소와 좀 다름을 눈치채고 '우리 주인이 왜 저러지? 오늘따라 합이 안 맞네' 하며 의아해한다. 개의 시점을 취한 덕에 독자는 (사상적 문제와 결혼생활 문제 등 여러 이유로) 혼란에 빠져있는 인물의 마음 상태를 좀 더 인상 깊게 느낄 수 있다.

화가 돈다. 남편과 아들을 모두 버린 여자라는 비난이다. 자연히 명예가 실추되고 사교계에서의 입지도 위태로워진다.[*] 러시아에서 이제 막 이탈리아에 도착한 골리니쉬체프는 안나에 관한 소문을 들었고 사교계의 분위기도 알고 있으며, 심지어 안나의 남편(카레닌)과도 직접 만난 적이 있다. 이 스캔들이 어떤 스캔들인지 잘 아는 상태에서 이들을 방문했을 골리니쉬체프에게는 안나의 현재 모습, 심리 상태에 대한 어떤 상식적인 기대치가 있었을 것이다. 그런데 안나는 잠깐의 만남에서 그 상식을 단번에 깨뜨려버린다. 자기의 상황에 대해 "솔직하고 꾸밈없는 direct and simple" 태도를 보인 것이다.

이런 안나의 태도를 보며 골리니쉬체프는 생각한다. "그녀 자신도 전혀 모르고 있는 것, 말하자면 남편을 불행하게 하고 그와 아들을 버리고 명예고 뭐고 다 잃었으면서도 어떻게 이토록 발랄하고 쾌활하고 행복한 기분으로 지낼 수 있는지를 그는 알 수 있을 것 같은 느낌이 들었다." 음미할수록 흥미로운 대목이다. 독자 또한 골리니쉬체프의 시선을 따라 안나에 대해 비로소 알게 되었다는 느낌을 받게 되기도 하지만, 한 사람의 매력이나 본질은 자기

●   당시 상류층 여성이 사교계에서의 입지를 잃는다는 건 사교계라는 유일한 소속 집단으로부터 고립되고 배척된다는 것을, 즉 사회적 죽음을 의미했다. 『안나 카레니나』초반부에는 막 사교계에 데뷔한 키티가 안나를 선망의 눈으로 보는 대목이 있는데, 이 대목은 안나가 사교계에서 확고한 위상을 갖고 있음을 보여준다. 즉 안나가 브론스키와 함께 이탈리아로 떠난 것은 이러한 위상을 포기한 일인 것이다.

자신은 오히려 모르고 낯선 타인이 먼저 알아봐 주는 것이란 생각을 해볼 수도 있기 때문이다.

영역본에서는 simple과 함께 spirit란 단어도 반복적으로 사용되고 있다.('정력적인', '열정적인', '발랄한'이 spirit에 대한 한국어 번역이다.) 톨스토이는 안나의 캐릭터를 simple하고 full of spirits한, 즉 꾸밈없으면서도 활력이 충만한 인물로 잡았음을 알 수 있다. 심플과 스피릿은 안나를 대표하는 두 단어다. 이러한 면모를 드러낼 수 있을 때 안나는 빛이 난다.

여기서 잠시 『안나 카레니나』의 '찐팬'인 나보코프의 안나 묘사를 살펴보자. 『문학 강의』에서 그는 안나를 "젊고 멋진, 본성이 착한 여인이며, 너무나 불운한 여인", "가장 빛나는 계층에서 부족할 것 없는 삶을 누린" "밝고 낙관적인 성격으로 삶이 가져다주는 모든 세속적인 즐거움을 만끽한 여인"이라 묘사한다.(나보코프, 위의 책, 276쪽) 요컨대 안나는 삶의 즐거움을 누릴 줄 알고 또 최대한 누리고자 하는 인물이다. 그러므로 자기 선택에 대해 후회하지 않고 꾸밈없는 태도를 취할 수 있다. 어떤 부당한 소문이나 편견과 마주하더라도 활력을 잃지 않을 수 있다. 그러나 알려져 있다시피 『안나 카레니나』는 비극으로 끝난다. 안나가 심플함을 잃는 순간, 그의 눈에서 활력의 빛이 훅 꺼지는 순간들이 있다. 무엇이 안나의 본성을 억압했는지 살펴 가며 읽는 것도 이 작품을 감상하는 한 방법이겠다.

심플함simple과 정신적 활력spirit은 비단 안나 캐릭터에만 해당하는 것이 아니라, 『안나 카레니나』라는 작품이 쓰인 방식(문체와 스타일)에도 해당한다. 『안나 카레니나』는 주요 인물만 해도 7명에 이르는데 모두 각자 나름대로 추구하는 삶의 즐거움과 고민이 있다. 작가는 주요 인물인 안나와 레빈뿐만 아니라 카레닌(안나의 남편), 키티(레빈의 아내), 스테판(안나의 오빠이자 레빈의 친구), 돌리(스테판의 아내), 그리고 브론스키의 내적 갈등을 모두 묘사한다. 그런데 어려운 말로 포장되어 있지 않고 '심플하게' 서술되어 있어서 독자는 인물들 각자가 무엇 때문에 즐거워하고 고민하는지를 어렵지 않게 포착할 수 있고 그들의 심정에 공감할 수 있다. 심플한 서술들이 쌓여 섬세하고 다층적인 의미를 이루는 것이다. 이 과정을 함께 하는 것 역시 『안나 카레니나』 독서의 거부할 수 없는 매력이다.

■ 『안나 카레니나』의 영역본들에 대한 이야기

『안나 카레니나』의 번역본은 많다. 주요 출판사만 따져도 문학동네(2009), 민음사(2009), 펭귄클래식(2011), 창비(2019) 등이 있다. 오역에서 자유로운 번역본은 없다는 말을 미리 해두고 싶다. 다만 공들인 번역은 있다. 전문성을 갖춘 번역자나 출판사는

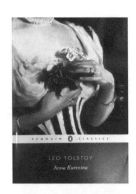

최근 출간된 다양한 영역본들. 각 판본마다 독특한 구도가 눈길을 끈다.

좋은 보증이 된다. 번역에 따라 단어 선택과 문장 구조, 문체가 다르므로 내 취향, 내 감각에 맞는 번역본을 찾으려는 노력도 중요하다. 『안나 카레니나』는 원문이 러시아어이기에 다양한 영역본들이 존재하고 이에 관한 흥미로운 기사들도 꽤 있다.[*] 생각해 보면 당연한 일인데 러시아, 프랑스, 독일, 스페인 등 영미권이 아닌 문학 작품의 경우 단일한 영역본이 아니라 여러 종의 영역본이 존재한다.(그런 점에서 『어린 왕자』나 『이방인』『안나 카레니나』 같은 작품을 '원작 그대로 읽기'를 표방하며 '영한 대역'으로 출간하는 건 좀 이상한 일이다. 출간 자체는 크게 나쁠 것 없는 일이겠지만 영문을 곧 원문인 것처럼 여기는 게 이상하다는 뜻이다.) 당연히 번역본/번역자마다 번역의 지향점도 다르다. 가령 《뉴욕 타임즈》 기사에 따르면 왼쪽의 여러 판본들 중 맨 위의 2000년 펭귄클래식 판본은 '오프라 윈프리 쇼'에서 소개되어 대중적으로 널리 읽혔다고 한다. 가운데는 2014년 예일대학교 출판부에서 펴낸 판본인데, 이 판본의 경우 영어로 자연스럽게 읽히는 쪽보다도 러시아어 원문 고유의 뉘앙스를 살리는 방향을

[*] 대표적으로 두 기사를 소개해 본다.
https://www.nytimes.com/2014/12/28/books/review/new-translations-of-tolstoys-anna-karenina.html (2014년 《뉴욕 타임즈》 기사)
http://www.newyorker.com/magazine/2005/11/07/the-translation-wars (2005년 《뉴요커》 기사)

택했다고 한다.

《뉴욕 타임즈》기사에서 또 흥미로운 점은 『안나 카레니나』의 (그 유명한) 첫 문장이 독자들에게 마치 아포리즘적 경구처럼 읽히고 있는데, 톨스토이의 의도는 결코 매끈한 경구를 만들려고 한 게 아니었다는 것이다.* 기사는 (『안나 카레니나』를 극찬했던) 나보코프와 (톨스토이의 수제자라 할 수 있는) 체호프의 말을 근거로, 톨스토이의 단어 선택이 때로 거칠고 어울리지 않는 것처럼 보이지만, 그건 톨스토이가 일상적 어휘를 별생각 없이 쓴 것이거나 문법상의 실수가 아니라 '작가의 의도적인 선택'이라고 말한다. 톨스토이는 클리셰로 굳어진 표현이나 우아한

●　한국어 번역본 세 종의 『안나 카레니나』첫 문장 번역은 다음과 같다.
　　[1] "행복한 가정은 모두 모습이 비슷하고, 불행한 가정은 모두 제각각의 불행을 안고 있다." (민음사, 2009)
　　[2] "행복한 가정은 모두 고만고만하지만 무릇 불행한 가정은 나름 나름으로 불행하다." (문학동네, 2009)
　　[3] "행복한 가정은 서로 닮았지만 불행한 가정은 모두 저마다의 이유로 불행하다." (펭귄클래식, 2011)

　　또한, 영어본 세 종의 첫 문장 번역은 다음과 같다.
　　[1] "Happy families are all alike; every unhappy family is unhappy in its own way."(Constance Garnett, 1901)
　　[2] "All happy families are alike; each unhappy family is unhappy in its own way."(Richard Pevear & Larissa Volokhonsky, 2000; Rosamund Bartlett, 2014)
　　[3] "All happy families resemble one another; each unhappy family is unhappy in its own way."(Marian Schwartz, 2014)
　　비슷해 보이는 표현이지만 《뉴욕 타임즈》기사에서는 alike와 resemble one another의 차이를 톨스토이가 쓴 러시아어 단어의 뜻과 비교하며 다룬다.

문체를 깨기 위해 의도적으로 거친 표현과 문구를 자주 사용했으며, 때로는 일부러 문법을 무시하기도 했다고 한다. 바로 이런 것들이야말로 톨스토이 문체의 고유한 특징이라는 것이다. 그런데 톨스토이 문체의 이러한 특징이 영어 번역자들에게는 '고치고 다듬어야 할 결점'으로 받아들여진 면이 있다고 기사는 덧붙인다.

이 같은 기사 내용은 독자로 하여금 번역에 대해 여러 생각을 하게 한다. 우리 또한 한국어로 읽었을 때 자연스럽게 읽히는 번역을 선호하며, 나아가 '번역을 잘했다'고 평가하기 때문이다. 하지만 좋은 번역이라고 생각한 것이 사실은 작가의 고유한 문체를 깎고 수정한 결과일 수도 있다.

한편,《뉴요커》기사는 20세기 초부터 최근까지의 영역본들을 비교하면서 각 번역본의 번역자에 대해서도 간단히 소개한다. 특히 1900년대 초부터 러시아 문학을 영어로 번역한 콘스탄스 가넷에 대한 소개가 흥미롭다. 콘스탄스 가넷Constance Garnett 1861-1946은 『안나 카레니나』를 (정말 이른 시기인) 1901년에 영역했고, 도스토예프스키의 『카라마조프가의 형제들』도 영역했다. 뿐만 아니라 투르게네프, 체호프, 고골의 주요 작품들도 번역했다. 19세기 러시아 문학의 최고봉에 해당하는 작품들을 영미권에 처음으로 소개한 인물인 셈이다. 가넷의 번역은 오랜 기간 동안 많은 독자들의 사랑을 받아왔지만, 동시에 "그의 번역본을 읽는 것은 러시아 문학을 읽는 게 아니라 그냥 콘스탄스 가넷의 문학을 읽는 것"이라는 비판도 자주 제기되었다. 가령, 가넷은 자신이 명확히 이해하지 못한 러시아어 표현은 아예 생략하면서 번역을 했다고 한다.

그런데 기사 중간에 꽤 흥미로운 에피소드가 하나 소개된다. 미국 문학을 대표하는 작가 중 한 사람인 헤밍웨이에 관한 내용이다. 헤밍웨이는 인터뷰에서 자신이 『카라마조프가의 형제들』의 문장과 표현들에서 큰 영향을 받았다고 말한 바 있는데, 이때 헤밍웨이가 읽은 영역본은 다름 아닌 콘스탄스 가넷 번역본이었다. 그런데 이 번역본은 가넷 스타일로 번역된 것, 즉 도스토예프스키의 긴 문장을 쪼개 여러 개의 단문으로 만든 것이었다. 기사 중간에 "그녀(콘스탄스 가넷)가 도스토예프스키를 헤밍웨이화한 것she Hemingwayizes Dostoyevsky"이란 문장은 특히 재미있다.(이 문장 자체가 '헤밍웨이스러운' 단문이라 슬며시 웃게 된다.) 널리 알려졌다시피 헤밍웨이는 '하드보일드'라고 불리는 간명한 문체로 유명하다. 그런데 그가 영향을 받았다고 말한 도스토예프스키는 정작 길고 복잡한 문장들을 구사했던 것이다.

헤밍웨이의 '콘스탄스 가넷 번역본으로 도스토예프스키 읽기'는 대부분의 경우 번역으로 세계 문학을 접하게 되는 한국 독자들에게도 여러 생각을 하게 한다. 어떤 번역으로 작품을 접하는지는 생각보다 중요한 문제다. 하지만 무오류의 번역, 100% 옳은 번역은 있을 수 없다. 엄격한 태도를 보인다면 헤밍웨이의 『카라마조프가의 형제들』 독서는 도스토예프스키의 진가를 많이 놓친 독서라고 평가할 수 있을 것이다. 심지어 헤밍웨이가 읽은 것은 진짜 도스토예프스키 문학이 아니라고 냉소적으로 말하는 것도 가능하다. 그러나 동시에, 헤밍웨이가 도스토예프스키를 읽을 때 번역은 그리 중요한 문제가 아니었다고 말하는 것 역시 가능하다.

번역에는 오류가 있기 마련이고, 원문 표현의 복잡하고도 섬세한 뉘앙스들이 축소되거나 삭제되기 마련이다. 그러므로 번역 문학을 읽을 때는 '원문이 아님'을 알고 읽는 것이 매우 중요하다. 번역본에 따라 작품이 완전히 다르게 읽힐 수 있음을 알고 자신의 취향에 맞는 번역본을 오랜 시간을 들여 고르는 것도 중요하다. 하지만 정말 심각한 실수는 원문이라는 이상을 추구하느라 '번역본으로 읽는 것은 의미가 없어'라며 작품을 읽다 던져버리는 게 아닐까 싶다.

■ 번역에 관한 이야기

살펴본 것처럼 『안나 카레니나』는 여러 영역본이 있으며, 안나의 성격을 묘사하는 형용사 선택도 당연히 판본마다 조금씩 다르다. 영역본 중 한국어 판본에서 '정력적인'(열정적인, 발랄한)으로 번역된 표현에 대해 "full of spirits"를 쓰면서 해당 대목 전후로 spirit을 자주 쓴 판본은 콘스탄스 가넷 번역본이다. 최근 판본(펭귄클래식 판본)에서는 "energetically cheerful" 등 다른 표현을 쓰고 있다. 이 글에서 simple과 함께 spirit을 안나를 대표하는 단어로 택한 것은 전적으로 글쓴이의 자의에 따른 것임을 밝혀둔다. 덧붙이자면, 러시아어 원문을 모르는 입장에서 다양한 한국어와 영어 번역 표현을 통해 안나의 캐릭터를 상상하는 과정 자체가 재미있었다. 특히, 콘스탄스 가넷이 쓴 "full of spirit"이란 표현을 통해 안나의 (현재의 시련에도 불구하고) "정신적으로 충만한 모습"을 그려볼 수 있었다. 물론 "energetically cheerful"에 비하면 꽤 멋을 부린 표현으로 느껴지기도 하는데, 표면적으로 드러나는 쾌활함이나 에너지보다 인물의 내면에 자리한 정신적인 단단함, 충만함을 그려볼 수 있는 표현이기도 하다.

'simple'에 대해서도 이런저런 생각을 해볼 수 있다. 안나의 성격을 잘 보여주는 단어이긴 하지만 그렇다고 한국어 번역을 '심플한'으로 할 수는 없는 노릇이다. 외국어 표현을 남발하는 문제도 되지만, 러시아어 원문이 '심플한'의 의미인지도 고려해야 하기 때문이다. 영역본 참조는 한계가 분명하다. 다만, '심플'은 한국 독자 입장에서도 어렵지 않고 일상에서도 쓰는 표현이라 '심플'의 뉘앙스를 통해 안나 캐릭터를 그려볼 수 있다는 데 영역본 참조의 의미가 있다. 내 경우에는 '심플한'을 '겉과 속이 다르지 않은', '세간의 소문이나 남들의 시선을 의식하지 않고 행동하는'이란 뜻으로, 즉 '꾸밈이 없고 솔직하다'는 의미로 받아들였는데, 이렇게 보면 한국어 번역본도 잘 번역해 낸 셈이다.

누구라도 어디든 갈 곳이 한 군데는 있어야 한다
: 『죄와 벌』 표도르 도스토예프스키

골방에서 거리로

> 그의 작은 방은 높다란 5층 건물의 지붕 바로 아래에 있었는
> 데, 방이라기보다는 차라리 벽장에 가까운 곳이었다.
>
> - 『죄와 벌』 1부 1장

그는 [⋯] 자신의 비좁은 방을 둘러보았다. 그것은 길이가 겨
우 여섯 걸음 정도 되는 작은 광 같은 방으로 [⋯] 게다가 어
쩌나 낮은지, 키가 좀 큰 사람이라면 짓눌려 숨이 막힐 지경

이었고, 천장에 줄곧 머리를 찧을 것만 같았다.

-1부 3장

도스토예프스키Fyodor Mikhailovich Dostoyevsky, 1821-1881의 『죄와 벌』
(1867)은 '골방'의 이미지에서 출발한다. 작가는 주인공이 머무는
천장 낮은 방의 비좁음과 답답함을 작품 내내 반복해서 묘사한다.
이 하숙방은 '장롱'이나 '벽장'에, '작은 광'에, 나중에는 '관'에 비
유된다.

소설 첫머리에서 주인공은 방을 나와 거리로 나선다. 다음은
『죄와 벌』의 첫 문장이다.

> 찌는 듯이 무더운 7월 초의 어느 날 저녁 무렵, 한 청년이 S
> 골목의 셋집에 있는 자신의 조그만 하숙방에서 거리로 나와,
> 왠지 망설이는 듯한 모습으로 느릿느릿 K 다리 쪽으로 발걸
> 음을 옮기고 있었다.

이 첫 문장은 찬찬히 음미하면서 인물의 상황과 심정을 그려볼
필요가 있다. 이전 한 달 동안 주인공은 비좁은 골방에만 머물러
있었다. 지금 거리를 걷는 그의 머릿속은 골방에서 떠올린 '어떤
일'에 대한 생각으로 가득 차 있다. 하숙방에서 거리로 나와, 왠지

망설이는 듯한 모습으로 느릿느릿 발걸음을 옮기는 주인공의 모습을 기억하자. 이 모습을 통해 작가는 소설의 전체 방향을 제시한다. 『죄와 벌』은 인물이 골방에서 서서히 빠져나오는 이야기이다.•

청년의 머릿속을 가득 채운 어떤 일은 작품을 읽지 않은 독자에게도 잘 알려져 있다. 바로 전당포 노파를 죽이겠다는 생각이다. 우둔하고 악독한 전당포 노파를 죽이고 그 재산을 빼앗아 '전 인류를 위한 봉사와 공공사업'에 사용하겠다는 것이 그의 생각이다. 그냥 쌓여만 있을 뿐인 재산을 빼앗아 공공의 이익을 위해 사용한다면 하나의 범죄(즉 자신이 저지른 살인)가 수천의 선행으로 보상되는 격이 아니겠냐는 것, 공공의 가치라는 저울에 달아볼 때 노파의 생명은 벌레만큼의 가치도 없다는 것이 그의 머릿속에 떠오른 생각이다. 충격적인 발상이지만 이 생각의 바탕에는 라스콜니코프가 오랫동안 생각하고 다듬어온 '초인 사상'이 깔려 있다.

골방 속의 초인

라스콜니코프의 초인 사상은 이 세상엔 비범한 인물(초인)과 평범한 인물이 따로 있다는 생각이다. 비범한 인물에게는 범죄가 허

• 이렇게 보면 소설의 많은 장면이 흥미로워진다. 가령, 인물의 어떤 행동이나 생각이 비좁은 골방에서 이뤄지는지, 아니면 탁 트인 거리 또는 광장에서 이뤄지는지를 살펴보면 재미있다.

용된다. 전쟁을 통해 많은 사람을 죽였지만 살인죄로 처벌받기는 커녕 인류 역사의 발전 또는 도약에 기여한 인물로 평가받는 나폴레옹이나 카이사르 같은 인물이 그 대표적인 예다. 하지만 평범한 사람들은 사람을 죽이면 살인자로 처벌받는다. 그렇다면 평범한 사람과 초인의 차이는 어디서 오는 것일까? 라스콜니코프는 이 문제를 두고 고민한다. 그리고 자신이 초인인지 아닌지 '한 번 시험해 보기로' 결심한다. 선을 넘어 한 발 내딛기로, 직접 살인을 해 보기로, 전당포 노파를 죽이기로 결심한 것이다.

인물의 이러한 생각이 무르익은 곳이 바로 '골방'이다. 생각해 보면 우리가 하는 생각은 장소의 영향을 받는 측면이 있다. 『죄와 벌』에서 도스토예프스키 역시 틈날 때마다 반복해서 골방이라는 장소적 조건을 강조한다. 초인에 대한 라스콜니코프의 생각은 다음과 같은 상상으로 발전하기도 한다.

'어디서 나오더라?' 라스콜니코프는 다시 걸어가면서 생각했다. '그걸 어디서 읽었더라. 사형 선고를 받은 어떤 사람이 죽기 한 시간 전에 이런 말을 했다든가, 생각했다든가 하는 이야기였지. 간신히 두 발을 디딜 수 있을 만큼 좁은 산꼭대기 높은 절벽 바위 위에서, 사방이 온통 심연과 대양이고, 영원한 암흑, 영원한 고독과 영원한 폭풍에 둘러싸인 곳에서 살아야 한다 해도, 평생을, 천 년을, 영원토록 1아르쉰밖에

안 되는 공간에 서 있어야 한다 해도, 그렇게 사는 것이 지금
죽는 것보다는 낫겠다고 했다지. 단지 살고 싶다, 살고 싶다,
살고 싶다! 어떻게 살든 단지 살고 싶다…! 그래, 이건 정말
대단한 진실이 아닌가!'

- 2부 6장

이 대목은 『죄와 벌』에서도 유명한 대목으로 꼽힌다. 작가가 사
형 선고를 받은 경험이 반영되어 있기도 한 이 대목은, 실존주의
자들에 의해 어떤 상황, 어떤 처지에서도 발현되는 인간의 '삶 의
지'를 천명하는 내용으로 해석되기도 했다. 하지만 작가가 '고립'
테마를 극단으로 끌고 가는 대목으로도 읽어볼 수 있다. 라스콜니
코프는 좁디좁은 공간에서 영원한 삶을 상상한다. 나 이외에 아무
도 없는 곳, 아무와도 연결되어 있지 않고 아무와도 소통할 수 없
는 곳. 그런 곳에서 가족, 이웃, 사회와 단절된 채 홀로 살아가는
것. 말하자면 '골방 속의 초인'으로 살아가는 것. 자신을 초인이라
믿으며 다른 모든 사람과 분리되려는 열망 속에서 라스콜니코프
의 장롱 같은 하숙집 골방은 '사방 1아르쉰'●이라는 면적의 단위
로 추상화된다.

●　　1아르쉰은 약 70cm이다. 따라서 사방 1아르쉰은 70㎠이다. 1평이 3.3m이므로 1평
의 5분의 1정도 되는 아주 좁은 면적인 셈이다.

북적이는 골방

이처럼 라스콜니코프의 극단적인 생각과 상상은 골방이라는 장소적 조건과 깊숙이 연결되어 있다. 그런데 중요한 점이 하나 있다. 그건 상상 속의 공간과 실제의 골방은 다르다는 것이다. 가장 중요한 차이는, 실제 현실에서는 사람들이 하나둘, 라스콜니코프의 방을 드나든다는 것이다. 하녀가 먹을 것을 들고 오기도 하고 건강을 걱정한 친구가 찾아오기도 하며, 나중에는 어머니와 여동생이 그리고 (초대하지 않은) 여러 불청객까지 찾아온다. 사람들이 찾아와 말을 걸고 걱정하고 손을 내민다. 걱정과 도움의 손길인 것만은 아니다. 사람들은 각자의 고집과 생각, 각자의 의혹과 고뇌를 안고 찾아온다. 물론 주인공은 자기 생각, 자기 고뇌에 빠져 있기에 소통을 거부하고 고립 상태를 고집스레 고수하려 하지만 사람들의 드나듦에 의해 방의 분위기에—그에 따라 라스콜니코프의 심리에도—어떤 변화가 생긴다.

사람들의 골방 드나듦을 묘사한 한 흥미로운 대목(2부 3장-5장)을 살펴보자. 좁디좁은 방에 다섯 사람이 모여 북적이게 되는 장면인데 사람들이 하나둘 모이는 과정이 꽤 흥미롭다. 먼저 친구 라주미힌이 옷가지를 들고 찾아온다. 명랑하고 넉살 좋은 그는 음식을 청해 먹으며 하녀 나스타샤와 농담을 나눈다. 이어서 라주미힌이 부른 의사 친구 조시모프가 찾아온다. 잠시 라스콜니코프(로쟈)의 건강 상태를 살핀 후 그들은 전당포 노파 살인사건에 관해 이야기를 나눈다. 이야기는 열띤 토론으로 이어져 둘은 사건을 진실에 가깝게 재구성해 간다. 이야기가 경찰이 범인으로 지목한 칠장이들은 누명을 썼고 진범은 따로 있을 거라는 추측에 이르자 주인공과 함께 독자의 긴장감도 절정에 이른다. 이때 다섯 번째 인물이 등장한다.

이 다섯 번째 인물은 로쟈의 동생 두냐와 결혼하기로 한 약혼자 루쥔이다. 자신의 체면과 평판에만 신경 쓰며 몸가짐에 거드름과 허세가 배어 있는 인물이다. 감탄스러운 것은 이런 인물(반갑지 않은 손님)을 '골방 안 구석으로' 밀어 넣는 작가의 솜씨다.

> 그는 탁자에서 자기 의자를 떼어 뒤쪽으로 옮겨 탁자와 자기 무릎 사이에 공간을 좀 만든 다음, 손님이 이 좁은 틈새로 '비집고 들어오기를' 좀 거북한 자세로 기다렸다. 그렇게 권유한 순간이 도저히 거절할 수 없는 기막힌 순간이어서, 손님은 서두르다가 넘어질 뻔하면서 그 좁은 공간을 비집고 들어갔다.
>
> ─2부 5장

체면을 중시하며 거들먹대는 인물이 무릎과 탁자 사이 좁은 틈을 비집고 또 넘어질 뻔하며 골방 구석으로 들어가는 이 장면, 이 동작을 통해 골방의 이미지, 분위기가 일순간 바뀐다. 초인과 살

인에 대한 심각하고도 끔찍한 생각들이 무르익었던 장소에서 시트콤적 상황이 펼쳐지는 장소로.●

이 대목에서는 친구 라주미힌의 존재를 간과할 수 없다. 그는 특유의 활기와 명랑함, 낙관적 태도로 방의 분위기를 바꿔놓는다. 갑작스레 방문한 루쥔의 허세와 거만함을 박살 내는 건 물론, 그에 맞서 친구 로쟈의 입장을 대변하기도 한다. 또 그는 로쟈가 저지른 살인사건에 대해 자신의 가설을 떠들어대기도 하는데, 그의 이야기는 경찰의 섣부른 수사와 그로 인해 억울하게 누명을 쓴 이들, 진범의 기묘한 행동 등 상식적인 시각에 초점이 맞춰져 있다. 이를 통해 로쟈는 자신의 살인을 지금까지와는 다른 관점(즉 상식적이고 현실적인 관점)에서 보게 된다. 라주미힌이 등장하는 장면들은 긴장 속에서 팽팽히 당겨진 로쟈의 정신을 조금이나마 이완시켜 주는 역할, 또는 한쪽으로 쏠려 있는 그의 사고 방향을 재조정하는 역할을 한다.

한편, 위의 장면은 잠시 후에 나오는 또 다른 손님맞이 장면과 대비를 이룬다. 소냐가 찾아왔을 때 로쟈와 라주미힌이 소냐를 맞이하는 장면으로, 루쥔이 방문했을 때와 같은 구도다.

●　상징적으로 보더라도 루쥔이 골방 안 구석으로 들어가는(밀어 넣어지는) 이동의 방향성은 로쟈가 골방 속에 틀어박혀 있다가 바깥으로 나오는 방향성과 대비를 이룬다.

소냐가 들어오자, 라스콜니코프의 방의 세 개의 의자 중 문 바로 옆의 의자에 앉아 있던 라주미힌은 그녀에게 길을 내주 느라고 자리에서 일어났다. 처음에 라스콜니코프는 그녀에 게 조시모프가 앉아 있던 소파의 한구석을 권하려고 했지만, 그 자리가 지나치게 허물없는 곳이고 자신의 침대로 쓰이기 도 한다는 것이 생각나서 급히 라주미힌의 의자를 가리켰다.

— 3부 4장

여기서 라주미힌은 자리에서 일어나 소냐가 지나갈 길을 내주 고, 로쟈는 의자를 권한다. 사소한 동작이지만 인물들이—어쩌면 작가가—루쥔과 소냐를 어떻게 다르게 대하는지 차이가 드러나 재미있다. 로쟈와 라주미힌이 루쥔은 무례하게, 소냐는 최소한의 예를 갖춰 맞는 장면은, 손님으로 찾아온 두 인물의 캐릭터를 염 두에 두면 한층 흥미롭게 읽힌다. 오만하고 체면을 중시하는 루쥔 은 체면을 차리는 데 필요한 공간을 전혀 할애받지 못한 반면, 소 냐는 스스로를 비천하다고 생각하는 인물이지만 예를 갖출 만한 공간을 할애받기 때문이다.

누구라도 어디든 갈 곳이 한 군데는 있어야 한다

골방과 대척을 이루는 또 하나의 장소는 술집이다. 소설 초반 라스콜니코프는 거리를 헤매다 지저분한 선술집에 들어간다.

라스콜니코프는 사람들이 많이 모여 있는 자리에 익숙하지 않았고, 앞에서도 말했다시피 특히 최근에는 모든 모임을 피하고 있었다. 그러나 지금은 무슨 이유에선지 갑자기 사람들에게 마음이 끌렸다. 그의 마음속에 뭔가 새로운 감정이 생겨나면서 사람들에 대한 어떤 갈망을 느끼게 된 것이다. 그는 꼬박 한 달 동안 시달린 극도의 고뇌와 음울한 흥분에 완전히 지쳐 버린 나머지, 단 한 순간만이라도 어딘가 다른 세계에서 좀 쉬고 싶었다.

－1부 2장

한 달 동안 방에만 머물렀으니 사람에게 마음이 끌릴 만도 하다. 소란스럽고 지저분한 선술집이지만 라스콜니코프에겐 숨 쉴 공간이 된다. 누군가 말을 걸어오는 사람이 있기 때문이다. 우연히 만난 술주정뱅이 마르멜라도프는 자학으로 얼룩진 신세 한탄을 늘어놓는다. 그런데 그의 말 중에서 인상적인 게 있다.

어떤 사람이라도 어디든 갈 곳이 한 군데는 있어야 하거든요. 왜냐하면 어디든 꼭 가야 할 그런 때가 있는 법이니까!

－1부 2장

라스콜니코프가 단절과 고립에 관한 인물임을 생각할 때, 위 대사는 의미심장하게 들린다. 어디든 갈 곳이 마르멜라도프에게는 술집이다. 술집에서 그는 신세 한탄을 늘어놓을 뿐이지만, 가끔 그 신세 한탄을 진지하게 들어주는 사람을 만난다. 머릿속 생각을 털어놓을 수 있는 사람을 만나는 것이다.

그렇다면 라스콜니코프에게는 어디일까? 어떤 사람에게든 어디든 갈 곳이 있어야 한다면, 그와 같은 살인자, 심지어 스스로의 죄와 벌을 인정하지 않는 사람이 갈 곳은 어디일까? 자신의 죄와 벌을 인정하지 않는 한 그는 법정에도 교회에도(마찬가지로 천국이나 지옥에도) 갈 수가 없다.

『죄와 벌』 첫머리에서 라스콜니코프와 마르멜라도프와의 우연한 만남은 여러모로 인상적이다. 이후 라스콜니코프는 어떻게 되나 보자 하는 심정으로 스스로를 최저의 상황으로 몰아넣는데, 이러한 자포자기의 길은 마르멜라도프가 이미 밟았던 길이다. 그리고 앞으로 그가 계속 마주치게 되고 영향을 받게 될 소냐를 알게 된다.(소냐는 마르멜라도프의 딸이다.) 한편, 스스로 용서받을 가치가 없다고 느끼는 사람일지라도 누군가 단 한 사람에게만은 이해받고 용서받기를 원한다는 구원의 주제가 제시되는 장면이기도 하다. 동시에 고립감과 외로움에 시달리는 사람들에게 '어딘가 갈 곳'이 한 군데는 있어야 한다는 평범한 진리가 제시되는 장면이기도 하다.

이렇게 보면 『죄와 벌』은 (갈 곳 없는 사람이) '어딘가 갈 곳'을 찾

천장 낮은 하숙방의 라스콜니코프를 그린 삽화. 프리츠 아이젠버그, 1938

는 과정을 그린 소설이기도 하다. 다행히 소설 첫머리에서부터 주인공은 골방을 벗어나 거리로 나간다. 자기 생각에 빠져 있느라 반쯤 정신이 나간 상태이긴 하지만, 라스콜니코프는 술집 등 여러 장소를 돌아다니며 다양한 사람들을 만난다. 그리고 이렇게 만난 이들이 그의 골방을 찾아와 말을 걸고, 질문을 던지고, 손을 내민다. 『죄와 벌』은 '누가 누구를 만나는가?' 하는 관점에서 읽어보면 재미있고, 독자는 이 소설이 정말 많은 상호 방문들로 이뤄져 있음을 알 수 있다. 이 연속된 방문과 답방의 과정에서 라스콜니코프는 사람들의 이야기를 듣는다. 또한 자신의 머릿속 생각을 털어놓을 수 있게 된다. 마치 골방 속에 무겁게 고여 있던 공기가 순환하듯, 『죄와 벌』에서는 서로의 방을 드나드는 방문 자체가 소통이 된다.

04

속내를 드러내지 말 것
: 『골짜기의 백합』 오노레 드 발자크

"넌 별을 보고 있었던 게 아니야."

어느 날 저녁, 나는 무화과나무 아래 평화롭게 앉아 아이들
의 마음을 사로잡곤 하는 야릇한 열정을 품고 별 하나를 바
라보고 있었다. 내 조숙한 우수가 거기에 일종의 감성적 예
지를 더했을 것이다. […] "여기서 뭘 하는 거죠?" 가정부가
내게 물었다. "별을 보고 있었어요." "넌 별을 보고 있었던
게 아니야." 발코니 위에서 듣고 있던 어머니가 말했다.

―『골짜기의 백합』

발자크Honoré de Balzac, 1799-1850의 소설『골짜기의 백합』(1836)은 별을 보는 한 아이의 모습에서 시작한다. 무화과나무가 운치를 더해주는 가운데 1830년대이니 모르긴 몰라도 당시 프랑스 시골의 밤하늘엔 엄청나게 많은 별이 있었을 것이다. 여기서 중요한 건 그게 아니다. 뭘 하고 있었느냐는 말에 아이는 "별을 보고 있었다"고 대답하는데, 어머니가 곧바로 나무란다. "넌 별을 보고 있었던 게 아니야." 어머니의 이 싸늘한 한마디가 중요하다. 결국 어린 주인공 펠릭스는 회초리를 맞게 된다.

별을 봤는데 엄마에게 거짓말쟁이 취급을 받고 회초리까지 맞다니? 억울하다. 억울하기 전에 이상하다.『골짜기의 백합』은 '별을 보면 회초리를 맞는 시대'가 시작되었음을 알리는 소설이다. 이전과는 다른 새로운 시대가 열린 것이다. 이를 '사실주의 시대'라 부르자. 그 이전 시기는 '낭만주의 시대'다. 하늘의 별을 보며 별(대자연)과 자아의 합일을 느낄 수 있었고 그게 너른 공감도 얻을 수 있었던 시대다. 그 시대의 어머니는 별 보는 아이를 혼내지 않았을 것이다. 대신 아이에게 다정하게 맞장구를 쳐주거나("오, 그래, 저 별들이 무엇처럼 보이니?") 별에 관련된 여러 이야기를 들려주었을 것이다("네가 지금 보는 저 별자리에는 이러이러한 이야기가 있단다"). 그러나 사실주의 시대에 그런 어머니는 없다.* 소년 펠릭스는 이러한 자신의 서러움을 별에게 토로한다.

"나는 종종 별 때문에 회초리를 맞았다. 사람에게는 아무한 테도 속내를 드러낼 수 없어서 나는 별에게, 처음 말문이 트였을 때 생애 최초의 생각들을 끊임없이 옹알거리며 말하는 아이 같은 귀여운 말씨로 내 서러움을 토로했다."

별에게 서러움을 토로하는 것의 의미

현실적 관점에서 본다면 "별에게 서러움을 토로한다"라는 것은 완전히 무의미하고 바보 같은 행위, 어쩌면 정신 나간 행위다. 그러나 별에게 서러움을 토로하는 것에는 쉽게 무시할 수 없는 감정적, 사회문화적 맥락이 있다. 돌이켜보면 윤동주 시인도 밤하늘의 별을 헤며 별 하나하나에 추억과, 사랑과, 쓸쓸함의 감정을 새기지 않았던가. 외롭고 힘들 때, 밤하늘의 별을 바라보며 감정을 토로하는 것은 우리에게도 그리 낯설지 않은 행위인 셈이다.

서구 낭만주의는 개인의 등장 및 내면의 탄생과 궤를 같이한다.

●   이 같은 구분은 이해를 돕기 위한 편의적인 것임을 밝혀둔다. 개인이 자연의 아름다움을 만끽하며 일체감을 느끼거나 자신의 감정을 자연물에 한껏 토로하는 '낭만적 감성'은 낭만주의 시대에 생겨나긴 했지만 꼭 그 시대보다도 현대에 들어 더 일반적으로 된 측면이 있다.(현실에서 그렇다는 게 아니라 여러 대중문화 속에서 자주 표현되면서 한층 친숙하게 되었다는 뜻이다.) 어떠한 감성이나 관점(세계관)이 특정 시대에 발원하는 건 사실이지만, 그 시대가 지났다고 곧바로 사라지는 건 아니며 한참 시간이 지난 후에 재유행하곤 한다. 이 글에서 사실주의 시대와 낭만주의 시대의 구분은 시간적, 시대적 구분이라기보다 '사실주의적 세계관'과 '낭만주의적 세계관'이라는 세계관의 차이로 이해하면 좋을 것이다.

18세기 중후반 루소를 비롯한 계몽주의 사상가의 등장, 프랑스 혁명, 낭만주의 문학 등의 흐름 속에서 등장한 '근대적 개인'은 기존의 신분제나 종교적 세계관 속에서 규정되었던 정체성과는 다른 식으로 자신을 인식한다. 자기 고유의 모습, 자신의 내면에서 흘러나오는 목소리(생각들)를 자각하기 시작한 것이다. 하지만 그것을 토로할 대상, 듣고 공감해 줄 대상은 아직 없다. 그래서 별과 꽃, 산과 바다 등 자연물에 자신의 이야기를 쏟아낸다.

자연에게 내 감정과 생각을 토로하는 것에서 '내면'이라는 개인의 영역이 생겨나기 시작한다. 그렇게 생성된 자신만의 독자적인 내면(생각)을 지니게 된 낭만주의적 주체는 사회를 부정하고 사회에서 벗어나길 갈망한다. 왜냐하면 나의 내면에서 흘러넘치는 감정과 사유를 사회는(타인들은) 이해하지 못하며 오히려 제약을 가하고 박해하려 들기 때문이다. 현실 사회를 부정하는 대신 낭만주의적 주체의 자기 인식 및 세계 인식은 자연을 매개로 삼아 무한으로 뻗어간다. 길가의 꽃 한 송이, 풀 한 포기에서 자연의 숭고함을, 대우주의 신비를 발견하며 그를 바탕으로 자기 자신에 대한 인식을 갱신하는 것이다. 대우주-자연과 숭고함과 신비함을 공유한 '나'로서 새롭게 재탄생하는 셈이다. 이러한 내적 경험은 개인 정체성과 자존감의 단단한 바탕이 된다.

속내를 드러내지 말 것

"세상은 날 이해하지 못해"는 오늘날에도 여전히 많은 주인공에게서 찾아볼 수 있는 정서다. 사회에 적응하지 못하는 '외로운 단독자' '아웃사이더' 정체성을 지닌 주인공은 소설에서—뿐만 아니라 영화, 드라마 등 다른 서사물에서도—흔히 찾아볼 수 있다. 꽤 중요한 요소이기도 하다. 기존 사회 질서에 아직 통합되지 않은, 자기만의 개성을 간직한 주인공이 있어야 흥미로운 스토리 라인을 만들 수 있기 때문이다. 어떤 주인공은 세상에 적응하는 쪽으로 성장하지만 적응하지 않는 쪽으로 나아가는 주인공도 있다. 여기에는 독자들의 요구 또는 시대 분위기가 반영되는데, 독자/시청자가 어떤 쪽을 바라는지는 시대마다 달라진다. 낭만주의 시대의 독자들은(분위기는) 속된 세상을 거부하고 자연과의 솔직한 교감을 통해 자기 고유의 모습을 찾으려는 아웃사이더 주인공을 응원했다.

발자크의 소설은 이 지점에서 흥미로워진다. 별에게 자기감정을 토로할 만큼 낭만적인 주인공에게 "사회에 적응하라"는 과제를 던져주기 때문이다. 과연 주인공은 이 과제를 성공적으로 수행해낼 것인가? 사회에 적응하기 위해선 어떤 전략이 필요한가? 그 전에 소설 『골짜기의 백합』의 대략적인 줄거리를 살펴보자.

별을 보던 아이 펠릭스는 청년이 되어 모르소프 백작 부인을 만나 사랑에 빠진다. '불행한 어린 시절'이라는 아픔을 공유하는 가운데 두 사람은 서로 속내를 털어놓으며 급격히 가까워진다. 그러나 펠릭스를 대하는 모르소프 부인의 감정은 사랑보다 모성애에 가깝다. 펠릭스는 우아하고 현명한 부인을 존경하고 숭배하면서도 플라토닉한 관계에 만족하지 못하게 된다. 혈기 넘치는 젊은이답게 그는 모르소프 부인을 떠나 파리로 향하고 이후(파리 사교계에 만연한) 세속적 출세를 향한 욕망과 관능적 사랑의 소용돌이에 몸을 던진다.

이 소설의 1/3 지점에는 상당히 흥미로운 대목이 있다. 이제 곧 파리로 떠날 펠릭스에게 모르소프 부인이 쓴 '편지'인데, 개인적으로 이 소설의 백미에 해당하는 대목이라 생각한다. 일단 (번역본 기준) 스무 페이지 가까이 되는 분량이 눈길을 끈다.● 편지에는 파리로 가서 사교계나 정계에 진출하게 되면 어찌어찌 처신하라는, 펠릭스를 위한 부인의 당부가 구구절절 담겨 있는데 인간관계, 처세술에 관한 내용은 지금 읽어도 상당히 흥미롭다.

"당장 내게 도움이 안 되는 사람이라고 해서 상처를 주거나 불손하게 대해서는 안 된다", "예절이란 다른 사람들을 위해 스스로를 희생하는 듯이 보이게 하는 미덕이다. 그 가면을 벗지 말고 유지해라", "눈앞의 이익을 취하는 교활함을 처세의 으뜸으로 여기는 사람들이 있는데 그런 이들과는 어울리지 마라" 등의 내용이

●   을유문화사 판본에서는 170~190쪽에 해당한다.

72

매우 논리적으로, 이해를 돕는 상세한 예시들과 함께 제시된다. 또한 "진정으로 세련된 예절과 매너는 자존심에서 나오는 것이다", "정확한 언사는, 옷이 천재를 나타낼 수 없듯이, 그 자체로 탁월함의 표지가 될 수는 없지만, 그게 없으면 무척 훌륭한 재능을 가진 이도 절대로 인정받을 수 없는 그 무엇이다", "나이 든 평론가는 자비롭고 온화한 반면 젊은 평론가는 무정하기 마련이다. 후자는 아무것도 모르고 전자는 모든 것을 알기 때문이다" 등 고개를 끄덕이게 하는 격언 같은 말들도 거의 매 페이지마다 나온다. 당시 편지 문체의 유려함을 감상할 수 있는 것도 큰 즐거움이다.•

일종의 처세술 요점 정리로도 읽히지만, 작가 자신이 당대 사회를 바라본 관점이 농축되어 있기도 한 이 편지에서 반복해서 일관되게 강조되는 건 "타인에게 자신의 속내(=내면)를 드러내선 안 된다"라는 메시지다.

> 진정한 친구 외에도 친근한 관계를 맺는 사람들이 있을 수 있지요. 하지만 그들에게 스스로의 속내를 너무 많이 보이지 말아요. 언젠가 그들의 경쟁자, 또는 반대자, 혹은 적이 될 수도 있다는 점을 감안하여 항상 신중해야 합니다.

•   '처세술'이라 소개한 탓에 뻔한 내용이라 생각할 독자도 있을 것 같은데, 문체가 유려함은 물론, 논리적 흐름이 탄탄하고 예시와 비유 또한 풍부한 글이라 기회가 된다면 꼭 한 번 읽어보길 추천한다.

예의범절의 가장 중요한 법칙 중 하나는, 자기 자신에 대해서는 절대적으로 침묵하는 것입니다. 어느 날, 그냥 알고 지내는 사람들에게 자기 이야기를 늘어놓는 모습을 보여봐요. 그들에게 당신의 고통, 즐거움, 사사로운 일들에 대해 들려줘 봐요. 처음에는 관심 있는 척하겠지만 곧 냉담해질 거예요.

세상(타인들)이 날 이해하지 못한다면, 세상에 날 이해시켜야 한다. 곧 내 속내를 세상에 드러내야 한다. 그러면 최소한 별들(자연)만은 내 마음을 알아주리라. 이게 바로 낭만주의의 정신이었다. 그런데 속내를 드러낸다는 것은 동시에 내 약점과 치부를 드러낸다는 것이기도 하다. 하지만 (자연과 달리) 사회는 "메마르고, 냉정하고, 계산적이며 욕심이 많은 어머니"와도 같아서 나약함을 품어주지 않으며, "자기의 허영심을 만족시켜주는 자식만을 편애"한다. 속내를 드러낸 이에게 돌아오는 것은 친했던 이들, 믿었던 이들의 빈정거림이나 냉담함이다. 낭만주의 시대에 자연을 상대로 속내를 드러내는 것은 자존감의 원천이 되었지만, 사실주의 시대에는 반대로 (다른 이들의 '빈정거림'이나 '무시'에 의해) 자존감에 심각한 손상을 입게 되는 것이다.

강철 기계의 톱니바퀴 속에 으깨지는 백합에 관한 이야기

"절대 속내를 드러내지 말 것"이라는 지침은 발자크의 다른 소설들(예컨대 『나귀 가죽』과 『고리오 영감』)에서도 줄곧 강조된다. 속내를, 감정을 드러낸 사람은 패배한다. 다른 사람들의 비웃음을 산다. 사회는 개인의 진심을 짓밟고 지나간다.

이처럼 발자크의 소설들은 개인과 사회의 관계, 특히 개인이 사회에 적응해가는 과정을 다룬다고 할 수 있는데, 이전 시기의 문학 작품들과 비교할 때 두드러지는 건 '사회의 강력함'이다. 낭만주의 시대 작품들이 인간의 도덕성, 사랑, 희생, 불행한 이들에 대한 연민 같은 감정을 '숭고한 것'으로 보고 옹호한다면, 발자크의 작품에서 그러한 감정을 지닌 주인공들은 사회에 패배 또는 굴복하거나 사회에 흡수되고 동화된다. 소설 속 구절을 빌어 요약하자면 발자크의 소설은 "강철로 된 기계의 톱니바퀴 속에 으깨지는 백합"에 관한 이야기이다. 모르소프 부인은 편지에서 펠릭스에게 다음과 같이 말한다.

사회가 신에 의해 창조되었는지, 아니면 인간에 의해 발명된 것인지는 모르겠어요. 그것이 어느 방향으로 나아가는지도 역시 모릅니다. 다만 내게 확실한 것은 사회가 존재한다는 거예요. 사람들과 떨어져 따로 살지 않고 사회 속으로 들어가기로 한 이상, 당신은 그 사회를 이루고 있는 조건들에

불만을 품으면 안 됩니다. 앞으로 그 조건들과 당신 사이에 일종의 계약 같은 것이 맺어질 것이니까요. 오늘날의 사회는 사람에게 유용하기보다 오히려 사람을 이용할까요? 그렇다고 생각됩니다. […] 나는 지금 당신에게 종교적인 신앙심이라든가 감정에 관해서 이야기하는 것이 아닙니다. 이것은 금과 강철로 만들어진 기계의 톱니바퀴, 그리고 사람들이 신경을 곤두세우는 그 직접적인 결과에 대한 것입니다.

모르소프 부인은 사회는 "금과 강철로 된 기계의 톱니바퀴"이며, 개개의 인간은 그 기계의 부품으로, 쓸모가 없어지면 으깨어질 운명이라고 말한다. 그러나 사회를 떠나기로 하지 않는 이상 그러한 조건을 그대로 받아들여야 한다고 말한다. 펠릭스에게 이런 가르침을 전하는 인물이 모르소프 부인이라는 건 얄궂고 아이러니하다. 왜냐하면 그녀 자신이 기계에 으깨질 운명인 '(골짜기의) 백합'이기 때문이다.

"금과 강철로 된 기계의 톱니바퀴"와 거기에 으깨지는 "백합"의 비유는 강력하다. 발자크에게 사회는 강철로 된 기계의 톱니바퀴이며, 개인은 그 속에서 으깨질 운명이다. 발자크나 그 이후의 19세기 소설들을 읽을 때 이 비유-이미지를 기억하는 것은 도움이 된다. 많은 사실주의 소설들이 기관차처럼 작동하는 사회라는 기계 장치 속에서 으깨지는 개인들을 다루기 때문이다.

발자크가 선보인 사회관, 인간관은 오늘날에도 여전히 유효한 측면이 있다. 여기에 최초의 리얼리스트 발자크의 탁월함이 있다. 그런데 발자크는 현실 사회에 대해 정확한 통찰을 했음에도 소설에서는 그러한 현실성을 '낭만주의적 충동'으로 넘어서려 한 측면이 있다. 귀족 사회가 무너진 마당에 귀족적 고상함을 추구하며, 종교의 권위가 무너진 마당에 종교적 경건함을 추구한 것이다. 또한 감수성이 연약함, 약점으로 치부되었던 시대에 감수성으로 충만한 인물을 선보이며, 산업화와 도시화(그리고 그와 맞물린 개인주의의 확산)로 옛날의 (농촌) 공동체가 급격히 와해하던 시기에 공동체의 상호호혜적 면모를 선보이기도 했다.

물론 발자크가 집착하는 이러한 전 시대의 고귀한 가치들은 모든 가치를 돈으로 환산해버리는 새롭게 도래한 현대 사회의 냉정함, 무정함, 이기주의와 대결하여 패배하여 사라질 운명이다. 작가도 그러한 패배가 필연적임을 안다. 그러나 그 패배가 또 짙은 여운을 남긴다. 발자크는 반복해서 "속내를 드러내지 말라"는 지침을 강조하지만, 그의 소설에서 작가가 은근히 편을 들어주며 독자 입장에서 가장 이입하게 되는 인물은 자신의 감정과 속내를 활짝 드러내고 그 결과 패배하는 인물들이다. 아무래도 발자크는 인간에 대한 신뢰를 완전히 저버릴 수는 없었던 모양이다.

인간과 사회에 대한 환멸감은 19세기 유럽 문학을 특징짓는 가장 주요한 감정이기도 하다. 이르게는 루소에게서, 그리고 19세기

들어서는 스탕달과 발자크에서 표현된 이 환멸감은 이후 플로베르와 에밀 졸라를 거쳐 한층 강화된다. 19세기 중반 이후 러시아 작가들에 의해 새로운 돌파구가 모색되기도 하지만, 20세기가 되면 환멸감은 허무주의로, 인간과 사회에 대한 근본적 회의로 굳어진다. 더군다나 1914년에는 세계 대전이 일어난다. 자본주의적 지배로 인한 사회 구조의 변화, 인간 생활과 심리의 전면적 변화가 그 밑바탕에 자리한다.

■ 발자크에 관한 몇 가지 사실들

1) 하루 50잔의 커피를 마시며 기계처럼 글을 쓴 것으로 유명한 발자크는 많은 작품을 남겼는데, 인간 사회의 모든 측면을 빠짐없이 다루겠다는 야심을 품고 '인간극La Comédie humaine'이란 제목의 큰 기획 아래 소설을 써나갔다. 90여 편의 장·단편 소설이 '인간극'으로 묶인다.('인간극'이란 책 한 권이 별도로 있는 게 아니다.) 각 작품은 서로 독립된 줄거리와 인물들을 지녔지만 한 작품의 주인공이 다른 작품에 조연이나 카메오로 등장하는 등 느슨하게 연결되어 있다. '발자크 유니버스'인 셈.

2) '인간극'은 주제나 배경에 따라 '사생활 전경', '전원생활 전경', '파리 생활 전경', '정치 생활 전경', '군 생활 전경', '시골 생

활 전경'으로 분류되는데『골짜기의 백합』은 '시골 생활 전경'
에 해당한다.

3) 발자크는 문학 이론서나 문학사 책을 보면 반드시 언급되는
작가다. 하지만 막상 그의 작품을 즐겨 읽는 독자는 많지 않다.
당대에도『몽테크리스토 백작』,『삼총사』,『철가면』등으로 유
명한 알렉상드르 뒤마나『레 미제라블』의 빅토르 위고가 더 큰
인기를 누렸으니 문학사적 중요도에 비해 대중적으로 인기 있
는 작가는 아니라 하겠다. 문학사에서 발자크는 '19세기 사실
주의(리얼리즘)를 확립한 작가'라 설명되곤 한다. 수학으로 치
면 '정석'에 해당하는 작품들을 써낸 셈이다. 독자로서는 그리
매력적인 설명은 아니다. 재미로 수학 정석을 읽는 독자는 드
물 테니까. 하지만 수학의 진정한 재미로 나아가려면 정석에서
다루는 내용을 건너뛸 순 없을 것이다. 발자크 소설을 읽는 건
그 이후에 쓰인 수많은 사실주의 소설들과 그 소설들이 다룬
현대세계를 이해하는 데 도움이 된다.

둘째 장.

읽는 힘

이야기의 세계관

———

관점

독서하는 괴물
:『프랑켄슈타인』 메리 셸리

프랑켄슈타인 콤플렉스

2016년 3월, 전 세계를 떠들썩하게 한 대결이 있었다. 구글 딥마인드사의 바둑 인공지능 프로그램 알파고와 프로 기사 이세돌 9단의 대결이었다. 대결 이후 많은 기사가 쏟아져 나왔는데 그중 내 관심을 끌었던 것은 알파고 핵심 개발자이자 딥마인드 CEO인 데미스 하사비스가 어린 시절 『프랑켄슈타인』을 흥미롭게 읽었다는 내용이었다. 그는 딥마인드사의 방들에 자신이 좋아하는 인물들의 이름을 붙였는데 그중 하나가 '메리 셸리'라고 밝히기도 했다.

하사비스가 『프랑켄슈타인』에서 얻은 메시지는 어떤 것일까.

그가 딥마인드를 인수하겠다는 페이스북의 제안을 거절하고 구글을 택하면서 회사에 '인공지능윤리위원회'를 설립해달라고 요청한 일은 잘 알려져 있다. 이 일화는 '프랑켄슈타인 콤플렉스 Frankenstein Complex'라는 개념을 떠올리게 한다. 프랑켄슈타인 콤플렉스란 인간이 완벽히 통제할 수 없는 과학기술 발전에 대한 두려움, 그에 대한 과학자들의 윤리적 책임을 강조하는 개념이다. 과학기술 자체는 중립적이지만 인간이 그를 어떻게 사용하느냐에 따라 그 영향은 좋을 수도 나쁠 수도 있다. 그러므로 결국 과학기술을 다루는 인간의 신중한 태도, 윤리적인 판단과 선택이 중요하다는 얘기다.

이처럼 『프랑켄슈타인』(1818)은 과학자의 윤리라는 주제를 심도 있게 다룬 최초의 작품으로 널리 알려져 있다. 물론 그렇다. 하지만 이는 과학자(과학기술을 다루는 인간 주체)에게만 초점을 맞춘 좀 납작한 설명이기도 하다. 메리 셸리Mary Shelley, 1797-1851의 원작은 훨씬 풍부한 주제를 담고 있기 때문이다.

『프랑켄슈타인』의 줄거리는 이렇다. 전기와 연금술에 꽂힌 한 '청년 과학도'가 있다. 그의 이름은 빅터 프랑켄슈타인.* 그는 시체의 부분들을 한데 모은 후 전기를 이용하여 새로운 생명체를 만

●   프랑켄슈타인이 괴물의 이름이 아니라 괴물을 만든 과학자의 이름임에 유의하라. 뒤에 언급하겠지만 괴물은 이름이 없다.

들어낸다. 그런데 막상 결과물이 생명을 얻어 꿈틀거리는 모습을 보니 흉측하기 그지없다. 그는 공포와 혐오감에 질려 실험실을 뛰쳐나간다. 자신이 만든 피조물을 내버려둔 채 도망친 것이다.

그 이후에 무슨 일이 벌어졌을까? 내버려진 괴물은 어떻게 되었을까? 그런데 작가는 한동안 청년 과학도 빅터에게 초점을 두고 그의 내적 고뇌를 전한다. 그는 자신이 대체 무슨 짓을 저지른 것인지 후회하며 자기 행위로부터 도피한다. 그러나 알프스의 아름다운 자연 풍경도 사랑하는 친구나 가족들과 만남도 괴물의 잔상을, 또 자기 행위의 무책임함을 지워주지 않는다. 자연의 아름다움이나 가족들의 천진하고 선한 모습은 오히려 자신이 놓인 처지를 일깨울 뿐이다. 후회와 양심의 가책에 시달리는 동안 그의 마음에는 차츰 증오심이 싹튼다. 그러던 중 급기야 어린 동생이 처참하게 살해되었다는 소식이 전해진다. 그는 괴물의 소행임을 직감하고 고통과 분노에 몸서리친다.

이렇게 과학자-창조자 빅터 프랑켄슈타인의 입장을 따라가며 그의 고뇌에 조명을 비추던 소설은 2부에 들어서 드디어 괴물-피조물의 사연에 초점을 맞춘다. 프랑켄슈타인이 무책임하게 달아난 이후 괴물은 어떻게 혼자서 살아남은 것일까? 창조되자마자(태어나자마자) 버려진 자신을 발견했을 때 괴물은 어떤 심정이었을까?

제발 내 말을 들어달라

『프랑켄슈타인』2부는 소설에서 가장 흥미롭고 눈여겨볼 만한 대목이다. 무엇보다 두드러지는 건 '괴물이 말을 한다'는 점이다. 많은 영화화 판본들이 괴물의 거대한 덩치, 흉측한 외모, 파괴적인 힘을 강조하는 것과는 다르다. 원작 소설은 '괴물의 목소리'를 강조한다. 거기에는 괴물의 고뇌와 고통이 담겨 있다. 누구에게도 말하지 못한 고뇌이고 고통이다. 오랜 추적 끝에 창조자를 만난 괴물이 창조자에게 요청하는 것도 딱 한 가지다. 자신이 그동안 무슨 일들을 겪었는지를 들어달라는 것. 도망만 다니지 말고 제발 내 얘길 좀 들어달라는 것이다.

끈질긴 요청 끝에 프랑켄슈타인을 자리에 앉히는 데 성공한 괴물은 지금까지 자신이 겪어온 일들, 즉 사람들로부터 받아온 부당한 대접과 아무리 노력해도 인간 사회의 일원이 될 수 없었던 처지를 토로한다. 말하자면 무책임한 창조자를 상대로 한 괴물의 신세 한탄이다. 한참 동안 이어지는 이 이야기에서 괴물은 자기가 인간 사회의 일원이 되기 위해 어떤 노력을 기울였는지 털어놓는다. 특히 말(인간의 언어)을 배우고자 노력했음을 강조한다. 사람들에게 자신을 드러내기 전, 말을 배워 의사소통을 할 수 있게 되면 자신의 흉측한 모습은 크게 문제가 안 되리라고 믿었던 것이다.

책으로 인간을 배운 괴물의 리딩 리스트

괴물이 스스로 계획하고 실천한 사회화 과정(언어 습득 과정)에서 가장 중요한 것은 다름 아닌 독서다. 괴물은 외딴 숲을 떠돌다 정치적 이유로 은둔 생활을 하는 한 가족을 우연히 만나게 되었고, 그들이 서로 대화를 나누고 책을 읽는 모습을 엿보며 인간의 언어와 지식을 습득했다고 말한다. 또한 괴물은 숲에서 주운 낡은 트렁크에서 나온 세 권의 고전을 읽었다며 그에 대한 나름의 감상을 말해주기도 한다. 괴물의 리딩 리스트는 흥미롭다. 괴테의 『젊은 베르테르의 슬픔』, 플루타르코스의 『영웅전』, 밀턴의 『실낙원』이다.

프랑켄슈타인의 괴물은 학구적이고 교양이 있다. 그는 누가 시키지도 않았는데 책을 읽는 자발적 독자다. 또한 독서를 통한 배움이 단순한 지식 축적으로 환원되지 않고 자기 자신의 상황과 감정을 돌아보는 것으로 이어진다는 점에서 훌륭한 리뷰어라 불리기에도 부족함이 없다. 프랑켄슈타인의 괴물은 독서하는 괴물, 독서 감상문을 쓰는 괴물이다.

자신이 읽은 책들에 대한 괴물의 감상을 살펴보면 다음과 같다.

"내가 습득한 『플루타르코스 영웅전』은 고대 공화국의 초대 건국자들의 역사를 담고 있었다. 이 책은 『젊은 베르테르의 슬픔』과는 사뭇 다른 영향을 내게 주었지. 베르테르의 상상력에서 나는 낙담과 우울을 배웠지. 그러나 플루타르코스는 고결한 사고를 가르쳐주었다. 덕분에 나는 내 한심한 사고 영역을 뛰어넘어 과거의 영웅을 감탄하고 사랑하게 되었다. [···] 이전에 나는 보호자들이 사는 오두막에서만 인간 본성에 대해 배울 수 있었어. 하지만 이 책에서는 새롭고도 더 강력한 인간의 활동 무대가 펼쳐졌다. 공직을 맡은 사람들이 자기 종족을 다스리기도 하지만 학살하는 이야기들도 읽었다. 미덕을 향한 열망과 악행에 대한 혐오가 내 마음속에 벅차게 치밀어 올랐다. [···] 이런 정서에 이끌려 나는 당연히 평화적인 통치자들을 선호했다."

–『프랑켄슈타인』2부 7장

"『실낙원』은 전혀 다르고 훨씬 심오한 감정을 불러일으켰다. 손에 들어온 다른 책들과 마찬가지로 나는 『실낙원』도 실화로 받아들였다. 전능한 신이 피조물들과 싸우는 장면은 가능한 모든 경이로움과 두려움의 감정을 일깨우는 힘이 있었다. 나와 비슷한 점이 두드러졌기 때문에, 몇 가지 상황들을 나 자신의 상황과 비교하곤 했다. 아담과 마찬가지로 나 역시 기존의 어떤 존재와도 무관하게 창조되었다. 그러나 모든 면에서 아담과 나는 다른 처지였다. 신의 손에서 나온 아담은 완벽한 피조물이었다. 창조주의 특별한 보살핌을 받는, 행복하고 번영을 누리는 존재였고, 탁월한 본성을 지닌 존재들과 대화를 나누고 지식을 전수받는 특권을 누리지. 그러나 나는 비참하고 무기력하고 혼자였다. 이런 내 처지에는 사탄이라는 상징이 더 잘 들어맞는다는 생각이 여러 번 들었다."

-2부 7장

흥미롭게도 괴물은 세 작품을 모두 (그 자신에게 절박한 문제이기 때문이겠지만) '관계'라는 키워드를 중심으로 읽고 있다. 『베르테르』에서의 관계가 사랑이나 (그 반대편의) 낙담과 우울 같은 '감정'에 기반을 둔 것이라면, 『영웅전』에서의 관계는 사회구성원들을 하나로 묶어주는 고매하고 숭고한 '사상'에 기반을 둔다. 그리고 『실낙원』에서의 관계는 인간과 신의 관계, 곧 피조물과 창조자의 관계를 의미한다.

즉 『실낙원』을 통해 괴물은 자기 존재의 의미를 묻는 셈이다. 괴물이 앞의 두 작품을 통해 사람들 사이 관계를 맺으려면 감정이나 사상이 있어야 함을 알게 되었다면, 『실낙원』을 통해 던지게 된 질문은 더 고차원적이고 본질적인 것, 즉 '누가 날 태어나게 했는가? 나는 왜 존재하는가?'이다. 밀턴의 『실낙원』에서 인간 존재의 이유는 세상 만물이 신의 섭리에 의해 굴러간다는 믿음에 의해 보증된다. 즉 신이 창조한 세상에는 모종의 질서(비록 인간은 이를 완벽히 이해하지 못하지만)가 있고 그 질서 속에서 인간 존재는 신의 뜻(역시 완벽하게 이해하지 못하지만)에 따라 일정한 자리를 차지하고 있고 일정한 역할을 해나가고 있다는 믿음이다.

하지만 괴물은 위의 것 중 어떤 관계도 맺을 수 없고 어떤 믿음도 가질 수 없다. 감정을 나눌 상대가 없고, 사회의 일원도 될 수 없으며, 신이 만든 세상 속에 자신의 자리와 역할이 없기 때문이다. 애초에 이 괴물은 신이 만든 존재가 아니라 인간이 만든 존재다. 물론 자신을 만든 이는 있지만 그는 괴물이 태어나자마자 괴물을 버리고 도망쳐 버렸다.

생각해 보면 인간의 존재 의미는 상당 부분 관계에 의해 규정된다. 다른 사람들과 사회, 그리고 초월적 존재자와 맺는 관계에 의해. 이를 감안하면 결국 프랑켄슈타인의 괴물은 독서를 통해 이 세계 속에서 자신의 위치와 의미를 물었던 것이라 할 수 있다.

괴물이 말을 한다

이처럼 원작 속 괴물의 모습은 낯설다. 그는 독서하고 사색하는 괴물이다. 사람들을 마구잡이로 죽이고 협박하거나 무조건 자기 요구를 들어달라고 하지 않는다. 대신 자신이 지금까지 겪어온 불행과 사람들에게 받은 부당한 대우를 하나하나 이야기하며 공감과 이해를 구한다. 사실 소설 속 괴물은 말이 굉장히 많은데(심지어 논리정연한데), 이는 영화화 판본들을 통해 우리에게 익숙해진 괴물의 이미지와는 차이가 크다. 기존 괴물의 이미지에 익숙한 관객에게는 '괴물이 말을 한다' 또는 '이야기의 주도권이 괴물에게 있다'는 점이 꽤 낯설게 느껴질 것이다.

하지만 '괴물이 말을 한다'는 것이 이 소설의 핵심이다.[•] 괴물은 자신을 흉측하게 만든 창조자-과학자에게 원한을 품고 그를 죽이려는 존재가 아니라, '나를 왜 만들었는지', '나는 무엇인지'를 질문하는 존재이다. 아니 그 전에 괴물은 인간 사회의 일원으로 받아들여지기 위해 언어를 배우고 독서를 하며 스스로 생각하는 존재이다. 그리고 이웃(숲속 오두막에서 만난 가족들)에게 자신이 할 수 있는 모든 친절을 베푸는 존재이기도 하다. 괴물이 창조주(빅터)에게 자기 존재의 의미를 묻기 전에 인간 사회의 일원이 되기 위해 독자적으로 학습하고 노력한다는 사실은 중요하게 고려해야 할 점이다. 하지만 인간이 되고자 애쓴 괴물의 노력은 받아들여지지 않는다.

과학을 다루는 인간의 오만을 다루는 텍스트로 이해되어 왔지만『프랑켄슈타인』은 그 정도로만 읽고 넘어가기에는 아쉬운 작품이다. 과학의 오만을 다루는 작품들은 대부분 과학을 발전시키는 것도 인간, 그 결과를 윤리적으로 반성할 책임을 가진 것도 인간이라는 시각을 갖고 있다. 목표 달성을 위해 직진하는 미친 과

• 생각해 보면 이는 당연한 것이기도 하다. 많은 연구자에 따르면 '괴물'은 메리 셸리 본인이다.(괴물의 독서 리스트도 메리 셸리 본인의 독서 이력을 반영한 것으로 보는 게 온당할 것이다.) 여성에게 독창적인 생각을 하고 목소리를 내는 게 허용되지 않았던 시절, 괴물을 통해 메리 셸리는 자신의 목소리를 낸 셈이다.

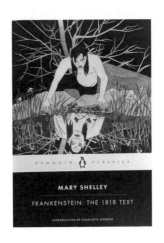

1931년 유니버설영화사에서『프랑켄슈타인』을 영화화한 이후 거대한 몸집, 초인적인 힘, 관자놀이의 나사못, 얼굴의 흉터는 괴물의 대표 이미지가 되었다. 영화화 판본들에서는 괴물의 끔찍한 외모와 엄청난 힘을 강조한다. 영화의 특성상 시각적으로 또 액션 면에서 임팩트를 줄 필요가 있기 때문이다.

반면 2011년 상연된 영국 국립극장National Theatre의 연극 버전은 괴물에게 많은 대사를 할애하는 등 원작에 충실한 각색과 연출을 택했다. 대니 보일이 연출을 맡고 베네딕트 컴버배치, 조니 리 밀러가 배역을 맡았다. 흥미로운 건 두 배우가 프랑켄슈타인과 괴물 배역을 번갈아 맡았다는 사실이다. 이 연극 버전은 간혹 극장에서 상영하기도 하는데 원작의 주제를 깊이 있게 다루고 있으므로 놓치지 말고 보길 권한다.

위 사진은 펭귄클래식에서 2018년에 펴낸『프랑켄슈타인』표지이다. 언뜻 보면 괴물의 모습이 흉측하지 않고 보통 사람과 다를 게 없어 보인다. 하지만 위아래를 뒤집어보면 수면에 비친 괴물의 모습이 드러나 흥미롭다.

학자의 무분별한 욕망이나 자신의 연구가 인류 전체를 위한 거라는 공명심을 과학 발전의 원동력으로 제시한 후, 그 결과로 닥친 파국은 좀 더 책임감 있는 다른 동료 과학자(선한 과학자)가 감당하는 식이다.

『프랑켄슈타인』은 과학자가 아니라 괴물에 포커스를 둔다. 특히 메리 셸리는 괴물에게 말하는 힘과 생각하는 힘을 주었다. 과학기술의 결과물이 독자적인 생각과 의지를 갖게 된 것이다. 그 결과 과학자는 자기가 만든 결과물-피조물을 자기 의지대로 통제하는 게 아니라 반대로 그에게 끌려다니게 된다.[•] 잘못 만들었다고 해서 취소하거나 원상 복구할 수 있는 게 아니라 자신의 발명과 창조로 인해 발생하는 모든 결과를 고스란히 받아들여야 하는 것이다.

프랑켄슈타인 ≠ 괴물

프랑켄슈타인은 괴물의 이름이 아니다. 소설 속에서 괴물은 내내 이름이 없으며 피조물the creature, 괴물monster, 악마demon, 존재being라 불린다. 프랑켄슈타인은 괴물을 만든 청년 과학도의 이름이다(과학자라 하기에는 박사학위가 없다). 그러므로 정확히 말하자

[•] 이 소설의 오프닝과 엔딩에서 수미상관적으로 강조되는 이미지이기도 하다. 물론 프랑켄슈타인은 괴물을 뒤쫓고 있다고 말하지만 실은 괴물에게 끌려다니고 있는 셈이기도 하다.

면 '프랑켄슈타인의 괴물'이라고 불러야 할 테지만, 오랜 시간이 흐르는 동안 사람들의 인식 속에서 프랑켄슈타인이 곧 괴물로 통하게 되었고, 청년 과학도는 미친 과학자의 이미지를 갖게 되었다. 정말 유명한 이야기들은 사람들의 인식 속에서 원작과는 무관하게 다시 쓰이기re-write도 하는데, 어떻게 보면 『프랑켄슈타인』의 경우는 피조물이 주인에게서 이름과 고유한 정체성을 빼앗은 것으로도 느껴진다.

06

인간의 심연을 관찰하다
:『에드거 앨런 포 단편선』에드거 앨런 포

미신—어떻게 그걸 미신이라 부르지 않을 수 있겠는가?—이
빠르게 자라나고 있다는 걸 내가 의식하면 할수록 그것은 더
욱 심해졌다. 공포 때문에 생기는 모든 감정에 그 같은 법칙
이 적용된다는 걸 나는 이미 잘 알고 있었다. 〔…〕 꿈인가 싶
은 환상을 머리를 흔들어 떨구면서 나는 건물의 실제 모습을
더 세밀히 살펴보았다.

-「어셔가의 몰락」

에드거 앨런 포Edgar Allen Poe, 1809-1849의 작품에 대해서는 '환상

적이다, 몽상적이다, 초자연적이다'라는 평가가 많은데, 잘 읽어보면 그의 서술은 의외로 현실과 논리의 영역을 좀처럼 벗어나지 않는다. 포 소설의 주인공들은 엄격한 논리와 과학적 사고방식의 소유자들이며 이들의 특기는 상세한 관찰이다. 위 인용은 포의 대표작으로 꼽히는 「어셔가의 몰락」의 초반 대목인데, 여기서도 두드러지는 건 인물이 극심한 공포를 느끼는데도 상황을 외면하기보다 관찰을 더 열심히 하려 한다는 점이다.

데뷔작인 「병 속에서 발견된 원고」에서부터 포는 이러한 점을 명확히 해두고 있다. 이 소설의 화자는 "물리학에 심취해" 있으며 "어떤 현상이든지 과학의 원리로 설명하는 습관"을 가진 인물이다. 이런 인물이 초자연적인 경험, 인간의 지각(관찰) 능력을 초과하는 경험을 하게 된다. 이것이 포 소설의 기본 설정이라 할 수 있다.

에드거 앨런 포 소설 주인공들은 굉장히 기이한 사건을 겪는다. 예를 들어 바다에서 거대한 소용돌이에 휘말린다든지(「소용돌이 속으로의 추락」), 캄캄한 지하 감옥에 갇힌다든지(「구덩이와 추」) 하는 일들은 일상적으로 겪을 만한 사건은 아니다. 오히려 평생 한 번 겪을까 말까 한 극단적인 상황이다. 그런데 포의 주인공들은 자신들이 휘말린 이 상황을 상세히 관찰하고 분석한다. 즉 극단적인 상황에서 비현실적인 경험을 하는 동안 인물은 자신이 느끼는 공포감과 경외감을, 나아가 그것이 점점 증폭되는 과정을 매우 꼼

꼼히, 차근차근, 논리적으로 서술한다.

정신줄을 놓지 않는 인물들

한편 독자 입장에서는 포의 주인공들이 이상해 보이기도 하는데, 그렇게 보이는 이유는 극단적인 상황에 처해 있는데도 인물들이 정신줄을 놓지 않기 때문이다. 보통 사람들 같으면 공포로 정신을 잃을 만한 상황에서도 포의 인물들은 정신을 잃지 않고 주변을 관찰한다. 심지어 관찰한 것을 토대로 분석도 하고 어떤 법칙을 발견해 내기도 한다.

예를 들어「소용돌이 속으로의 추락」의 주인공은 소용돌이에 빠르게 휩쓸려 들어가고 있는 중인데도 소용돌이 가장자리에서 일어나는 일들을 관찰하며, 그 결과 무게가 가볍거나 모양이 원통형인 물체가 다른 물체보다 물에 천천히 가라앉는다는 '법칙'을 발견한다. 그래서 처음에는 배에 꼭 매달려 있었지만 나중에는 통을 하나 끌어안고 바다에 뛰어들어 목숨을 구한다.

인물이 어떠한 상황에서도 정신줄을 놓지 않는다. 끝까지 관찰하고 감각한다. 그렇게 관찰하고 감각한 것들을 상세히 묘사하고 서술한다. 이것이 포 소설의 특징이자 매력일 텐데,「구덩이와 추」는 그러한 매력이 가장 직접적으로 잘 드러난 소설이다.

이 소설에서는 종교재판을 받고 지하 감옥에 갇힌 한 인물이 등장한다. 깨어나 보니 한 치 앞도 보이지 않는 캄캄한 감옥 안이고 언제 어떤 형벌이 내려질지도 모르는 상황이다. 곧 죽을 것이 명백한 상황이지만 그는 다양한 생각과 활동들을 한다. 칠흑 같은 어둠 속에서 보폭으로 감옥의 크기를 재보기도 하고, 크기를 잘못 쟀다는 것을 깨닫고 자존심에 상처를 입기도 한다.

나중에 인물은 사지가 꼼짝없이 묶인 처지에서 도끼 모양의 추가 진자 운동을 하며 점점 내려오는 상황에 놓이게 된다. 처형이 시작된 것인데, 이때 6-7페이지에 걸쳐 포가 서술하는 인물의 생각의 흐름은 정말 인상적이다. 그는 너무 느린 추의 하강 속도가 오히려 빨라지기를 기원하기도 하며 추가 거의 몸에 다다라 옷을 스치자 '생각을 멈춤으로써' 더 이상의 하강을 멈추려 시도하기도 한다. 이 시도가 통하지 않자 심지어 "추가 아래로 내려오는 속도와 좌우로 흔들리는 속도 사이의 대조를 즐겨야겠다"는 마음을 먹기도 한다.

이렇듯 포의 작품들에서는 극한 상황에서도 어김없이 발휘되는 인간의 '탐구심(호기심)' 또는 '현실 도피적 유희 능력'이, 인간의 절박한 생존 의지와 결합되어 매우 흥미롭게 그려진다. 이러한 포의 서술을 읽다 보면, 삶의 정수란 자신이 처한 한계 상황을 어떻게든 파악해 보려는 탐구심, 어떤 상황에서건 즐거움의 요소를 발견하려는 유희 능력에 있는 게 아닐까 하는 생각을 해보게 된다.

미로와 심연

그런데 다른 한편 포의 소설은 '기이한 분위기'가 압권인 소설이기도 하다. '기이한 분위기'는 포 소설의 출발점이자 핵심이다.

지금까지 포 소설의 논리적인 면을 살폈는데, 기이함은 논리로는 파악되지 않는 영역에 속한다. 물론 포의 소설에는 '약물(술) 중독'이나, '황량한 장소', '실내장식(커튼, 바람, 조명 등)의 디테일', '벽돌의 배치' 같은 것들이 인간 정신에 미치는 효과에 대해 논리적 설명을 시도하는 장면이 많지만, 그럼에도 논리로는 결코 해소되지 않는 기이함이 여전히 남는다. 아니 소설을 다 읽었을 때 독자들의 머릿속에 남게 되는 건 논리가 아니라 기이함이다. 포는 이 세상에는 논리만으론 결코 이해할 수 없는 기이하고 신비한 것들(현상들)이 존재한다고 생각한 것 같다. 다음 인용에서 보듯 그것은 여인의 눈에 깃든 표정이기도 하고 학교 건물의 전체 구조이기도 하다.

> 리지아의 눈을 집중해서 관찰할 때, 내가 얼마나 자주 그 눈에 깃든 표정에 대한 완벽한 이해에 다가가고 있다는 느낌을 받으면서도—아직은 완전히 이해하지 못했지만 곧 그런 이해에 도달할 것 같다는 느낌 말이다—동시에 그런 이해가 결국은 완벽하게 내 손아귀를 빠져나가 버렸다는 느낌을 받았는지!
>
> —「리지아」

하지만 그 학교! 그 낡은 저택은 참으로 기묘한 건물이었다! 내게는 진정 마법에 걸린 궁전 같은 곳이었다. 어딘지 모를 세분화된 구역들로 이어지는 그 꾸불꾸불한 수많은 통로들은 정말이지 끝이 없었다. 때로는 2층 건물 중 어느 층에 있는지조차 말하기 어려운 때도 있었다. 한 교실에서 다른 교실로 가려면 계단 서너 개를 오르내려야 찾을 수 있었는데, 옆으로 갈라져 늘어선 방들이 헤아릴 수 없을 만큼 많았기 때문에, 한참 걸어가다 보면 제자리로 돌아오기 일쑤였다. 전체 저택에 관한 인식은 곧 무한대에 관한 인식이라 해도 과언이 아니었다.

— 「윌리엄 윌슨」

포의 작품은 논리에서 출발하며, 그의 인물들은 줄곧 논리적인 태도를 견지하려 애를 쓴다. 하지만 결국 인간의 논리로는 이해 불가능한 영역 및 현상이 있음이 강조된다. 인간의 지각이란 그 한계가 뚜렷한 것이어서 어떤 현상의 원인 결과를 파악할 수 없으며, 실재하는 어떤 건물의 구조를 파악하는 것마저도 실패하고 만다. 신문 헤드라인으로 뽑으면 이런 식이 되겠다. "포, 이번에도 열심히 관찰했지만 이해는 실패…."

포는 그의 독자를 기이하고 신비한 공간으로 데려다 놓고 그곳을 돌아다니거나 들여다보게 한다. 예를 들어 단편 「윌리엄 윌슨」

의 학교 건물은 방과 구역들이 갈라져 늘어서 있고 서로를 이어주는 통로는 꾸불꾸불해서 도대체 전체를 파악할 수 없는 복잡한 구조다.(이 건물은 마치 꿈에 등장하는 건물 같다.)

「리지아」에서는 리지아라는 인물에 대한 상세한(그러나 손에 잡히지는 않는) 외모 묘사도 인상적이지만, 주인공 남자가 꾸며놓은 방 내부에 대한 묘사 역시 인물 묘사 못지않게 깊은 인상을 남긴다. 「어셔가의 몰락」도 마찬가지여서 로더릭 어셔에 대한 묘사만큼이나 어셔가 저택의 전체 모습과 내부 묘사가 깊은 인상을 남긴다. 특히 소설 초반 저택이 불러일으키는 섬뜩함과 공포에 압도당한 화자가 저택을 바로 보지 못하고 호수에 비친 잔영을 보다가 고개를 들어 다시 저택을 보는 장면은 인간의 현실 감각이 완전히 무너지며 공포에 사로잡히는 과정을 탁월하게 묘사한 장면이다.

이렇게 한눈에 총체적 인식이 불가능한 '복잡한 미로' 또는 '아득한 심연'이라는 공간 구조는 작품에 따라 '어셔가의 지하실'(「어셔가의 몰락」), '무도회장'(「붉은 죽음의 가면극」), '소용돌이'(「소용돌이 속으로의 추락」), '구덩이'(「구덩이와 추」), '지하실'(「검은 고양이」와 「아몬티야도 술통」)로 변주된다. 상징의 차원에서 본다면 이러한 공간 구조는, 복잡하고도 그 깊이를 알 수 없는 '인간의 마음'에 대응하는 것일지도 모른다.

삽화가 아서 래컴이 그린 「소용돌이 속으로의 추락」 삽화. 아서 래컴은 『이상한 나라의 앨리스』와 『걸리버 여행기』의 삽화로도 유명하다.

없는 결말, 강렬한 에너지

포 작품의 또 다른 특징은 이렇다 할 결말이 없다는 것이다. 결말의 자리에는 기이한 것, 신비로운 것, 불가해한 것, 도착적인 것이 뿜어내는 강렬한 에너지, 거의 광기에 필적하는 에너지가 자리한다. 그러나 독자가 주의해야 할 것은 이것이 광기와는 다르다는 사실이다. 포의 인물들은 광기 어린 행동을 하지만 그러고 있다는 사실을 스스로 의식하고 있으며,* 자신으로 하여금 광기가 어린 행동을 하도록 추동한 원인이 무엇인지를 계속해서 숙고하고 탐구하기 때문이다.

포의 작품에는 기이한 것이 뿜어내는 강렬한 에너지, 또렷한 의식의 지휘 아래 벌어지는 광기 어린 행동들의 에너지가 있다. 포의 작품이 지니는 이러한 특징이 포가 살았던 시대의 어떤 면을 반영하고 있는지, 그리고 그것이 현재 우리 각자의 삶과 세계에도 여전히 적용되는 어떤 보편성을 지니고 있는지는 생각해 볼 문제다. 확실한 사실은 지난 150여 년 동안 수많은 후대의 예술가와 독자들이 그 에너지에 매혹되어 끌려 들어갔다는 것이다.

●   포의 소설 중 가장 유명한 것은 단편 「검은 고양이」일 텐데, 아내의 시체를 벽 속에 매장하는 「검은 고양이」의 화자 역시 내내 자신이 무슨 짓을 하는지를 또렷이 의식하고 있다.

07

위장과 역할놀이를 통해 사랑의 정의를 탐색하다
:『좋을 대로 하시든지』 윌리엄 셰익스피어

프레드릭은 형에게서 권력을 찬탈, 새로운 공작이 된다. 문제는 프레드릭의 딸 셀리아가 전임 공작의 딸 로잘린드를 좋아해 한시도 떨어지려 하지 않는다는 것. 셀리아는 아버지에게 애원하여 로잘린드를 궁에 머물도록 한다. 하지만 로잘린드의 존재 자체가 백성들을 선동할 수 있다는 이유로 곧 추방령이 내린다. 이에 셀리아는 로잘린드와 남장을 하고 공작의 영지를 떠나 아르덴 숲으로 향한다.

한편 전임 공작의 절친한 벗인 '로울랜드 드 부아 경'의 막내아들인 올란도 역시 자신을 시기하고 두려워한 형 올리버에 의해 쫓

겨나 아르덴 숲에 와 있다. 로잘린드는 궁에서 쫓겨나기 전 씨름
대회에서 멋지게 활약하는 올란도를 보고 사랑에 빠졌었는데, 공
교롭게도 숲에서 두 사람은 다시 마주친다. 하지만 로잘린드가
남장을 하고 있는 상태여서 올란도가 로잘린드를 알아보지 못한
다. 게다가 남장을 한 로잘린드에게 피비라는 여인이 한눈에 반하
게 되는데, 피비에겐 그녀를 사모하여 따라다니는 실비우스가 있
다. 사랑의 작대기의 뒤엉킴은 여기서 끝이 아니다. 궁에서 나올
때 셀리아가 대동하고 나온 광대 터치스톤은 양치기 여인 오드리
와 약혼할 사이인데, 그런 오드리를 사모해 온 윌리엄이란 청년이
있다. 또한 아우 올란도를 죽이겠다고 숲으로 추격해 온 올리버는
셀리아를 본 순간 애초의 목적을 잊고 사랑에 빠져버린다.

셰익스피어William Shakespeare,1564-1616의 희곡 『좋을 대로 하시든
지As You Like It』는 권력 다툼이란 심각한 소재에서 시작하지만 『햄
릿』이나 『리어 왕』처럼 비극으로 치닫지 않는다. 대신 인물 간 러
브라인을 이리저리 엉클어뜨리는 데 주력한다. 권력 다툼에서 밀
려난 이들은 큰 슬픔에 빠지거나 절망하는 대신 명랑하게 숲으로
향하고, 이들을 뒤쫓아 난폭하고 무자비한 권력 찬탈자들이 몰려
들지만 이들 역시 곧 명랑한 상태가 된다. 인간사의 모든 갈등이
사랑과 평화의 공간인 초록의 숲 세계에서 치유되고, 희곡 제목처
럼 '좋을 대로 하시든지'의 상태가 되는 것이다.*

하지만 이 희곡이 가벼운 소동극인 것만은 아니다. 『좋을 대로 하시든지』의 집필 시기는 1599년경으로 추정되는데, 이 시기는 셰익스피어 극작이 원숙기에 접어든 때다. 특히 위장과 연기(역할놀이)의 모티브를 통해 사랑에 대한 여러 정의를 탐색하는 것이 돋보이는 작품이다.

"어디 보자, 사랑에 빠지는 건 어떨까?" : 놀이로서의 사랑

> 로잘린드 : 분위기를 바꿀 재미난 오락거리를 생각해 봐야겠어. 어디 보자, 사랑에 빠지는 건 어떨까?
> 셀리아 : 맞아, 그래 봐요, 재미 삼아서. 하지만 어떤 남자도 진정으로 사랑하지는 마. 연애 놀음이 되려면 그냥 수줍음에 얼굴 붉히는 정도여야 순결을 다치지 않고 안전하게 빠져나올 수 있지 그 이상이어서는 안 돼.
>
> ─ 『좋을 대로 하시든지』 1막 2장

● 제목 As You Like It은 '뜻대로 하세요' 또는 '당신 좋으실 대로'로도 번역된다. 독자 여러분은 어떤 표현이 더 마음에 드시는지. 서로 다른 어감을 곱씹어 봐도 좋겠다. '뜻대로 하세요'는 순응적 느낌이 강하고, '당신 좋으실 대로' 역시 관계의 주도권을 상대에게 맡긴다는 느낌이 있다. 반면 '좋을 대로 하시든지'는 일단 반말이라 화자와 청자 사이 관계의 평등함이 암시되며, 나아가 뭔가 비꼬는 것 같은 뉘앙스를 풍기기도 한다.(그러든지 말든지.) 전자는 상대의 의지나 욕망을 우선시하면서 나는 거기에 따르겠다는 느낌을 주는 반면(당신 뜻대로 하겠어요), 후자는 어차피 네가 좋을 대로 하더라도 결정은 내 몫이라며 놀리는 듯도 하다. 이 희곡의 여주인공 로잘린드의 말투, 태도와 잘 어울리는 건 후자다.

궁에서 추방당한 처지인 로잘린드가 말하는 위 대사(와 셀리아의 맞장구)는 이 희곡의 분위기를 반전시키는 대목이자 전체 분위기를 압축적으로 보여주는 대목이다. 셰익스피어는 사랑은 '재미난 오락거리'라고 말한다. 너무 가벼운 정의가 아닌가, 생각할 독자들도 있을 것 같다. 그렇다면 사랑은 무엇일까? 우리는 사랑에 대한 여러 정의를 들어서 알고 있고 좋은 정의는 본받고자 하며, 또 삶 속에서 나름대로 최선을 다해 만들어 나가기도 한다.

　하지만 사랑에 대한 정의는 제각각이며 모호하다. 그러니 우리가 때로 '사랑의 본질은 뭘까?' 하는 의문에 휩싸이는 것도 당연하다. 감정을 걷어낸 냉정한 분석을 강점으로 하는 사회학을 참조하면 사랑은 근대(사회)의 발명품이다. 자본주의 사회의 기본 경제 단위를 이루는 것은 가족인데, 이 가족을 사회구성원이라면 누구나 이뤄야 할 당연한 것으로, 어떤 희생도 감수하고 반드시 지키고 유지해 나가야할 것으로 여기도록 만드는 낭만적 가치가 바로 사랑이라는 것이다. 그러니까 사랑에 대한 여러 아름다운 이미지나 담론들은 곧 자본주의 사회가 만들어내어 유포한 허구이고 속임수이다. 즉 '영원한 사랑'이란 관념은 특정 시대의 특정 사회적 · 경제적 필요에 의해 만들어낸 관념에 불과하다는 것이다. 이 말에 동의를 하든 그렇지 않든 일단은 그런 논의가 있다는 사실을 염두에 두도록 하자. 그러고서 셰익스피어의 사랑론을 들여다보자.

사랑에 빠진 사람을 알아보는 법

결론부터 말하자면 셰익스피어에게 사랑은 '대체 가능한 것'이고 '모방 가능한 것'이다. 또한 '연기할 수 있는 것'이며 '순전한 광기'이기도 하다. 음? 이 말들은 무슨 의미일까?

『좋을 대로 하시든지』를 통해 셰익스피어가 제시하는 사랑론은 곰곰 따져보면 비범한 데가 있다. 우선 이 희곡에서 사랑은 낭만과 영원을 걷어낸 사랑이다.(근대 이전 시기이니 사랑에 대한 이런 현실적 인식을 갖는 게 오히려 용이했을지 모르겠다.) 어쨌든 셰익스피어에게 사랑은 유일무이한 대상을 향한 것이 아니라 얼마든지 대체 가능한 것이며, 영원한 것이 아니라 일시적인 광기이다.

이런 면에서 사랑은 '놀이'가 될 필요가 있다. 마음을 다치지 않고, 순결을 다치지 않고 빠져 나올 수 있는 놀이. 로잘린드가 말하듯 "재미난 오락거리"가 될 필요가 있는 것이다. 어차피 사랑이란 대상이 계속 바뀌는 것이고, 영원한 것도 아닌 일시적인 광기이기 때문이다. 하지만 이를 통해 셰익스피어가 당대 사랑의 가치가 한갓 놀이의 수준으로 떨어졌음을 걱정하고 한탄하는 것은 아니다. 우선 "어디 보자, 사랑에 빠지는 건 어떨까?"라는 유의 대사는 보통은 남성 인물들이 하는 것인데, 이 대사를 여성 인물인 로잘린드가 한다는 점에 주목할 필요가 있다. 셰익스피어는 로잘린드를 통해 '사랑=놀이'로 보는 관점을 한층 적극적으로 제시한다.

올란도 : 내가 바로 그토록 사랑에 푹 빠진 이요. 부탁이니 부디 치료법을 안다면 알려주시오.

로잘린드 : 큰아버님 말씀하신 증세가 당신에겐 없는데요. 사랑에 빠진 사람 알아보는 법을 그분이 제게 가르쳐 주셨는데, 당신은 확실히 사랑의 그 탈출하기 쉬운 지푸라기 우리에 갇힌 죄수는 아니에요.

올란도 : 그 사랑의 증세란 게 뭐요?

로잘린드 : 홀쭉해진 뺨, 당신은 안 그렇죠. 검푸른 눈언저리에 푹 꺼진 눈, 이것도 안 그래요, 말이 없어짐, 당신 안 그렇구요, 깎지 않은 수염, 당신 안 그렇지요—하지만 그건 봐 드리죠. 당신 수염은 원래 그렇게 많지도 않으니까. 〔…〕 모든 면에서 행색이 뭔가 될 대로 되라는 꼴이어야 하는데, 하지만 당신은 그런 사람이 아니에요. 오히려 복장이 단정해요. 다른 누구를 사랑하는 사람처럼 보이기보다는 당신 자신을 사랑하는 모습이라구요.

−3막 2장

로잘린드는 올란도에게 사랑의 증거(또는 증세)를 요구한다. 야윈 뺨, 푹 꺼진 눈, 깎지 않은 수염 등 눈에 보이는 증거를 통해 네가 사랑에 빠졌음을 증명해 보라는 얘기다. 또한 이 대목에서는 사랑을 증명하기 위해 그것을 잴 수 있는 것(측정 가능한 것)으로 환산할 수 있어야 한다는 아이디어가 등장하기도 한다. 여기서 셰익스피어가 활용하는 건 '시간'이다. 연인과의 약속 시간을 얼마나 잘 지키는지("사랑한다는 사람이 한 시간이나 약속을 어기다니!"(107쪽))나 사랑에 빠진 사람이 시간의 흐름을 어떻게 느끼는지(83쪽) 등이 사랑을 증명하는 지표가 된다.

사랑하는 마음을 겉으로 드러나는 외양을 통해, 혹은 측정 가능한 지표를 통해 증명하라니 너무 가볍고 진지하지 않은 발상 같기도 하지만, 사실 이러한 발상의 바탕에 깔려 있는 건 '사랑의 진실함을 증명할 방법은 없다'는 인식이다. 이런 측면에서 올란도의 사랑이 과연 로잘린드를 향한 것인지 아니면 사랑에 빠진 스스로를 향한 것인지를 묻는 대사("다른 누구를 사랑하는 사람처럼 보이기보다는 당신 자신을 사랑하는 모습이라구요")는 흥미롭다.

그런데 이처럼 가시적인 증거와 측정 가능한 지표가 제시된 이상, 사랑은 연출 가능한 것, 모방 가능한 것이 된다. 푹 꺼진 눈이나 초췌한 표정 같은 것을 꾸며내면 되니 말이다. 사랑의 증거로서 이뤄지는 모든 말과 행위는 진실성을 잃고 만다.

피비: 착한 양치기, 이 청년한테 사랑이 무엇인지 말해줘.
실비우스: 온통 한숨과 눈물뿐이지. 피비를 향한 내 사랑이 그래요.

피비: 그리고 가니메데를 향한 내 사랑이 그래요.

올란도: 그리고 로잘린드를 향한 내 사랑이 그렇소.

로잘린드: 그리고 여자 아닌 사람을 향한 내 사랑이 그래요.

-5막 2장, 134쪽

"사랑은 한숨과 눈물"이라는 실비우스의 말에 옆에 있던 피비, 올란도, 로잘린드는 (마치 Ctrl+c, Ctrl+v처럼) "내 사랑이 그래요"라고 말한다. 위 대목은 서로의 마음 화살표가 어긋나는 장면이기도 해서 재밌지만, 현실에서의 사랑 고백이 어떤 식인지를 상기하게 하기도 한다. 많은 경우 우리의 사랑 고백은 이 세상에 널리 통용되는 사랑 담론을, 현재 유행하는 양상을 모방하고 흉내 내는 것에 지나지 않을지도 모른다. 진심을 진심 어리게 표현하는 것은 이렇게나 어렵다. 아니 셰익스피어가 선보이는 인식은, 애초에 진심은 연기(또는 모방)와 구분되지 않는다는 것이다. 자신의 사랑이 진심인지 아니면 연기이고 모방인지는 사랑에 빠진 사람 스스로도 구분하지 못한다.

이중 위장 : 사랑의 진실성을 확인하기 위한 방법

그렇다면 '진심'과 '연기/모방'이 구분되지 않는 상황에서 진심을 드러내고 확인하기 위한 방법은 뭘까. 그것은 아이러니하게도 '위장'이다. 즉 마치 연인인 것처럼, 사랑에 빠진 것처럼 연기하는 것이다.

사랑의 가시적인 증거를 요구하는 로잘린드에게 올란도는 당신이 내 사랑(진심)을 믿게끔 만들 수 있다면 좋겠다고 말하고, 로잘린드는 "당신이 사랑하는 그 여자분이 그걸 믿게 만드는 게 순서"라고 응수한다. 이 대화 장면에서 로잘린드는 가니메데라는 젊은 청년으로 변장한 상태인데, 그런 상태에서 로잘린드는 올란도에게 한 가지 제안을 한다. 이제부터 내가 로잘린드인 것처럼 연기를 할 테니, 당신도 나를 로잘린드로 상상해 보라는 것—즉 일종의 역할놀이를 해보자는 것—이다.

그러면서 가니메데(로잘린드)는 자신의 예전 경험이라며, 사랑에 빠졌다는 젊은이와 역할놀이를 했던 경험을 들려준다. 자신이 "슬퍼하고, 유약해지고, 까탈 부리고, 갈망하고, 좋아하고, 거만 떨고, 급변하고, 젠 체하고, 천박하게, 헤프게 굴고, 눈물 그렁그렁하고, 미소 가득한" 연인을 연기했더니, 그 젊은이는 "좋아하다가 금방 싫어하고, 친절하게 대하다 느닷없이 욕을 하는" 등 감정 기복이 심한 모습을 보이다 결국엔 스스로 나가 떨어져 외딴 곳에서 금욕 생활을 하게 되었다는 것이다. 이런 게 바로 사랑의 현실이라며 로잘란드는 당신이 이를 경험해본다면 마음 속에 자리한 사랑이라는 광기를 얼룩 한 점 없이 깨끗이 치료할 수 있을 거라 말한다.(3막 2장, 87쪽)

셰익스피어가 선보이는 이 이중 위장은 꽤 복잡한 반향을 불러

일으킨다. 일단 남성으로 위장한 여성이 다시 여성 연인을 연기한다는 것부터가 흥미롭다. 그런데 거기에 사촌 셀리아가 로잘린드를 마치 한 몸처럼 좋아한다는 사실, 숲에서 만난 여인 피비가 남장한 로잘린드를 보고 사랑에 빠진다는 게 덧붙여진다. 이토록 복잡하고 반향이 풍부한 러브라인을 아무리 셰익스피어라 한들 잘 풀어나갈 수 있을까, 걱정이 될 지경이다.

그런데 이 이중 위장에서 한 가지 매우 흥미롭고도 주목할 점은 로잘린드가 올란도에게 자기를 '대체 가능한 무언가'로 제시하고 있다는 것이다. 지금 자기는 진짜 로잘린드가 아니라 단지 로잘린드를 연기하고 있는 가니메데이다. 즉 가짜다. 가짜는 언젠가 진짜로 대체되어야 한다. 사랑은 움직이는 거라고들 하는데, 로잘린드는 위장을 통해 사랑의 움직임을 만들어내고 있는 셈이다. 그리고 올란도는 역설적이게도 가짜 앞에서만 자기 진심을 솔직하게 드러낼 수 있다.(올란도는 힘이 무척 세고 체격도 당당한데 로잘린드 앞에서는 한 마디 말도 못하고 쩔쩔매는 인물로 등장한다.)•
로잘린드의 이중 위장은 사랑이 진심인지를 확인하는 방법이다. 사랑의 대상은 '대체 가능'하고 사랑의 맹세는 '복붙 가능'하

•   올란도는 로잘린드를 향한 사랑 고백을 나무껍질에 시로 새기고 다니는데, 이를 본 인물들이 애꿎은 나무 망가트리고 다니지 말라거나 시의 운율이 안 맞는다고 타박을 하는 장면들이 있어 재미있다.

114

며, 사랑이 영원한 것이 아니라 일시적 광기에 지나지 않은 건 아닌지 의심할 수밖에 없는 상황에서 이중 위장은 올란도의 진심을 확인하고 또 확고히 하기 위한 효과적인 수단이 된다.

로잘린드는 자신을 대체 불가능한 존재로 인식해 줄 누군가, 즉 내 발에만 꼭 맞는 유리 구두를 들고 나타날 백마 탄 왕자 같은 이를 기다리지 않는다. 대신 '역할놀이-이중 위장'을 통해 능동적으로 게임의 판을 짜며, 대체 가능한 존재에서 대체 불가능한 존재가 되는 변화의 움직임을 스스로 만들어낸다.

그런데 좀 더 보편적인 차원에서 보면 이러한 이중 위장은 우리의 '자기 인식'과도 관련이 있다. 때로 우리는 내가 다른 누군가를 흉내 내고 모방하고 있는 게 아닌가 하는 느낌에 시달린다. 내가 하는 말과 행동이 정말 내 것, 내 표현, 내 진심에서 우러나온 행동이 아니라 뭔가 사회에서 일반적으로 통용되는 관념을, 또는 대중문화가 제시한 어떤 전형典型을 따라 한 것이라는 느낌이 들 때가 있다. 이러한 느낌이 강화되면, 내 존재가 사라져도 다른 이에 의해 얼마든지 대체 가능하다는 존재론적 불안 내지 허무주의적 사고로 이어지기도 한다.

그런데 여기서 사랑의 힘이 부각된다. 한 개인으로서의 '나'는 사회의 구성원으로서나, 노동력으로서나, 사랑의 대상으로서나 얼마든지 대체 가능하다. 하지만 만약 나를 사랑하는 사람이 있다면 그 상대에게만은 '대체 불가능한' 존재가 된다. 이런 면에서 보더라도 로잘린드가 올란도를 사랑하는 방식—그에게 자신을 대체 불가능한 존재로 제시하는 방식—은 매우 흥미롭다.

영원은 빼고 하루만

이처럼 셰익스피어는 사랑의 광기에서 벗어나는 방법으로 역할놀이-이중 위장을 제시한다. 셰익스피어에 따르면 사랑은 '순전한 광기'이다. 왜 광기인가? 사랑은 유한한 존재인 인간으로 하여금 무한을 상상하게 만들기 때문이다. 단지 상상하는 데 그치지 않는다. 연인들은 서로에게 영원한(무한한) 사랑을 약속한다. 이성적으로 따져보면 이거야말로 광기다. 인간 존재 자체가 유한한데 한낱 두 개인이 서로를 향한 마음을 내걸고 영원을 약속하다니. 이런 점에서 이 희곡에서 매우 흥미로운 장면은 다음과 같다.

> 로잘린드 : 이제 말해 봐요, 그녀를 갖고 난 후 얼마나 곁에 두실 거예요?
> 올란도 : 영원히 그리고 하루 더.
> 로잘린드 : 영원은 빼고 그냥 하루라고 하시죠. 그럼요, 그럼요, 올란도, 사내들은 구애할 땐 사월이지만, 결혼하면 십이월이에요.
>
> ―4막 1장

펭귄출판사에서 펴낸 『좋을 대로 하시든지』 표지. 가면과 콧수염을 통해 남장(위장)
모티브를 인상적으로 표현했다. '펠리컨 셰익스피어The Pelican Shakespeare'라는 이름으
로 발간된 이 시리즈는 셰익스피어 각 작품의 주제를 도상 이미지로 표현하여 표지
를 감상하는 재미가 있다.

사랑의 유통기한(?)을 묻는 로잘린드에게 올란도는 영원히 사랑하겠다고 대답한다. 매우 식상한 대답이지만 여기서 재밌는 건 영원이란 시간을 살짝 비틀어 갖고 노는 셰익스피어의 감각이다. 그는 자신의 인물에게 '영원'이 아닌 '영원+1'의 개념을 제시할 수 있는 말솜씨를 주었다. 물론 올란도에게 '영원히 그리고 하루 더 For ever and a day'는 '영원히ever'를 강조하기 위한 표현이었겠지만, 로잘린드는 거기서 '영원'은 빼버리고 남은 '하루'를 강조한다. "영원은 빼고 그냥 하루만이라고 하시죠Say a day without the ever."

이러한 말장난-개념 놀이를 통해 셰익스피어는 인간의 유한성, 사랑의 유한성을 되새기게 한다. 영원의 사랑이 아니라 하루의 사랑이다. 그러나 사랑의 유한성을 강조한다고 해서 사랑을 부정하는 건 아니다. 로잘린드의 말은 오히려 영원한 사랑이란 '하루a day'라는 작은 시간적 단위들이 하나하나 더해져+ 이루어지는 것임을 상기시키는 듯하다.

스스로를 돌아보는 시선
:「참마죽」아쿠타가와 류노스케

아쿠타가와 류노스케芥川龍之介, 1892-1927의 단편「참마죽」(1916)
은 동화 같은 일화를 통해 인간의 욕망 및 자연과 풍경을 바라보
는 인간의 시선을 여러 각도에서 조명한 작품이다. 이 소설은 존
재감 없는 인간, 마치 풍경처럼 존재하는 인간을 다룬다.

옛날 헤이안 시대(9-12세기)의 일본, 별 볼 일 없는 하급 무사 한
명으로부터 이야기는 시작된다. 이 하급 무사는 일단 외모부터가
볼품없다. 작은 키 딸기코에 눈꼬리는 축 처져 있으며, 수염도 듬
성듬성하다. 신분은 사무라이지만 무사다운 풍채나 기백은 전혀
없다. "오래전부터 늘 똑같은 색 바랜 관복에, 똑같은 후줄근한 두

건을 쓰고, 똑같은 일을 질리지도 않고 매일 되풀이 했다"고 묘사되는 그의 모습은 무사라기보다 그냥 말단 관리에 가깝다. 존재감이 너무 없어 이름 대신 직급(오위)*으로 불리며, 마흔이 넘은 나이지만 최고직부터 하위직까지 관아의 모두가 그를 없는 사람 취급하거나 놀림감으로 삼는다. 심지어 길에서 꼬맹이 아이들에게 놀림당한 적도 있다. 개의 목에 줄을 묶고 발로 차고 때리는 아이들에게 개를 그만 괴롭히라고 했다가 "웬 참견이야?" "뭐야, 이 딸기코 자식은"하고 빈축을 산 것이다. 패기라곤 없는 그는 이런 말을 듣고도 겸연쩍어하며 물러난다.

이런 오위에게는 남몰래 품어온 소원이 하나 있다. 바로 참마죽을 질리도록 먹어보고 싶다는 것이다. 참으로 소박한 소원인데, 이 당시 참마죽은 수라상에나 오르는 귀한 음식이라 오위 같은 인물은 일 년에 딱 한 번 연초 연회 때나 맛볼 수 있고 항상 인원이 많아 그나마 마음껏 먹어본 적이 없다는 게 소설 속 설정이다.** 그러던 어느 해 연회 날 일찌감치 죽 그릇을 비운 오위가 빈 그릇을 들여다보며 "언제쯤 이걸 질리도록 먹어보나"하고 무심코 혼잣

---

* 오위伍位는 궁중 위계에서 다섯 번째 자리로, 신사에 들어가는 것이 허용된 사람 중 최하위 직급이었다고 한다.
** 사람들에게 온갖 무시와 놀림을 당하면서도 자기 마음속 작은 욕망에만 집중하는 캐릭터는 작가가 니콜라이 고골의 단편 「외투」에서 빌려온 것이다. 소재는 설화에서 인물 설정은 서구 문학에서 취한 것이 재미있다. 「참마죽」과 「외투」는 비교점이 많으므로 관심 있는 독자는 「외투」를 함께 읽어보는 것도 좋은 독서 경험이 될 것이다.

말을 하는데 옆에서 듣고 이렇게 묻는 사람이 있다. "오위께서는 참마죽을 질리도록 실컷 먹어본 적이 없으시오?"

물어본 이는 토시히토라는 무사다. 사내답고 호방한 성격의 토시히토는 대뜸 오위의 소원을 들어주겠다며 참마죽 먹을 날을 잡자고 한다. 토시히토의 강권에 따라 며칠 후 이들은 함께 길을 떠난다. 그런데 금방 참마죽만 먹고 돌아올 것처럼 가볍게 떠난 여행길이 점점 멀리까지 확대된다. 알고 보니 토시히토는 꼬박 하룻길인 자신의 본거지까지 오위를 데려가려 했던 것이다. 토시히토의 속셈은 뭘까.

풍경을 지배하는 사람 vs. 풍경처럼 존재하는 사람

여행길이 길어지자 오위는 당황하고 불안해하지만 토시히토는 당당하기만 하다. 인적이 드문 길에 접어들면서 오위가 도적을 걱정하자 "나 한 사람이면 천 명을 거느렸다고 생각해서도 괜찮소"라고 안심시키며 토시히토는 들판을 거침없이 헤쳐 나간다. 그런데 이때 동화 같은 일이 벌어진다. "저기에 마침 좋은 심부름꾼이 있군"이라며 토시히토가 말을 몰아 지나가던 여우 한 마리를 잡아온 것이다. 그는 여우에게 위엄 가득한 목소리로 "여봐라, 여우야, 잘 들어라. 오늘 밤 안으로 쓰루가의 토시히토 저택에 찾아가 말씀을 전해라"고 말한다. 내일 몇 시쯤 손님을 모시고 도착할 터이니 맞을 준비를 하라는 것이다. 그러고 나서 여우를 휙 던지자 여우는 쏜살같이 내달린다. 여우를 전령으로 삼는 토시히토의 모습에 오위는 감탄을 금치 못한다.

> 오위는 소박한 존경과 감탄을 드러내며 이 여우까지 마음대로 부리는 제멋대로 자란 무인의 얼굴을, 새삼스럽게 우러러보았다. 자신과 토시히토의 사이에 어느 정도의 현격한 차이가 있는지 그런 것은 생각할 여유가 없었다. 단지 토시히토의 의지에 지배되는 범위가 넓은 만큼 그 의지 안에서 포용되는 자신의 의지도 그만큼 자유로워졌다는 것을 마음 깊이 느낄 뿐이었다. 아첨이란 건 아마도 이럴 때 가장 자연스럽게 생겨나는 것이리라.
>
> —「참마죽」

동화나 만화 속 한 장면 같은 이 대목은 여러모로 흥미롭다. 우선 작가가 다른 대목에선 사실적 풍경 묘사를 하고 있기에 마치 풍경이나 그림에서 여우를 끄집어낸 듯한 느낌을 준다. 여기에는 작가의 의도가 있다. 토시히토는 풍경이 내 것인 사람이다. 말하자면 그는 내 방식, 내 감정, 내 의지대로 풍경(자연)을 바라보고 해석하고 전유(專有, 마음대로 이용)하는 근대인을 닮았다. 그는 풍경(자연) 속에 주체로 존재하며 풍경 속 모든 것을 자기 마음대로 이용할 수 있다. 반면, 오위는 풍경 속의 객체다. 아니 실은 '풍경처럼 존재하는' 사람이다. 그는 '딸기코와 볼품없는 수염', '매일 똑같은 옷차림', '매일 똑같은 직무'로 대상화된 존재다. 토시히토가 세상에 자신의 의지를 펼치고 상황을 주도할 수 있는 반면, 오위는 자신의 의지를 펼치거나 주도적 역할을 할 수 없다. 그건 마치 풍경(배경)이 나서는 꼴이기 때문이다. 길 잃은 개를 괴롭히는 아이들 사이에 끼어들었지만 놀림만 받고 말았던 이유다.

한편 오위의 태도 역시 흥미롭다. 오위는 토시히토가 풍경(자연)을 자기 마음대로 대하고 다루는 방식에 감탄하고 자유로움과 든든함을 느낀다. 항상 소심함 때문에 놀림만 당해온 인물이니 그럴 만도 하다. 더구나 호방하고 거칠 것 없는, 자연마저 자기 마음대로 다루는 토시히토가 자기와 한편이 되어 자신의 바람을 실현시켜 주려 하고 있지 않은가. 우리 역시 토시히토 같은 인물이 내 편이라면 든든함을 느끼지 않을까.

거대한 참마죽 앞의 작고 초라한 인간

다음 날 저녁, 일행은 목적지에 도착하여 하룻밤을 지낸다. 토시히토는 하인들을 동원하여 참마죽을 준비시킨다. 놀라운 건 참마죽의 규모다. 아침에 일어난 오위가 방문을 열자 통나무 굵기의 참마 2, 3천여 개가 마당에 쌓여 있다. 한쪽에는 거대한 솥들이 열을 지어 늘어서 있고 그 옆에서 하녀들 수십 명이 분주하게 움직이고 있다. 서술자는 산더미 같은 참마가 죽으로 쑤어지는 광경을 본 오위의 심정을 이렇게 묘사한다. "우리 오위의 동정할 만한 식욕은 실로 이때 이미 절반으로 줄어들고 말았다."

한 시간 후, 오위는 아침상을 받는데, 커다란 은 냄비에 "넘실넘실 바다처럼 채워진 엄청난 양의 참마죽"이 차려져 있다. 오위는 먹기도 전에 질려 버리는데 토시히토와 그의 장인이 "참마죽을 실컷 먹은 적이 없다면서요? 자, 사양치 말고 드시게"라고 권한다. 식은땀을 흘리며 간신히 냄비의 반을 비운 오위는 죽이 목으로 차올라 넘어올 것 같지만 후의를 무시해서는 안 될 것 같아 눈을 질끈 감고 가까스로 남은 절반에서 3분의 1을 더 먹는다. 도시히토는 이를 못 본 체하며 "어허, 그렇게 조금 드셔서야. 아무래도 손님께서 너무 사양하시는 것 같구나. 여봐라, 다들 뭘 하고 있느냐"라면서 하인들을 시켜 참마죽을 더 퍼주라고 한다. 이 바다처럼 많은 양의 참마죽 앞에서 오위의 운명은 어떻게 되는 것일까. 과연 그는 배가 터지지 않고 살아남을 수 있을까. 그의 운명을 살펴보기에 앞서 여기서 작가가 제시한 이미지의 대비를 잠시 음미하면서 그 의미를 짚어보는 것도 좋을 것 같다. 곧 토시히토의 의지가 실린(그가 작정하고 만든) '거대한 참마죽'과 의지라곤 없는 '초라한 인간'의 대비이다.

앞서 살폈듯 오위는 풍경 속 대상으로 존재하는 인물, 개성도 주체성도 의지도 없는 인물이다. 이름으로 불리지 않는 데서 알 수 있듯, 그는 직급과 역할로만 존재한다. 게임으로 치면 마치

NPC 같은 인물이다. 그런데 그에겐 '참마죽을 질리도록 먹고 싶다'라는 소원이 있다. 하찮다고 할 수도 있지만 이 소원, 이 바람은 중요하다. 이는 오직 오위 자신의 바람(욕망)이기 때문이다. 특히 자기만의 방식으로 무언가를 원한다는 게 중요하다. 그것은 그를 자신만의 욕망과 방식, 세상 사물들에 대한 자기만의 감각을 지닌 한 사람의 독자적인 인간으로 만들어준다.

그런데 토시히토의 의지와 그 지배 범위를 느끼고 감탄하며 받아들인 순간, 오위는 욕망을 대하는 자기만의 방식을 잃어버린다. 토시히토가 준비한 거대한 참마죽 앞에서 오위는 작고 초라한 존재가 되며, 참마죽을 질리게 먹고 싶다는 그의 바람 또한 놀림거리, 비웃음거리가 된다. 오위는 자신은 상상도 하지 못했던 방식으로 욕망을 충족시키라는 요구에 직면하며 이 요구 앞에서 그가 마음속에 간직하고 있었던 감각, 즉 새해에 아주 조금씩 참마죽을 맛보며 느꼈던 행복감이나 언젠가 참마죽을 마음껏 먹겠다는 소박한 바람은 의미를 잃는다. 즉 세상의 것들을 인식하고 의미화하는 자기만의 시각과 방식, 페이스를 빼앗겨 버린 셈이다.

오위는 참마죽을 먹기 전날 밤 기묘한 불안을 느끼는데, 작가는 그 불안을 다음과 같이 묘사한다.

정말로 이렇게 쉽게 '참마죽에 질리는' 일이 사실이 되어 실현되면 애써 지금까지 몇 년 동안 꾹 참고 기다려온 것이 너무나도 부질없는 노력처럼 보이고 만다. 가능하다면 갑자기 어떤 사정이 생겨 일단 참마죽을 먹을 수 없게 되고, 그러고 나서 또 그 사정이 사라져서 이번에는 겨우 참마죽을 먹게 되는 그런 식으로 만사가 진행되었으면 싶었다.

오위는 참마죽을 질리도록 먹고 싶다는 소원을 이뤘지만 참마죽의 맛을 거의 느끼지 못하고 정말로 질려 버린다. 자기가 상상해 온 방식이 아니었기 때문이다. 그는 자신이 오래 간직해온 소원, 바람, 욕망이 토시히토의 비웃음거리가 되었음을, 나아가 자신 역시 말 그대로 풍경이 되어버렸음을 발견한다. 여기서 마당에 쌓인 참마가 '산더미'에 비유되고 커다란 냄비에 담긴 죽이 '바다'에 비유된다는 것은 의미심장하다. 오위는 '산 같은 참마'와 '바다 같은 죽'과 함께 '아주 볼만한 풍경'이 되어버린다. 장관도 이런 장관이 없고 웃음거리도 이런 웃음거리가 없다. 어쩌면 이 일화는 '고작 참마죽을 원 없이 먹는 것'에 삶의 의미를 두었던, 게다가 막상 만들어주니 제대로 먹지도 못한 볼품없는 하급관리의 '웃픈 이야기'로 오랫동안 사람들 입에 오르내렸을 것이다.

만약 여우가 다시 등장하지 않았더라면 말이다.

여우의 시선

아쿠타가와 류노스케는 소설 마지막에 묘한 반전을 선보인다.

오위가 참마죽 앞에서 쩔쩔매고 있는데 갑자기 여우가 나타난다. 앞서 토시히토가 들판에서 잡아 심부름을 시켰던 여우다. 그리고 이 여우는, 심술궂은 웃음과 함께 오위에게 죽을 더 먹으라 권하고 있던 토시히토의 '시선'을 빼앗는다. "여우도 참마죽이 먹고 싶어 찾아온 모양이군. 여봐라, 저 녀석에게도 먹을 것 좀 갖다줘라." 덕분에 오위에겐 잠깐의 틈이 생긴다. 자기 모습을 돌아볼 수 있는 틈, 자기 자신을 객관화하여 바라볼 수 있는 틈이 생긴 것이다.

> 오위는 참마죽을 먹고 있는 여우를 바라보며 이곳에 오기 전의 자신을 마음속으로 돌아보았다. 그것은 많은 사무라이들에게 우롱당하고 있는 그였다. 교토의 아이들에게조차 "뭐야, 이 딸기코 녀석은"하고 욕을 먹고 있는 그였다. 색이 바랜 관복에 시누키(발목 부분을 묶은 바지)를 입고 주인이 없는 삽살개가 마냥 주작대로를 어슬렁어슬렁 걷는 가엾고 고독한 그였다. 그러나 동시에 또한 참마죽을 실컷 먹고 싶다는 욕망을 그저 혼자서 소중하게 지켜온 행복한 그였다.

이때 오위의 마음속 돌아봄은 여우의 돌아봄과 상통한다. 앞서 토시히토가 여우를 붙잡아 심부름을 시키는 장면에서, 작가는 아주 잠깐 여우가 토시히토를 돌아보는 시선을 선보인 바 있다. 즉 여우의 눈에 비친 인간의 모습을 묘사한 것이다.

내던져진 여우는 기울어진 사면을 뒹굴 듯하며 뛰어 내려가서는 물이 없는 강바닥의 돌 사이를 재주좋게 훌쩍훌쩍 뛰어넘고 이번에는 맞은 편 사면으로 기세 좋게 비스듬히 뛰어올라갔다. 뛰어오르면서 뒤를 돌아보니 자신을 맨손으로 붙잡았던 사무라이 일행은 아직 먼 경사면 위에 말을 늘어놓고 서 있다. 그것이 모두 손가락을 모두 모아 놓은 것만큼 조그맣게 보였다. 특히 지는 해가 비춘 하얀 말과 회색 말이 서리를 머금은 공기 속에 그림을 그린 것보다 더 또렷하게 떠오른다.

여우는 고개를 돌리고 다시 마른 수풀 속을 바람처럼 달렸다.

오위와 여우의 시선은 둘 다 돌아보는 시선, 즉 반성적 시선이다. 여우의 시선은 오위로 하여금 자신의 모습을 돌아볼 수 있게 하며, 또한 자연을 풍경으로 인식하는 인간의 시선을 돌아보게 한다.

토시히토는 풍경 속의 모든 게 자기 것인 사람, 누구든 잡아다가 자기의 풍경 속으로 가져다놓고서 제멋대로 이용하고 껄껄 웃는 사람이다. 때문에 그는 자연 속에서 여우를 포획하여 자신의 의지를 불어넣을 수 있었다.(그랬다고 믿었다.)

그러나 인간만이 시선의 주체인 건 아니다. 여우(자연)도 인간을 바라본다. 멀리 떨어진 여우의 눈에 토시히토 일행은 손가락을 나란히 한 것처럼 조그맣게 보인다.(아마 자연에 시선이 있다면 인간은 이렇게 조그맣게 보일 것이다.) 즉 여우의 시선에서 토시히토와 오위 이 두 인물은 거대한 풍경 속 작은 손가락처럼 보인다. 토시히토와 오위는 지위나 성격, 태도 면에서 공통점이라곤 하나도 없는 인물, 인간 세상의 기준으로는 양극단에 자리한 인물이지만 여우가 보기엔 손가락을 모아 세운 것처럼 똑같은 것이다. 크고 호방한 사람이든 작고 초라한 사람이든 누구나 자기 방식으로 욕망하는 것이 있고 그를 통해 행복을 느낀다면 인간은 똑같은 게 아닐까. 이런 시선을 아쿠타가와 류노스케는 선보인다.

■ 아쿠타가와 류노스케

아쿠타가와 류노스케는 35세의 짧은 삶을 살았지만 나쓰메 소세키, 모리 오가이 등과 함께 일본 근대문학을 대표하는 작가로 꼽힌다. 유럽 유미주의의 영향을 받았으나 퇴폐주의로 빠지지 않고 삶에 대한 긍정, 유머를 간결한 문체로 풀어냈다. 일본 고대 설화에서 소재를 취해 현대적으로 재해석한 작품, 에도 시대 그리스도교 박해를 통해 동서양 문명의 갈등을 다룬 작품, 일본의 서구화를 다룬 작품들이 있다. 특히 구로사와 아키라 감독에 의해 영화화되어 베니스 영화제 황금사자상을 수상한 영화 〈라쇼몬〉의 원작자로 유명하다. 사후에 제정된 '아쿠타가와 상'은 일본에서 가장 권위 있는 문학상으로 꼽힌다.

아쿠타가와 류노스케는 시점의 달인이라 할만하다. 그는 「라쇼몬」, 「덤불 속」, 「지옥변」 같은 작품들에서 시점에 따라 달라지는 진실을 그려낸다. 어떤 경험이나 대상 세계를 자기 식대로 해석하고 전유하는 인물은 그의 소설에서 자주 등장한다. 그런데 이러한 시선이 여럿이어서 서로 어긋나거나 응시하는 자를 (반대로) 응시하는 시선이 있어서 시선(관점)들의 교차와 충돌, 모순이 발생한다. 이는 "모든 건 각자의 주관적 시선에 달려 있으며 객관적 진실은 누구도 알 수 없다"는 성찰적 주제로 이어진다. 본문에서는 「참마죽」을 통해 자기 식대로 자연과 타인을 대상화, 수단화하는 시선이 어떻게 깨지는지를 살폈는데, 같은 맥락에서 흥미롭게 읽어볼 수 있는 단편으로 「밀감」이 있다. 매우 짧지만 공중에 던져진 밀감의 이미지가 오랫동안 선명하게 남는 소설이라 추천한다.

이야기의 현대성

————

새로움

_____ *09* _____

소통을 말하다
:「상자 속의 사나이」,「산딸기」안톤 체호프

안톤 체호프Anton Chekhov, 1860-1904는 '현대 단편소설의 완성자'
란 어마어마한(?) 수식어의 보유자다. 왜 이렇게 불리게 된 걸까?
체호프는 1880년대부터 죽기 전(1904년)까지 지속적으로 많은 단
편을 썼다. 독자는 이 기간에 단편이 일정한 형식적 틀을 갖췄구
나 하고 짐작해 볼 수 있다. 또한 '현대 단편'이라고 할 때 '현대'란
대체 뭘 의미하는 것일까, 질문을 던져볼 수도 있겠다. 나아가 좀
깊은 질문이긴 하지만, 체호프 활동 시기는 (또 다른 단편의 거장들
인) 모파상(1850-1893)이나 오 헨리(1862-1910)의 활동 시기와도
겹치는데, 체호프의 단편은 이들의 단편과는 어떤 점에서 다른 걸

까 생각해 보는 것도 흥미로울 것이다.

오늘날 단편, 중편, 장편의 구분은 익숙하지만 20세기 초까지는 소설이라고 하면 대개 장편을 의미했다. 중편은 소설novel에 축소형 어미 'a'를 붙인 '노벨라novella'란 명칭에서 알 수 있듯 '완성되지 못한 소설' 취급을 받았고 단편short story은 단순한 '재미용 소품', '콩트'와 동일시되었다. 둘 다 충분한 완성도나 예술성을 갖추지 못한 것으로 여겨진 셈이다.

단편소설이 그 자체의 예술성과 깊이를 지닌 독립된 작품으로 받아들여지기 시작한 것은 체호프 이후부터다. 그래서 현대 단편 작가들은 대개 체호프와 연관되곤 한다. '미국의 체호프'라 불리는 레이먼드 카버, '교외의 체호프'라 불리는 존 치버가 대표적이다. 또한 단편 작가로서는 처음으로 노벨문학상(2013년)을 수상한 앨리스 먼로 역시 '우리 시대의 체호프'라 불린다.

길이도 짧은 단편소설에 체호프는 어떻게 예술성과 깊이를 불어넣어 새로운 경지로 끌어올릴 수 있었을까? 그리고 이후 모든 단편 작가들의 모범이 될 수 있었을까? 그 비밀을 체호프의 연작 단편 「상자 속의 사나이」와 「산딸기」를 통해 살펴보자.

상자 속의 사나이

「상자 속의 사나이」는 사냥 여행 중인 두 인물을 소개하며 시작된다. 한 사람은 부르킨이란 이름의 젊은 교사이고 다른 한 사람은 나이 지긋한 수의사 이반 이바니치이다. 둘은 어떤 시골 촌장 댁 헛간에서 하룻밤을 보내게 되고 밤이 되자 이런저런 이야기를 나눈다. 화제에 오른 건 '시골 사람들의 편협한 삶'이다. 예를 들어 지금 머무는 이 촌장댁의 아내만 해도 원래는 영리한 여자였다는 데 결혼 후 평생 마을 밖으로 나간 적이 없어 요즘은 밤에 마을 거리를 배회하는 등 이상해져 버렸다는 것이다.

이에 부르킨은 마치 조개나 달팽이처럼 자기 껍질 속으로 기어들려는 사람은 드물지 않다며 자기 마을에서 있었던 일화를 들려준다. 이게 「상자 속의 사나이」 이야기다. 이야기의 주인공은 벨리코프라는 이름의 선생인데, 그는 모든 걸 상자 속에 집어넣듯이 행동하고 생각해서 그런 별명이 붙었다. 우산은 우산집에, 시계는 시계집에 넣고 다니는 것은 물론, 외투도 깃을 바짝 세워 마치 얼굴을 상자 속에 집어넣은 것처럼 하고 다녔다는 것이다. 문제는 이런 태도가 그의 사고에까지 영향을 미쳤다는 것이다.

사고의 측면에서 벨리코프는 '하지 말라'는 금지로 가득 찬 상부의 명령서나 신문 기사만 이해할 수 있었고 그게 바로 그의 '상자'였다. 본인만 그랬다면 상관없을 텐데 남들이 규칙을 어기거나 일탈하는 모습도 견딜 수 없어 해서 벨리코프는 어느덧 의무와 금지의 화신처럼 되어버렸고, 그로 인해 마을 전체의 활력이 사라져 버렸다고 부르킨은 말한다.

동료 중 누군가 기도 시간에 늦거나, 학교 학생들의 장난질에 관한 소문을 듣게 되거나, 여교사가 저녁 늦게 장교와 있는 걸 보았다거나 하면 그 사람은 너무너무 걱정하며 계속해서 아무 일도 생기지 않아야 할 텐데, 하고 계속 말하곤 했습니다. 교무 회의에서도 그 사람은 그런 조심성과 의심, 그리고 순전히 자신만의 상자 속에 갇힌 것 같은 꽉 막힌 생각들로 우리를 압박했지요. 〔…〕 최근 10년에서 15년간 벨리코프 같은 사람의 영향으로 우리 마을 사람들은 모든 걸 두려워하게 되었어요. 큰 소리로 대화를 나누는 것도, 편지를 보내는 것도, 친교를 나누는 것도, 책을 읽는 것도 두려워했고, 가난한 사람을 돕는 것도, 읽고 쓰는 것을 가르치는 것도 두려워하게 되었지요….

—「상자 속의 사나이」

체호프는 벨리코프를 통해 사회의 의무와 규칙을 자신의 것으로 그대로 받아들여 그 안에만 머무르려는 인물을, 그러한 인물의 태도가 공동체 전체에 말 없는 강요와 억압이 되는 양상을 보여준다. 그런데 이 이야기의 마지막엔 반전이 있다. 사사건건 마을 사람들의 언행에 간섭하고 엄격하게 굴었던 벨리코프는 모종의 사건을 겪은 후 정신적 충격을 받아 죽는다. 그런데 그의 죽음 이후에도 마을 사람들의 삶은 '예전과 똑같이' 흘러간다. 원래부터 모두 각자의 상자 속에서 살고 있었던 것이다.

상자의 의미

'상자'는 체호프의 핵심 모티프로 자기 세계, 자기 가치관, 자신의 편협한 생각에 갇혀 사는 상태에 대한 비유이다. 그런데 「상자 속의 사나이」는 벨리코프가 충격을 받아 죽는 에피소드를 통해 '그가 마을 사람들을 괴롭힌 것인지' 아니면 '마을 사람들이 그를 괴롭힌 것인지' 모호하게 처리함으로써 과연 누가 상자 속에 있었던 것인지를 묻는다.

이런 모호함/애매성ambiguity은 작품 해석의 폭을 확 넓혀준다. 어떤 인물에 또는 어떤 사건에 주목하느냐에 따라 관점이 달라지고 해석이 달라질 수 있기 때문이다. 나아가 독자로 하여금 '(나만 모르고 있을 뿐) 나 역시 상자 속에 갇혀 있는 사람인가?'하고 스스로를 되비추는 질문을 던지게 하기도 한다.

그런데 체호프 소설은 여기서 한발 더 나아간다. 「상자 속의 사나이」를 단독으로 읽을 경우, 독자의 독후감은 '나 역시 상자 속에 살고 있는 건 아닌지 돌아보고, 그러한 편협한 시각과 태도에서 벗어나자'와 같은 교훈적 감상으로 수렴될 가능성이 크다. 그러나 이는 체호프가 강조하는 바가 아니다.

액자 바깥 상황 읽기

체호프는 「상자 속의 사나이」를 다른 작품들과 이어지는 3부작으로 구상했다. 두 번째 소설이 「산딸기」, 세 번째 소설이 「사랑에 관하여」이다. 비평가들 역시 체호프의 의도를 존중하여 보통 세 작품을 묶어 '체호프의 소小 삼부작'이라 부른다. 이 소설들 각각은 한 사람이 다른 이들에게 자기가 아는 이야기를 들려주는 액자식 구성을 취하고 있는데, 재밌는 점은 이 소설들에서 정말 흥미로운 요소는 액자 속 이야기가 아니라 액자 바깥 상황에 있다는 것이다.

이 3부작 소설들에서 독자가 주의 깊게 볼 포인트는 이야기를 말하는 이들의 태도와 듣는 이들의 태도다. 결론부터 말하자면 이들은 서로의 이야기를 잘 듣지 않는다. 상대의 말을 귀 기울여 듣는 대신 각자 자기 생각, 자기 기분에 빠져 있다.

액자 바깥의 상황에 대한 체호프의 서술을 자세히 살펴보자. 앞서 살폈듯 「상자 속의 사나이」는 부르킨이 이반 이바니치에게 들려준 이야기인데 부르킨은 이 이야기를 '세상에 이런 일이?'에 나올 것 같은 신기한 이야기로 들려준다. 그는 '우리 도시에 마치 상자의 화신 같은 괴짜 사내가 살았다'는 식으로 이야기할 뿐 거기에 자신의 논평을 덧붙이거나 어떤 교훈을 끌어내 강조하려 하지 않는다. 그는 자신의 이야기에(이야기 속 인물) 거리를 두면서 다소 냉담한 태도로 이야기를 들려준다.

그런데 이야기를 듣는 이반 이바니치의 태도는 다르다. 냉담한 화자와 달리 뜨거운 청자인 그는 '상자 속의 사나이' 이야기에서 인간 삶에 대한 어떤 보편적 교훈을 끌어내고자 한다.[*] 그는 이야기에 열렬히 반응하면서 따지고 보면 우리 모두 벨리코프와 다를 바 없이 상자 속의 삶을 살고 있는 게 아니겠냐며 분노한다. "더 이상 그렇게 살 수는 없습니다!" 이반은 부르킨의 이야기 속에서 우리 모두의 편협한 삶을 당장 뒤집어엎어야 한다는 교훈을 끌어내어 상대에게 그에 대한 동의와 공감을 요구한다. 그런데 부르킨은 "그건 또 다른 얘기"라며 이야기를 끊어버린다. 이반이 자기도 뭔가 교훈이 될 만한 이야기를 하나 해도 되겠냐고 묻자 "아니요, 이제 잘 시간이 됐네요"라며 딱 잘라 거절하기도 한다.

독자가 주목할 것은 바로 이 온도 차이다. 이야기에 대한 반응의 온도 차. 같은 이야기지만 사람들은 각자의 성향이나 가치관, 심지어 잠시의 기분에 따라 완전히 다르게 반응한다는 것을 체호프는 말한다.

졸리고 지루한 산딸기 이야기

「상자 속의 사나이」 결말에서 이반 이바니치는 부르킨에게 자기도 "뭔가 교훈이 될 만한 이야기"를 하나 들려주겠다고 하는데, 이 이야기는 며칠 후에야 계속된다. "그때 하시려던 얘기가 뭐였

---

[*] 소설을 자세히 읽어보면 부르킨이 이야기를 들려주는 도중에도 이반 이바니치는 자기 논평을 덧붙이고 싶어 안달이 난 상태임을 알 수 있어 재미있다.

죠?" 하고 부르킨이 물어본 덕택에 비로소 이야기할 기회를 얻은 이반 이바니치는 자기만의 편협한 이상 속에서 살아가는 인물, 즉 '상자 속 사나이'의 또 다른 사례로 자신의 동생 이야기를 들려준다. 이게 3부작 중 두 번째 소설인 「산딸기(구스베리)」다.●

이야기는 이렇다. 이반에겐 니콜라이라는 동생이 있는데, 그는 평생의 꿈이 자기 영지를 마련하여 과수원을 만들어 거기서 수확한 산딸기를 먹는 것인 인물이다. 그는 오랫동안 구두쇠처럼 인색한 생활을 하고 결혼도 돈 많은 늙은 과부와 하는 등 여러 노력 끝에 마침내 영지도 마련하고 산딸기도 수확하게 된다. 마침 첫 딸기를 수확했을 때 형이 동생을 방문했는데, 이때 본 동생의 모습에 대해 이반은 다음과 같이 서술한다.

'너무 맛있어!' 그는 게걸스레 먹으며 계속해서 말했습니다. '아, 너무 맛있어! 형도 하나 먹어봐!'

딸기는 딱딱하고 시큼했습니다. 하지만 푸시킨이 말한 대로 '진리의 어둠보다는 우리를 고양시키는 기만이 더 소중'한 법이죠. 저는 그때 오랫동안 간직해온 꿈을 명백하게 이룬 행복한 인간을 보았습니다. 삶의 목표를 이루고 원하는 것을 얻어 자신의 운명과 자기 자신에 만족한 인간을요. […] 그때

●　　　「산딸기」는 판본에 따라 「구스베리」로도 번역되어 있다.

생각했습니다. 이 세상에는 스스로에게 만족한 행복한 인간
들이 얼마나 많은가! 그리고 그건 얼마나 억압적인 힘인가!
우리 삶을 한번 돌아보세요. 힘 있는 자들의 파렴치함과 게
으름, 약한 사람들의 무지와 비열함, 도처에 있는 믿을 수 없
는 가난, 과밀함, 타락, 음주, 위선, 거짓….

─「산딸기」

이반은 동생이 맛없는 산딸기를 너무 맛있다고 먹으며 만족하
는 인간, 스스로를 속이는 편협한 만족감 속에서 사는 인간이 되
어버린 것을 봤다고 말한다. 이러한 동생의 이야기를 들려주고 나
서 그는 우리 삶과 인간 사회 전반을 돌아보자며, 삶의 의미란 단
지 개인적 안락함의 추구나 행복이 아니라 그보다 더 위대한 무언
가에 있어야 하지 않겠느냐고 역설한다. 고작 신 딸기를 먹고 만
족해버리는 게 삶의 목표가 되어서는 안 된다는 것이다.

이렇게 열변을 토하던 그는 이야기를 듣고 있던 청자 중 한 명
인 알료힌의 손을 붙잡고 이제부터라도 깨어 있는 삶을 살라고,
부디 선한 일을 하라고, 간절하게 진심을 담아 당부한다. "만일 삶
에 의미와 목표가 있다면, 그 의미와 목표는 우리의 행복에 있는
것이 아니라 무언가 더 합리적이고 위대한 것에 있는 겁니다. 선
한 일을 하십시오!" 하지만 이때 이야기를 듣고 있던 이들의 반응
은 다음과 같다.

부르킨도 알료힌도 이반 이바니치의 이야기가 마음에 들지 않았다. [⋯] 산딸기를 먹은 가난한 관료 이야기를 듣기란 정말이지 지루했다. 어쩐 일인지 그들은 우아한 사람들이나 여인들에 관한 이야기를 하고 또 듣고 싶었다.

[⋯]

알료힌은 몹시 졸렸다. 농장일 때문에 새벽 세 시쯤에 일어났기에 눈을 뜨고 있기도 힘들 지경이었다. 하지만 손님들이 자기가 없는 상태에서 무슨 재밌는 얘기를 하지 않을까 싶어 자리를 떠나지 못했다. 방금 전 이반 이바니치가 들려준 이야기가 현명한 이야기인지, 정당한 이야기인지 그는 판단하지 않았다. 손님들은 껍질 벗긴 곡물이나 건초, 타르가 아니라 그의 인생과는 직접 관련이 없는 이야기를 나누었다. 그는 그것이 기뻤고, 그들이 계속 이야기 해주기를 바랐다⋯.

이반 이바니치의 열변과 진심 어린 당부가 무색하게 청자들은 지루해하고 딴생각을 하고 졸려 한다. 이러한 반응에 이반 이바니치도 "머리까지 이불을 덮어쓰고" 잔다. 체호프 소설에서 이불을 덮어쓰는 행위는 상자 속으로 들어가는 행위와 같다. 이반은 부르킨과 자신의 이야기에서 상자 속의 삶에서 벗어나 새로운 삶을 살자는 깨달음(교훈)을 끄집어내 역설했는데, 그런 그가 결국 이불을 덮어쓰고 자는 것은 이야기에서 교훈을 끄집어내 설교하는 그의 태도 자체가 또 하나의 상자임을 보여주는 장면이라고도 볼 수 있다. 내가 깨달은 대로 다른 사람들도 깨닫지 않는다는 것을 체호프는 보여준다.

한편, 두 소설을 통해 체호프는 이야기의 의의, 소설의 의의를 묻는 것 같기도 하다. 어떤 사람들은 소설을 읽고서(또는 이야기를 듣고서) 거기서 삶의 교훈이나 깨달음이 될 만한 주제를 끌어내 설파하려 한다. 하지만 다른 사람들에게 이야기란 재미있거나 신기하면 그만이다. 체호프는 이 두 태도 중 어느 하나를 편들지 않는다. 우리는 체호프의 서술 속에서 개인의 행복과 만족감을 넘어서는 삶의 진정한 의미를 깨닫길 바라는 이반 이바니치의 심정도 이해하게 되지만, 새벽 세 시부터 시작된 노동에 지쳐 농사 이야기가 아닌 다른 재밌고 흥미로운 이야기를 듣길 원하는 알료힌의 심정 역시 이해하게 된다. 체호프는 이야기를 받아들이는 두 태도 사이에 어떤 차이와 단절이 존재함을 보여준다.

체호프 소설의 현대성

위 이야기를 토대로 체호프 소설의 현대성을 짚어보자. 체호프는 왜 '현대 단편의 완성자'라 불릴까? 여러 맥락과 이유가 있지만 가장 대표적인 한 가지를 들자면, 서로 의사소통이 안 되는 현대의 소통 양상을 처음으로 부각시킨 작가가 바로 체호프이기 때문이다.

'체호프 이전 19세기'는 장편소설이 전성기를 누린 시기로 위고, 디킨스, 톨스토이 등 우리에게 익숙한 대가들의 걸작이 쓰인 시기다. 이 시기 소설의 중요한 특징 중 하나는 인물의 내면 묘사를 통해 사회적 메시지 또는 인생의 교훈을 설파했다는 것이다. 주인공이 내적 갈등을 거쳐 도달한 깨달음은 곧 작가의 사상과 신념을 대변하는 것이었고, 작가가 사회구성원들에게 던지는 윤리적, 정치적 메시지이기도 했다. 이러한 소설 쓰기가 가능했던 바탕에는 작가가 얻은 인생과 사회에 관한 '통찰'이나 '큰 깨달음'이 독자에게 잘 전해질 거라는 (작가-독자 상호 간의) 암묵적 믿음이 있었다. 소설 주인공의 고뇌에 찬 독백, 인물 간의 치열한 논쟁, 장대한 연설 장면, 죽음을 앞둔 인물의 유언 장면 등은 작가의 생각이 자신 있게 설파되는 대목이자 작품의 클라이맥스이기도 했다.

그러나 체호프 이후의 현대 소설들에서 이 장면들은 상당히 다른 방식으로 다뤄지기 시작한다. 주인공의 상념은 자꾸 끊기고, 대화는 동문서답식으로 이뤄지며, 유언은 대체 뭐라고 하는지 정확하지가 않다. 누군가 열정적으로 연설이나 설교를 할 때, 듣는 사람들은 각자 다른 생각에 빠져 있어 거의 못 듣고 있거나 들었더라도 시큰둥한 반응을 보인다. 「산딸기」에서 이반 이바니치의 연설이 바로 이런 대접을 받는다. 사실 이반 이바니치의 연설은 19세기 소설에서라면 청중의 호응이 있거나 적어도 서술자가 힘을 실어줄 만한 장면이다. 하지만 체호프는 오히려 청자들은 지루해하고 연설자는 머쓱해하는 모습을 선보인다.

이처럼 작가와 독자 사이의 암묵적 신뢰 내지 공모 관계에 금이 가기 시작한 상황을 체호프 소설은 직시한다. 사회 구조가 복잡해지고 미디어가 다양해지며 개개인의 삶이 개별화되고 분열되면서 상호 이해와 소통의 가능성이 점점 낮아질 현대사회의 흐름을 예측한 것이라고도 할 수 있겠다. 19세기 대가들은 소설 작업을 통해 일정한 사회적 공감대를 만들어낼 수 있었다. 하지만 현대소설에서는 그게 쉽지 않다. 저마다 각자의 진실, 각자의 입장, 각자의 세계관을 지닌 사람들(곧 각자의 상자 속에 들어 있는 사람들)은 소설은 물론 여러 매체에서 각자 다른 것을 보고 메시지에도 다르게 반응하기 때문이다.

그러나 체호프 소설이 '상자 속 사람들'의 불통과 단절을 강조하며 끝나는 건 아니다. 체호프는 사람들 사이 이해와 소통의 불능 상황을 있는 그대로 보여주면서도 예기치 않게 그를 뛰어넘는 이해와 소통의 순간을 선보이기도 한다. 체호프가 어떻게 그런 순간을 선보이는지 궁금한 독자들에게 이 글에서는 소개하지 않은 3부작의 마지막 작품 「사랑에 관하여」를 읽어보길 권한다.*

●   「사랑에 관하여」에서는 이반 이바니치의 이야기를 듣고 몹시 졸려 했던 알료힌이
         화자로 등장하여 자신의 이야기를 들려준다.

10

권력에 맞서는 카프카적 방식
:「변신」프란츠 카프카

해석을 허용하지 않는 작가

프란츠 카프카Franz Kafka, 1883-1924는 이름이 '문학 자체'인 몇 안
되는 작가다. 작품을 읽어보지 않은 사람에게도 카프카란 이름은
강한 호소력과 영향력을 발휘한다. 수많은 작가가 그의 영향을 받
았음을 고백했고 권위 있는 상들이 그의 이름을 빌려주어진다.

문학에서 카프카는 신화적 위치를 차지하고 있지만 현실의 카
프카는 어땠을까? 많은 독자가 알다시피 카프카는 생전에 자신의
작품을 거의 발표하지 않았다. 미발표된 여러 단편, 초고, 짧은 아
포리즘들, 거의 완성된 장편소설 세 편(『실종자』,『소송』,『성』)의 원

고를 남기고 죽으면서 친구 막스 브로트에게 그것들을 모두 불태우라고 부탁한 것은 유명한 사실이다.

카프카의 작품은 해석이 어렵기로도 유명하다. 철학자 아도르노는 "카프카의 모든 문장이 '나를 해석하라'고 말하지만 어느 문장도 해석을 허용하지 않는다"고 말한 바 있다.● 작품 읽기란 곧 독자 저마다의 해석 과정이기도 하겠지만, 카프카의 작품은 저마다의 해석조차 쉽게 허용하지 않는 것이다. 또 다른 학자는 이렇게 쓴다. "카프카는 다른 현대 소설가들보다 더 철저하게 분석되었고 수십 년 동안 논쟁이 있었지만 결국 해명되지 못한 소설가로 남아 있다."●●

초기에 카프카 해석을 독점한 이는 (유언을 어기고) 카프카의 작품들을 출판한 친구 막스 브로트다. 브로트는 카프카 작품들을 종교적·신학적 관점에서 바라봤다. 가령 『소송』의 요제프 K는 아무런 죄도 저지르지 않았음에도 어느 날 느닷없이 체포된다. 그런데 소송에서 이기는 건 둘째 치고 체포된 이유조차 알지 못한다. 「변신」의 주인공 역시 어느 날 갑자기 벌레로 변하는데 그 이유를 알 수 없다. 브로트는 이러한 소설 속 설정을 인간으로서는 알 수 없는 신의 뜻을 탐색하는 인간의 처지에 대한 신학적 우화로 읽어

●   테오도어 W. 아도르노, 「카프카 소묘」, 『프리즘』, 홍승용 옮김, 문학동네, 2004, 293쪽
●●   피터 게이, 『모더니즘』 정주연 옮김, 민음사, 2015, 364쪽

낸다.

한편 카프카를 세계적으로 유명하게 만든 일등 공신인 카뮈는 카프카적 상황 속에서 '부조리한 인간 실존'을 봤다. 또한 심리학적 관점에서 현대인의 불안과 소외를 그린 작품으로 보는 이들도 있으며, 사회학적 관점에서 현대의 관료주의와 법-제도의 부조리함을 다룬 작품으로 평가하는 이들도 있다.

카프카의 또 다른 소송

카프카는 연인들에게 수많은 편지를 남겼는데, 이 편지들 역시 카프카에 접근하는 한 경로가 된다. 이 글에서 소개하는 엘리아스 카네티Elias Canetti, 1905-1994의 『카프카의 또 다른 소송』●은 카프카가 약혼자 펠리체 바우어Felice Bauer에게 보낸 편지에 대한 분석을 토대로 쓰인 일종의 평전이다. 한국어 번역본은 1982년에 나왔는데 제목 번역이 재미있다. 한국어본 제목은 『카프카의 고독한 방황』이다. 카프카가 '고독'이나 '방황' 등의 키워드로 설명되던 당시 분위기를 짐작할 수 있다.

카프카 장편 『소송』은 제목 번역을 둘러싸고 설왕설래가 좀 있다. 예전엔 '심판'이나 '판결'로도 번역되었는데, 요즘은 '소송'이 자주 쓰이고 있다. '심판trial'이 결과라면 '소송process'은 과정이고

●　　원제는 『Der Andere Prozeß』(영어판 제목은 『Kafka's Other Trial』)이며, 1969년에 출간되었다.

절차다. 한국어에서 심판이 종교적 의미가 깃들기 쉬운 단어라면 소송은 현실적·법적 측면을 상기시킨다. 『카프카의 또 다른 소송』에서 카네티는 1912년 8월 13일의 첫 만남부터 1917년 12월 25일의 두 번째 파혼까지 5년 동안 카프카가 펠리체에게 쓴 편지들을 분석한다. 그러면서 두 번의 약혼과 두 번의 파혼을 포괄하는 이 기간을 '일련의 소송 과정'으로 본다. 평전임에도 인물의 평생을 다루지 않고 특정 기간에만 또 특정 인물과의 관계에 주목한 점이 흥미롭다.

카네티는 특히 1914년 6월 1일과 같은 해 7월 12일에 주목한다. 6월 1일은 두 사람 사이 '첫 번째 약혼'이 이뤄진 날짜고 7월 12일은 '첫 번째 파혼'이 이뤄진 날짜다. 카프카는 첫 번째 파혼 후에도 펠리체와 계속 편지를 주고받다가 1915년에 펠리체와 재회하고, 1917년 7월에 두 번째로 약혼한다. 하지만 그해 12월 다시 파혼한다.(펠리체 입장에서는 참 지긋지긋한 남자라는 생각이 들 법하다.)

카프카가 약혼과 파혼 과정에서 보인 우유부단함, 지속되는 내적 갈등, 어떤 결실을 맺지 못한 채 무익하게 반복되는 과정은 카프카 작품에서도 쉽게 발견할 수 있는 특징들이기도 하다. 카프카는 왜 이렇게 약혼과 파혼을 번복했을까. 많은 학자들은 카프카에게 결혼(가정생활)과 글쓰기가 양립할 수 없었다는 점에서 그 이유를 찾는다. 그에게 최우선 순위는 문학-글쓰기였다는 것이다. 카프카에게 결혼을 예비하는 약혼은 '체포'로 여겨졌다. 실제로 카프카는 일기에 약혼식 때 자신이 "결박당한 느낌"이었다고 쓴다. 카프카에게 약혼이 '느닷없는 체포'였다면 파혼 자리는 '재판(심판)'이 이뤄지는 현장이었던 것이다.

자기 자신을 보잘것없는 것으로 변신시키는 능력

첫 번째 파혼 즈음의 카프카 연보를 보면 흥미롭다. 1914년 7월 12일이 첫 번째 파혼 날짜인데, 그해 하반기는 카프카의 창작력이 폭발한 시기다. 마치 약혼이라는 결박 상태에서 해방이라도 된 듯, 8월과 9월 두 달 동안 그는 장편『소송』집필에 몰두한다. 10월에는 본격적인 집필을 위해 직장에 휴가를 내기도 한다. 하지만 정작 휴가 기간에는 다른 소설들을 쓴다. 단편「유형지에서」와 장편『실종자』의 마지막 장章, 나중에『소송』에 삽입되는 에피소드이자 카프카 전체 작품을 이해하는 데 중요한 열쇠로 여겨지는「법 앞에서」가 1914년 하반기에 쓰였다.

『카프카의 또 다른 소송』은 카프카에 대해 그 밖에도 많은 사실을 알려준다. 펠리체와 만난 지 얼마 안 됐을 무렵(1912년), 카프카는 아주 짧은 소품 격의 글들을 모아『관찰』이란 제목의 첫 작품집을 출간하는데 출간 즉시 펠리체에게 이 책을 보낸다. 그리고 책을 잘 읽었는지 확인하는 편지를 세 차례에 걸쳐 보낸다. 펠리체가 답장에서 작품에 대해 진지한 언급을 해주지 않자 큰 서운

함과 함께 (펠리체가 편지에서 읽고 있다고 밝힌) 다른 작가들에 대한 질투심을 드러낸다. 그리고 또 하루 뒤에는 질투심을 해명하는 편지를 쓴다.

신체적 허약함은 카프카의 콤플렉스였다. 특히 펠리체의 건강함이 그의 콤플렉스를 자극했다. 펠리체의 가족들을 만났을 때 그들의 건장한 체격을 보고 카프카는 스스로 작다고 느낀다. 펠리체의 튼튼한 팔을 보고는 "거기에 매달리고 싶었다"고 고백하기도 하고, 심지어 실내화를 재빨리 갈아 신는 펠리체의 행동력을 부러워하기도 한다. 한 편지에서는 "당신도 남자를 원하지 허약하고 하찮은 약골을 원하지는 않을 것입니다"라고 보다 직접적으로 쓰기도 한다.

"허약하고 하찮은 약골"은 영역본에서는 "flabby worm of the earth"라고 되어 있다. 이처럼 카프카는 스스로를 하찮고 작은 동물이나 벌레에 비유하곤 했는데, 이를 두고 카네티는 "자기 자신을 보잘것없는 것으로 변신시키는 능력"이야말로 "카프카의 가장 독특한 재능"이라고 쓴다. '어느 날 아침 일어나보니 벌레가 되어 있었다'는 「변신」의 상상은 하루아침에 떠오른 착상이 아닌 셈이다.

지금까지 묘사된 카프카의 모습은 열등감과 콤플렉스 덩어리처럼 보인다. 이런 인물이 어떻게 오늘날 문학을 대표하고 전 세계인의 사랑을 받는 작가가 될 수 있었을까.

단순하게 보면 카프카의 작품들은 극도로 예민하고, 허약하고,

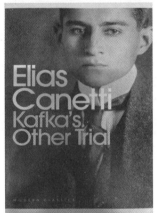

『카프카의 고독한 방황』. 홍성사에서 1982년에 펴냈는데 지금은 절판되어 구할 수 없다. 필자 소장본은 1986년에 나온 3쇄. 이 책은 헌책방에서 우연히 구했다. (때로 헌책방에서 이런 귀한 책을 만나게 된다.) 아래는 펭귄출판사에서 '모던 클래식 시리즈'로 펴낸 영어본. 영어본은 인터넷 서점에서 비교적 쉽게 구할 수 있다.

우유부단한 성격을 지닌 한 작가의 개인적 고백이라 해석할 수 있다. 그런데 이렇게 보면 전 세계적으로 이뤄지는 연구와 광범위한 인기를 설명할 수 없다. 엘리아스 카네티는 카프카의 허약함과 하찮음에 보편성을 부여한다. 카네티에 따르면 그것은 '압도하는 힘'Übermacht, superior power, 곧 '객관적 권력' 앞에서 카프카가 취한 적극적 전략이다.

> 카프카는 폭력을 혐오하긴 했지만 그와 싸우는 데 필요한 힘이 자신에게 있다고 믿지 않았기 때문에, 스스로 점점 더 작아짐으로써 자기보다 더 강한 자와 자신 간의 간격을 넓혔던 것이다. 이러한 수축을 통해 그가 얻은 이점은 두 가지다. 그는 위협에 비해 너무나 하잘것없는 존재가 됨으로써 그 위협을 피할 수 있었다. 그리고 스스로 폭력을 행할 수 있는 모든 비난받을 만한 수단들로부터 해방될 수 있었다. 그가 즐겨 변신했던 작은 동물들은 무해한 것들이었다.
>
> ─ 엘리아스 카네티, 『카프카의 고독한 방황』, 허창운 옮김, 홍성사, 1982, 134쪽 (번역은 일부 수정하였다.)

벌레가 되었지만, 출근은 해야지

지금까지 살펴본 카네티의 논의를 염두에 두고 단편 「변신」(1912, 출판은 1915)을 보자. 많은 소설에서 카프카는 '정확한 관찰자' 또는 '보고자'의 입장을 취한다. 벌어진 상황에 대해 초연한 태도로 관찰하고 경과를 보고하는 것이다. 「변신」 또한 마찬가지여서 벌레로 변한 자신의 모습을 관찰하는 것에서 시작한다. "그레고르 잠자는 어느 날 아침 불안한 꿈에서 깨어났을 때 자신이 흉측한 갑충으로 변해 침대에 누워 있는 것을 발견했다."

이렇게 시작한 「변신」은 그레고르가 벌레가 된 스스로를 상세히 관찰하는 기록으로 이어진다. 어떤 설명이 덧붙여지지도 않고 사건의 의미나 교훈을 암시하는 내용도 없다. 문체를 보면 카프카가 이 변신을 어떤 신학적·종교적 의미가 있는 우화나 상징이 아니라 사실적인 이야기로 받아들이길 원한다는 것을 알 수 있다.

그리하여 독자는 벌레로 변한 한 직장인이 제시간에 출근하려고 애쓰는 모습을 보게 된다. 침대에 누워 있는, 그러니까 벌레 입장에선 뒤집혀 있는 그레고르는 짧고 가냘픈 다리들을 버둥대는데, 몸을 일으켜 바로 서기만 하면 (지각은 하겠지만) 출근을 할 수 있을 거라고 생각한다.

이렇게 「변신」 초반(1장)은 벌레로 변한 그레고르가 출근을 하기 위해 애쓰는 과정을 그린다. 카프카는 그레고르가 가까스로 침대에서 빠져나오고, 몸을 일으켜 턱으로 문을 열어 방 밖으로 나오는 '일련의 과정'을 아주 상세히 묘사한다. 하지만 힘겹게 문을 열고 모습을 드러내자 (무단 결근자를 잡으러 찾아온) 회사 지배인은 도망가고, 어머니는 비명을 지르며 쓰러지며, 아버지는 쉭쉭

소리를 내며 그레고르를 다시 방 안으로 몰아넣는다.

벌레, 종적을 감추는 데 실패하다

「변신」1장이 그레고르가 (출근을 위해) 방 밖으로 나왔다가 다시 방 안으로 몰아넣어지는 과정을 상세히 그린다면, 2장은 그레고르의 방안 생활을 그린다. 사실「변신」의 1장과 3장은 널리 알려져 있지만 중간의 2장 내용은 상대적으로 덜 알려져 있다. 2장에서는 그레고르가 방 안에 머물면서 주변 상황을 파악하는 과정이 그려진다.("모든 사정을 정확히 파악하려 했다"는 문장이 자주 쓰인다). 흥미로운 건 그가 (자신의 신체적 변화든 집안 사정이든) 현재의 상황을 정확히 파악하는 데만 힘을 쏟을 뿐, 자신이 벌레로 변한 이유(과거)나 다시 인간으로 돌아갈 방법(미래) 같은 건 거의 생각하지 않는다는 것이다.

그레고르는 가족들의 대화를 엿듣는 가운데 '집안의 재산 상태와 향후 전망'을 파악한다. 힘든 생활 중에도 소규모 저축이 있고 거기에 이자도 조금 붙었다는 얘길 듣고 잠시 흐뭇해하지만 어차피 저축 금액이 적어 오래 버틸 수는 없고, 자신이 일을 못 하게 된 탓에 연로한 아버지와 아픈 어머니가 일을 해야 한다는 생각이 들자—또 여동생을 음악원에 보낼 수 없다는 생각에—부끄러움과 슬픔에 잠긴다. 이렇게 2장에서는 더 이상 집안의 가장 역할을 할 수 없게 된 데 대한 그레고르의 슬픔과 수치심이 강조된다.

그와 동시에 2장은 그레고르가 벌레가 된 자기 자신을 받아들이고 벌레가 된 자신에게 적당한 자리, 어울리는 행동 양식을 찾아가는 과정을 그린다. 이와 관련된 서술들 또한 흥미롭다. 가족 중에서 오직 여동생만이 오빠의 식사(반쯤 상한 음식)를 챙겨주러 방에 드나드는데, 그레고르는 여동생이 방에 올 때마다 커다란 벌레 모습인 자신을 부담스러워하고 혐오스러워하는 기색을 눈치챈다. 그리하여 그는 소파 밑에다 자신의 모습을 완전히 숨길 수 있는 은신처를 만든다.

> 그레고르는 여동생에게 자기 모습을 보이지 않으려고 어느날 침대 시트를 등에 메고 끌고 와서—이 작업만 무려 네 시간이 걸렸다—소파 위에 걸쳐놓은 다음 몸이 완전히 감춰질 수 있도록 정돈했다. 이제는 여동생이 몸을 굽힌다 해도 그를 볼 수 없을 터였다.
>
> —「변신」

그레고르는 벌레가 된 몸이 소파보다 커서 그의 일부가 드러나자 그를 가리기 위해 침대 시트를 (장장 네 시간에 걸쳐) 끌고 와 드러나는 부분까지 덮이도록 한다. 사람이 다가와 방문을 열면 스스슥 하고 사라지는 벌레와 같다. 하지만 작고 재빠른 벌레와 달리 그레고르-벌레는 크기가 너무 크고 느려서 그렇게 숨을 수가 없다.

그레고르가 벌레가 되었으나 작아지지 않고 인간일 때의 크기를 유지하고 있다는 것, 움직임도 그다지 빨라지지 않았다는 것은 「변신」의 매우 흥미로운 설정이다. '쥐구멍에라도 들어가고 싶다'라는 말이 있다. 수치심과 자괴감에 빠진 그레고르의 심정을 대변하는 표현일 것이다. 하지만 쥐구멍에 들어가려면 쥐만큼 작고 재빨라야 한다. 모습만 벌레로 변했지 인간의 크기와 움직임을 유지하고 있는 그레고르로서는 불가능한 일이다.

그래도 그레고르는 벌레인 자신의 모습에 조금씩 적응해 나간다. 특히 벽과 천장에 붙어 이리저리 기어다니는 법을 터득하는데, 그냥 바닥에 있을 때보다 벽과 천장을 기어다닐 때 더 자유롭게 숨을 쉴 수 있음을 알게 되고, 천장에 매달려 있으면 기분이 좋아지고 몸에 짜릿한 전율마저 이는 것을 느낀다. 비록 벌레의 몸이지만 벌레만이 느낄 수 있는 감각들 속에서 깊은 만족감, 희열을 맛본 것이다.

벌레가 돌아다닌 자리에는 점액질이 남고* 이를 본 여동생은 오빠가 최대한 넓게 마음껏 기어 다닐 수 있도록 방해가 되는 방 안의 가구들을 치워주기로 마음먹는다. 하지만 어머니가 이 계획에 반대한다. 가구들을 치우는 건 그레고르가 원래 상태로 돌아온다는 희망을 포기하는 것과 같다는 이유에서다. 그레고르는 처음에는 자신의 보다 넓은 활동반경을 위해 방을 치워주길 바랐으면서도, 어머니 말을 들은 후에는 어머니 말이 옳다고 느끼고 갑자기 여동생을 원망한다. 가구를 치우면 "방해받지 않고 사방으로 기어 다닐 수는 있"겠지만, 동시에 "인간적인 과거는 순식간에 잊어버리지 않겠는가"하는 생각이 든 것이다.

하지만 여동생의 계획대로 방이 치워지기 시작한다. 먼저 서랍장이 치워지고 학창 시절 내내 공부했던 붙박이 책상이 치워진다. 그러는 동안 그레고르는 벌레답게 소파 밑에 숨어 자신의 모습이 드러나지 않게 머리와 다리를 바짝 끌어당긴 채 몸을 바닥에 꼭 누른다.

그런데 책상이 옮겨지고 여동생과 어머니가 옆방에서 한숨 돌리는 사이, 그레고르에겐 갑자기 자신이 인간이었던 과거를 상기할 만한 것을 단 한 가지라도 지켜내야 한다는 생각이 든다. 그리하여 숨어 있던 소파에서 나와 다 치워진 벽에 하나 남아 있는 사진 액자 위로 기어가 그 위에 꼭 달라붙는다.

하지만 이 행동의 결과, 어머니가 벽에 붙은 그레고르—커다란 벌레—를 보고 만다. 어머니가 변한 아들의 모습을 제대로 본 건 이때가 처음이다. "하느님 맙소사! 하느님 맙소사!" 어머니는 비명을 지르고, 여동생은 "야, 그레고르!"라고 소리를 치면서 주먹을

●　소파 밑에서 살짝 삐져나온 벌레 몸통의 일부나 벌레가 기어다닌 자리에 남은 점액질 등의 세부 묘사는 카프카의 탁월한 묘사라 할 만하다. 사실 이 소설을 읽는 동안 독자는 직장인의 비애나 가장으로서의 책임감을 바탕으로 주인공 그레고르에 대해 얼마간 동일시를 하게 되거나 연민을 품게 되는데, 위와 같은 세부 묘사는 (동일시를 깨는) 강한 혐오감을 품게 한다.

치켜들고 눈을 부라린다. 소동이 벌어지고 선반에서 부식액이 담긴 약병이 깨지면서 그레고르는 부상을 입는다.

2장 마지막에는 아버지가 그레고르에게 사과를 던지고 또 사과가 등에 박히는 유명한 장면이 나온다. 하지만 전체적 흐름을 보면 2장은 그레고르가 자기 모습을 숨기는 데(축소하거나 사라지는데) 실패하는 과정을 다루는 장이라 할 수 있다. 그는 처음에는 소파 밑으로 들어가고 시트까지 끌어당겨 벌레인 자기 모습을 꼭꼭 감추는 데 성공했으나, 인간적인 것에 대한 집착으로 벽의 액자에 달라붙는 장면에서는 자신의 모습을 완전히 드러내고 만다. 그리고 이는 어머니의 경악과 여동생의 분노를 불러일으킨다.

이어지는 「변신」의 3장에서 그레고르는 점점 축소되고 치워진다. 그레고르가 어떻게 점점 쪼그라들고 더럽혀지며 결국 치워지는지 이 과정은 독자 여러분이 직접 읽어보는 게 나을 것 같다. 결말에서 그레고르는 치워지지만, 그 전에 이미 그레고르가 아무도 눈치채지 못하게 또 다른 존재로 변신하는 데 성공했다는 해석도 있다.•

압도하는 힘에 맞서는 카프카의 전략

압도하는 힘, 권력의 힘 앞에서 카프카는 반항하거나 분노하거

• 이 흥미로운 해석에 대해서는 『철학자 김진영의 전복적 소설 읽기』, 메멘토, 2019, 2강을 참조하기 바란다.

나 당당히 맞서 싸우지 않는다. 대신 그는 스스로 더 작아지거나 스스로의 존재를 지우려 한다. 또는 종적을 감추고자 한다.

엘리아스 카네티는 카프카가 "권력의 문제를 크기의 문제로 변환했다"고 말한다. 단편들은 물론, 수많은 일기와 편지 들에서 카프카는 틈날 때마다 자신을 작고 하찮은 동물들에 비유한다. 곤충, 두더지, 쥐, 개 등이다. 이들은 모두 기어다니며 땅속에 숨을 수 있거나 재빨리 뛰어 달아날 수 있는 특징을 지니고 있다. 권력 앞에서 '자신을 축소하는 전략' 또는 '종적을 감추는 전략'이라 할 수 있는 것이다.● 재빠르게 내달려 인간들의 시야로부터 멀리 사라지는 작은 개나 쥐, 혹은 미어캣 같은 동물을 상상해 보라. 이는 권력에 힘 대 힘, 강 대 강으로 맞서는 게 아니라 갑자기 작아지고 종적을 감추면서 권력의 힘을 빼는 전략이라고도 할 수 있을 것이다.

이러한 태도가 단지 나약함의 증거나 현실도피의 수단이 아니라 권력에 대항하는 하나의 적극적 전략이라는 게 카네티의 카프카 해석이다. 부당한 권력과 당당히 맞서 싸우려면 나도 커져야한다. 그러면 권력과의 거리가 가까워지고 권력을 닮게 된다. 카프카는 자신의 크기를 줄임으로써, 스스로 하찮은 존재가 됨으로써 또는 종적을 감춤으로써 권력과 계속해서 거리를 두고자 한다. 그럼으로써 권력의 위협을 피할 수 있고, 힘을 뺄 수 있으며, 무엇

●   '종적을 감추다'의 다른 표현이 '실종'인데, 카프카의 첫 장편소설이 『실종자』이다.

보다 스스로 폭력을 휘두르는 자가 될 가능성을 피할 수 있다는 것이다.

또한 카네티는 이러한 카프카의 '축소 전략'이 설득력을 얻는 것은 카프카가 권력의 속성을 모든 면에서 정확히 파악하고 있기 때문이라고 말한다. 독자는 「변신」을 비롯한 단편들과 『소송』, 『성』 등 장편들에서 카프카가 권력의 작동 방식을, 또 권력 앞에서 사람들이 반응하는 태도(특히 지위와 처지에 따라 달라지는 태도)를 집요하리만치 상세히 서술한 것을 보게 된다.

어떤 독자는 카프카의 축소 또는 사라지기 전략이 그리 마음에 들지 않을 것이다. 권력에는 당당히 맞서 싸워야 한다고 그래야 내 권리를 지키고 쟁취할 수 있다고 배워왔기 때문이다. 이는 물론 지당한 말이다. 하지만 그럴 수 없는 사람들도 있다. 겨우 용기 내어 목소리를 냈는데, 그 목소리가 시민사회의 지지를 받지 못하고 지워지거나 억압되어 버리는 경우는 허다하다. 내 존재, 정체성을 드러내고 기본적 권리를 주장하기보다 그를 숨기는 게 더 급선무인 경우도 많다. 카프카의 축소, 사라지기 전략은 그런 경우들에 대해 생각하게 한다.

지금까지 엘리아스 카네티의 논의를 토대로 카프카의 단편 「변신」을 살폈다. 카프카에게 '변신'이란 사건은 평범한 일상 속에 어떠한 권력관계들이 존재하는지 생각하게 하는 계기이다. 또한 가

카프카, 개와 함께 찍은 사진, 1910
유약한 모습으로 알려져 있고 실제로도 과로로 인한 병치레를 자주 했지만 사실 카프카는 법학박사이자 유능한 관리이기도 했다. 1908년 '노동자 산재보험 공사'에 취직, 산재 예방 부서에서 근무했는데 직무에서나 동료들 간 관계에서나 높은 평가를 받았다고 한다.
카프카는 신체 단련을 위해 수영과 조정, 도보 여행을 즐겼고, 호흡 체조, 생식, 채식에도 관심이 많았다. 호흡 체조는 1900년대 초에 유행한 '뮐러 신체 단련법'이란 것으로 열린 창문 앞에서 하는 체조였다고 한다. 오늘날의 '홈트'라 할 수 있겠다.

족 내에서도 작동하는 권력을 관찰할 수 있는 계기이자 모든 형태의 권력과 거리를 둔 새로운 삶의 방식을 상상하는 계기가 된다.

물론 카네티의 해석은 수많은 카프카 해석 중 하나에 불과하다. 하지만 그가 고전이 된 『군중과 권력』(1960)을 통해 권력의 속성을 깊이 탐구한 사상가이자 1981년 노벨문학상 수상자라는 점을 감안하면, 카프카 문학의 핵심에 "권력 앞에서 작아지기 또는 사라지기 전략"이 있다고 본 카네티의 해석은 카프카의 세계에 접근하는 하나의 흥미로운 통로가 될 수 있을 것이다.

■ 번역에 관한 이야기

창비판의 "야, 그레고르!"라는 번역은 흥미롭다. 여동생이 오빠를 더 이상 오빠로, 집안의 가장으로 대하지 않고 낮춰보고 있다는 게, 그레고르가 벌레로 변한 후 집안의 권력관계, 서열이 달라졌다는 게 이 대사에서 확연히 드러나기 때문이다. 물론 원문에는 이런 점이 드러나지 않기 때문에(원문에서는 "Gregor!"라고만 되어 있다) 이렇게 번역한 것은 번역자의 재량이라 할 수 있다. 참고로 다른 한국어 판본들에서는 해당 대목을 대개 "그레고르 오빠!"라고 번역했다. 개인적으로 "야, 그레고르!"는 「변신」에서 여동생과 그레고르의 관계(변화)를 좀 더 명료히 볼 수 있게 해준 번역이었다.

호칭은 작품 속 인물 관계를 압축적으로 보여주곤 한다. 그런데 영어를 비롯한 유럽어에서는 호칭 자체에는 관계성이 반영되지 않는 경우가 많다. '형'이나 '오빠'라 부르는 대신 그냥 이름만 부르는 경우가 많아(어머니나 아버지도 이름만으로 부르기도 한다) 맥락 속에서 관계를 추정해야 한다. 이런 대목들을 한국어로 번역할 때는 일반적으로 관계성을 나타내는 표현(경칭, 존댓말 등)을 집어넣어 주곤 한다. 관계성이 중요한 한국어의 특성상 그래야 자연스럽게 읽히기 때문이다. 2000년대 이전 번역에서는 여성 인물의 대사는 어떤 입장, 어떤 상황에서든 존댓말로 번역되는 관습이 있었는데, 이러한 관습이 최근 번역본에서는 수정되고 있는 건 반가운 일이다.

11

어느 계약직 직장인의 선언,
"일을 안 하는 편을 택하겠습니다"
:「필경사 바틀비」 허먼 멜빌

허먼 멜빌Herman Melville, 1819-1891의 「필경사 바틀비」(1853)는 카프카의 「변신」과 함께 직장인 소설로 읽어볼 수 있다. 직장인이 '주인공'인 소설—주인공의 직장인 정체성을 내세운 소설—은 그리 많지 않다는 점에서 희소성이 있다. 그런 면에서 우리가 직장생활을 대하는 태도를 돌아보게 해주기도 한다.

「변신」에서는 출근과 월급이 중요한 문제다. 그레고르는 벌레로 변해 '더 이상 일을 하지 못하는 처지'가 되었음에도 정시 출근을 해야 한다는 압박과 가족의 생계를 책임지지 못하게 되었다는 죄책감에 시달린다. 그레고르가 느끼는 압박과 죄책감은 충분히 이해할 수 있다. 평소 우리도 시달리는 것이기 때문이다.

인물이 더 이상 일을 하지 못하는 상태가 되는 것은 「필경사 바틀비」에서도 비슷하다. 그런데 바틀비는 일을 하지 않겠다고 '선언'한다. 정확히는 "일을 안 하는 편을 택하겠다"라고 말한다. 일을 안 하겠다는 것이 단순히 하기 싫다는 거부가 아니라 나름의 숙고를 거친 자신의 선택이라는 태도다.

바틀비가 자신을 고용한 변호사-사장에게 "일을 안 하는 편을 택하겠습니다"라고 차분하게 말할 때 독자는 어떤 아득함을 느끼게 된다. 아니, 그게 선택할 수 있는 문제였단 말인가?

변호사의 질문, "그럼 너라면 어떡하겠는가"

소설의 배경은 19세기 중반 뉴욕의 '월스트리트'. 부자들의 돈 문제(재산 관리)를 전문으로 처리하는 한 변호사가 화자로 등장한다. 그는 스스로를 "평탄하게 사는 게 최고라는 깊은 확신을 가지고 살아온 사람", "야망이 없는 변호사"라 소개한다. 그래서 부자들이 자신을 신뢰하고 일을 맡긴다면서 이를 자랑스러워하는 인물이다.

변호사 사무실엔 변호사 말고도 세 명의 고용인이 있다. 일이 늘어나는 바람에 법률 문서를 필사할 필경사가 한 명 더 필요해지게 된다. 그래서 직원 모집 광고를 내는데 이때 찾아온 이가 바로 바틀비란 인물이다.

어느 날 아침, 한 젊은이가 내가 낸 광고를 보고 찾아와 사무실 문턱에 미동도 없이 서 있었다. 여름이라 사무실 문이 열려 있었다. 그 모습은 지금도 눈에 선하다. 창백하리만치 말쑥하고, 측은할 만치 점잖고, 누구도 어떻게 해줄 수 없을 만큼 쓸쓸해 뵈는 그 모습이! 그가 바틀비였다.

－「필경사 바틀비」

바틀비는 처음에는 누구보다 일을 성실히 한다. "마치 필사에 굶주린 것처럼" 밤낮을 가리지 않고 휴식 시간도 없이 문서를 베낀다. 변호사는 조용히 일만 하는 바틀비에게 만족해하면서도 "묵묵히, 창백하게, 기계적으로" 일을 하는 모습에 묘한 불안을 느낀다.

아니나 다를까 얼마 후부터 바틀비는 모든 일을 하지 않겠다고 거절하기 시작한다. "하지 않는 편을 택하겠습니다"라는 특유의 표현을 써가면서. 별로 미안해하는 기색도 없다. 피고용인 처지에 일을 안 하겠다면 고용주와의 관계를 끝내고 떠나야 마땅하겠지만(당연히 변호사도 그렇게 얘기하지만) 바틀비는 유순하고 부드러운 태도로 '떠나지 않는 편을 택하겠다'고 말한다.

변호사는 바틀비를 합리적으로 설득하려 하기도 하고 어떻게든 내쫓으려고도 한다. 하지만 바틀비는 꿈쩍도 하지 않고 사무실 구석의 자기 자리에 붙박이가 되어 머문다. 그가 하는 일은 창문

밖의 옆 건물벽을 응시하는 것이다. 변호사는 어떡하면 좋을지 고민한다.

어떻게 해야 하지? 나는 코트 단추를 끝까지 채우면서 혼잣말을 했다. 어떡하면 좋지? 어떡해야 하지? 내 양심은 나더러 이 사람을, 아니 이 유령 같은 존재를 어떻게 하라고 말하는가? 나는 그를 쫓아내야만 하고 그는 떠나지 않으면 안 돼. 하지만 어떻게? 이 불쌍하고 창백하고 수동적인 인간을 강제로 밀어내진 않을 거라고? 이 무력한 사람을 문밖으로 내쫓지는 않겠다고? 그런 잔인한 짓을 해서 명예를 실추시키진 않을 거라고? 그래, 그러진 않을 거야, 난 그러진 못해. 그럴 바에야 차라리 그가 여기서 살다가 죽게 놔두고, 그가 죽으면 유해를 벽에 넣고 벽돌을 쌓는 게 낫지. 그럼 당신이라면 어떡하겠는가?

"그럼 당신이라면 어떡하겠는가?" 이는 작가가 독자에게 던지는 질문이기도 할 것이다.

변호사의 양심의 모험

이 소설은 인물에 대해 많은 정보를 주지 않는다. 바틀비는 수수께끼 같은 캐릭터다. 그의 모습과 행동과 대사는 깊은 인상을 남기지만 독자는 소설 마지막까지 그가 몇 살인지, 어디서 왔는지, 지금까지 어떤 삶을 살아왔는지 알 수 없다. 다만 화자인 변호사가 바틀비에 대해 알게 된 만큼만 알 수 있을 뿐이다.

즉 이 소설은 변호사(=사장=고용주)가 자신의 피고용인인 바틀비에 대해 조금씩 알아가는 과정을 그린다. 그래서 흥미롭기도 하다.(일반적으로는 사장이 피고용인의 삶에 대해 알 필요는 전혀 없기에 말이다.) 어느 일요일 우연히 사무실에 잠시 들렀을 때 변호사는 말아둔 담요와 비누, 해진 수건 등을 발견하고 바틀비가 사무실에서 숙식을 해결하고 있었다는 사실을 알게 된다. 변호사는 휴일과 일과 시간 이후의 월스트리트가 얼마나 쓸쓸하고 공허한 곳인지 새삼 깨닫게 되며, 바틀비의 외로움을 헤아리게 된다.

이후 변호사는 차츰 바틀비가 거의 먹지도 마시지도 않는다는 사실을, 산책은 고사하고 사무실 바깥에 전혀 나가지 않는다는 사실을 알게 된다. 또한 과도한 필사 업무로 눈의 시력이 망가졌다는 사실도 눈치채게 된다.

처음에 변호사는 그동안 일한 수당에 약간의 위로금을 얹어 바틀비를 내보내려 하지만, 바틀비는 한결같이 침울하고 쓸쓸한 모습으로 사무실을 떠나지 않는다. 그 모습을 보면서 변호사는 점점 동정심에 휩싸인다. 그러면서 인류애와 자유의지, 신의 뜻과 자신의 소명 같은 추상적인 가치와 개념들에 대해 생각하게 된다. 그 결과 다음과 같은 결론에 도달하기도 한다.

나는 그 필경사와 관련된 이 모든 말썽이 모두 영겁의 세월 전부터 예정된 것이며, 바틀비는 절대적으로 지혜로운 신의 신비한 어떤 의도에 따라 나에게서 머물 곳을 얻게 되어 있었다는 확신에 점차 빠져들었다. 그 뜻이 무엇인지는 한낱 필멸의 인간인 나로서는 헤아릴 바 아니었다. [⋯] 내 이제야 알겠네, 드디어 느끼네. 내 인생의 예정된 목적을 꿰뚫어 볼 수 있게 되었으니 나는 만족해. 다른 사람들에게는 더 고귀한 사명이 주어졌을지 모르지만, 이 세상에서 내 사명은 바틀비 자네가 머무르기로 원하는 기간만큼 사무실을 자네에게 제공하는 것이야.

변호사의 자기 사명에 대한 깨달음은 자못 숭고해보이지만 사실은 궁여지책의 상황에서 쥐어짜낸 자기기만에 가까운 것이라 오래 가지 못한다. 사무실을 오가는 동료 변호사나 고객들이 바틀비와 마주치며 그의 존재에 의문을 표하기 시작하자 변호사는 바틀비를 남겨두고 사무실을 이전하기로 한다.(중이 싫어서 절이 떠나는 격이다.) 바틀비는 여전히 예전 사무실 건물에 남아 있다가 결국 새로 입주한 사람들이 경찰에 신고하여 결국 구치소로 보내진다.

만약 바틀비 같은 존재가 소설이 아니라 현실에 존재한다면, 나아가 나와 엮인 존재라면, 우리는 그러한 존재를 어디까지 받아들일 수 있을까? 얼마나 견뎌낼 수 있을까?

모르긴 몰라도 소설에 등장하는 변호사보다 오래 견디는 건 힘들 것 같다. 책을 읽다 보면 독자는 어느덧 변호사의 인내심을 존경하게 된다. 현실에서라면 대다수 사람은 "아, 쟤는 대체 왜 저러는데!" 짜증을 내며 곧 쫓아내거나 그냥 투명인간 취급을 하지 않을까 싶다.

변호사는 스스로 말하듯, "할 수 있는 일은 다 했다." 그는 바틀비를 최대한 관대하게 대하면서 일을 면제시켜 주려고도 하고, 동정심을 갖고 도울 수 있는 일을 찾으려 하며, 자신의 동정심이 갖는 자기 기만적 측면을 인지하고 그에 대해 반성하기도 한다. 심지어 바틀비를 있는 그대로 받아들이는 것을 신이 자신에게 준 사명으로 여기려고도 하며, 마지막에는 인류애의 차원에서 이해하고자 애쓰기도 한다. 그러나 이런 모든 노력에도 불구하고 그는 바틀비를, 아무것도 안 하겠다는 바틀비의 선택을 이해하지 못한다. 그런 한편 바틀비에 관한 생각을 떨쳐내지도 못한다.

어쩌면 바틀비는 변호사의(나아가 우리의) '양심'을 상징하는 인물일지 모른다. 나에게 들러붙는 누군가를(또는 어떤 가치관을) 더이상 견뎌내지 못하게 됐을 때, 그를 떼어내거나 외면하는 일은 쉬울 수 있다. 하지만 그러기 위해 내가 한 말과 행동을 양심에 비추어봤을 때 드러나는 마음속 꺼림칙함은 여전히 남는다. 이렇게 보면 이 소설은 부자들의 돈 관리를 도와주는 일을 주 업무로 삼으면서 "평탄하게 또 야심 없이" 사는 게 최고라는 가치관을 지녔

던 변호사가 바틀비라는 존재로 인해 겪는 양심의 모험이라고도
할 수 있겠다.

벽

바틀비는 일단 한 번 접하고 나면 쉽게 떨칠 수 없는, 그 인상이
계속해서 우리 머릿속에 달라붙게 되는 인물이다. 「변신」의 그레
고르 잠자나 도스토예프스키의 '지하 생활자'(「지하로부터의 수기」)
처럼 말이다. 차이가 있다면 바틀비는 그레고르처럼 어느 날 갑자
기 벌레로 변하는 충격적인 변화를 겪지 않으며, 지하 생활자처럼
사회의 상식에 반하는 자신의 어두운 내면세계를 조목조목 설파
하지 않는다. 세 인물을 비교해 보는 건 그래서 흥미롭기도 하다.

바틀비가 필경사 일을 하지 않기로 선택한 후 하는 일은 그냥
아무것도 하지 않고 가만히 있는 것이다. 그런데 사실은 한 가지
일을 한다. 그것은 벽을 보는 것이다. 사실 멜빌은 바틀비의 업무
공간을 상세히 묘사하는데, 그 자리는 벽에 둘러싸인 구석진 공간
이며 새로 들어선 건물 때문에 창밖 풍경이나 햇빛 대신 옆 건물
의 벽이 보이는 공간이다. 바틀비는 그 공간 속에 붙박인 채 하루
종일 벽을 바라본다.

「필경사 바틀비」에는 전체적으로 죽음이 배경음처럼 깔려
있다. 성벽처럼 월 스트리트에 실제로 높이 세워졌던 벽, 사

무실의 벽, 고층 건물의 외벽, 구치소의 벽, 이 모든 벽들로 둘러싸인 곳의 바틀비는 유령과 시체처럼 묘사된다. 그는 "묵묵히, 창백하게, 기계적으로" 필사한다. 유령처럼 "건물 여기저기에 출몰"한다. "주검같이 맥없고 침울한 그의 대답"은 "안 하는 편을 (선)택"한다.

-「필경사 바틀비」, '옮긴이의 말', 문학동네, 2014, 102쪽

벽에 둘러싸인 좁은 공간에서 벽만 보고 있는 바틀비의 모습은 이 소설에서 가장 깊은 인상을 남기는 이미지이기도 하다. 이와 같은 벽의 이미지는 소설의 부제가 '월스트리트 이야기A Story of Wall-Street'라는 사실을 상기하면 한층 의미심장하게 다가온다.

일을 거부했는데도 바틀비는 일터를 떠나지 못한다. 일을 거부하기 전에도 그에게 생활과 삶은 없었지만 일을 거부한 후에도 여전히 생활과 삶이 없는 것이다. 바틀비는 다만 '월 스트리트'의 다닥다닥 붙어 있는 어느 한 건물 구석에 붙박인 채로 옆 건물의 벽을 바라보고 있을 뿐이다. "그는 칸막이 뒤의 어슴푸레한 창 앞에 한참을 서서 꽉 막힌 벽돌 벽을 내다보곤 했다."

일을 하지 않기로 했으면서도 일터 구석에 붙박여 벽만 바라보고 있는 바틀비의 모습은 오늘날 우리에게 낯설지 않게 다가오기도 한다. 우리 역시 일을 할 때나 하지 않고 쉴 때나 '최첨단 벽'이라고 할 수 있는 각종 스크린과 액정 화면들에 둘러싸여 있기 때

문이다.

성과사회의 탈진한 인간

재독 철학자 한병철은 바틀비의 모습에서 '성과 주체의 탈진한 모습'을 본다. 『피로사회』에서 그는 20세기 후반 이후의 사회를 '할 수 있다'라는 긍정성이 지배하는 사회로 본다. 그 이전의 사회가 '해서는 안 된다'는 금지에 의해 이루어진 부정의 사회였다면, 오늘날의 성과사회는 '할 수 있다'가 최상의 가치가 된 긍정의 사회라는 것이다.

즉 과거에는 자유를 뺏고 억압하는 방식으로 사회가 개인을 규율했다면 오늘날에는 반대다. 오히려 개인에게 무한한 자유를 준다. 즉 개인에게서 자유를 박탈하는 게 아니라 넘치는 자유와 긍정성으로 개인을 포화시킨다.

성과사회는 개인이 자기 능력을 최대한도로 자유롭게 발휘할 수 있는 사회, 노력한 만큼 그에 비례하는 성과를 올릴 수 있는 사회다. 얼핏 들으면 공정한 사회처럼 여겨지지만 실은 그렇지 않다. 성과사회는 사장이 직원을, 즉 다른 누군가가 나를 착취하는 게 아니라 내가 끝없이 스스로를 착취하고 고갈시키는 사회다.

"내가 노력한 만큼 벌 수 있다(성과를 올릴 수 있다)"는 말은 오늘날 많은 사람이 금과옥조처럼 여기는 말이지만, 조금만 더 생각해보면 이 말이 얼마나 무서운 말인지 알 수 있다. 성과를 올리지 못한 데 대해 내 노력이 부족했다고 생각하게 되기 때문이다. 결국 성과를 올리기 위해 스스로가 스스로를 제한 없이 착취하는(스스로의 결정으로 120시간의 노동도 받아들이는) 상황이 벌어지게 된다.

성과사회에서 개인은 자기가 노력한 만큼 성과를 올리고 있다는 착각을 하기도 하고 때로는 성취감을 만끽하기도 하지만, 결국은 끝없는 노력이라는 자기 강제의 터널에 빠져 탈진 상태에 빠지게 된다.

때문에 성과사회는 곧 '도핑(약물)사회'이기도 하다. 성과사회에서 탈진과 피로는 곧 죄악이다. 그래서 피로해소제와 영양제, 카페인 음료가 잘 팔린다. 약과 음료의 힘을 빌려 자신의 능력을 증폭시키는 것이다. 성과사회에서는 함께 이야기를 나누며 천천히 식사를 하는 일상의 즐거움이 사라진다. 많은 사람이 밥 대신 커피와 약물, 영양제를 먹어가며 모니터 앞에서 피로할 틈도 없이 일한다.

소설 첫머리에 묘사되는 바틀비에게서 성과 주체의 모습을 찾아볼 수 있다. 그는 휴식도 없이, 먹지도 않고(일종의 피로해소제에 해당하는 '진저너트(생강과자)'만을 먹으면서) 일한다. 그가 필경사로서 인간 복사기 역할을 계속 충실히 수행하는 한 변호사에겐 아무런 고민이 없었을 것이다. 바틀비의 삶에 대해 알 필요를 느끼지 못했을 것이다.

바틀비는 일을 하지 않는 편을 택하지만 너무 늦었던 것인지도 모른다. 이미 탈진 상태였던 것이다. 어쩌면 그는 사는 법을, 바깥 풍경과 햇빛을 즐기는 법을, 다른 사람들과 관계 맺는 법을 잊어버린 게 아닐까. 일터가 아닌 다른 곳에 존재하는 자신을, 인간 복사기가 아닌 스스로의 모습을 상상할 수 있는 에너지가 모두 고갈되어 버린 게 아닐까. 자신의 다른 모습을 그려볼 의욕조차 지닐 수 없을 정도로 "다 타서 꺼져버린 탈진한 영혼"●이 되어버린 것이 아닐까.

멜빌이 선보이는 바틀비의 모습에선 달리 살아갈 방법, 달리 나아갈 길을 찾아볼 수 없다. 말하자면 대안이 없다. 그 이유는 '월스트리트'라는 장소가 상징하는바, 작가가 당시의 미국 사회를 사방이 벽으로 막혀 있는 사회로 파악한 때문이다. 그런데 많은 사람이 매일매일, 말 그대로 초주검이 되도록 일을 하고 탈진 상태로 바깥 풍경이나 햇빛을 볼 수 없는 벽(각종 화면)을 쳐다보며 잠 (못) 드는 오늘날 한국 사회는 그와 얼마나 다른지 생각해 보게 된다.

■ 가장 힘든 시기에 쓴 작품

「필경사 바틀비」는 읽고 난 후 충격과 여운이 오래 남는 작품이지만 독특한 캐릭터 묘사와 곳곳에 스민 유머 덕에 재미있게

●　한병철, 『피로사회』, 문학과지성사, 2012, 26쪽

읽을 수 있는 작품이기도 하다. 그런데 이 작품은 멜빌이 가장 힘든 시기에 쓰였다. 멜빌은 1851년 야심작 『모비 딕』을 발표했는데 평단과 독자 모두에게 외면받았고 1853년엔 출판사 창고에 화재가 나 『모비 딕』을 비롯한 자신의 책들의 재고가 모두 불타버리는 일까지 생긴다. 화재 사건 직후에 쓰인 「필경사 바틀비」는 멜빌이 생계를 위해쓴 것으로, 새로 창간된 문예지에 헐값에 팔았다고 한다.

■ 번역에 관한 이야기

"안 하는 편을 택하겠습니다"의 원문은 "I would prefer not to…"이다. 원문 자체가 독특해 번역도 꽤 어려운 경우에 해당한다.(자연스러운 표현은 "I would like not to…"일 것이다.) 판본별로 이 대목에 대한 번역을 살펴보면 다음과 같다.

[1] "안 하고 싶습니다" (창비)
[2] "안 하는 편을 택하겠습니다." (문학동네)
[3] "하지 않는 게 좋겠습니다." (현대문학)

한국어로는 "하고 싶지 않습니다"가 자연스러운 표현일 것이다. 창비판의 번역 "안 하고 싶습니다"는 "하고 싶지 않습니다"를 살짝 바꾼 표현인데, (일상적·구어적 표현이라) 자연스럽게 느껴진다. 하지만 prefer를 잘 살리지 못하고 있기도 하다. 문학동네판의 번역 "안 하는 편을 택하겠다"는 부자연스럽게 들리지만, 바틀비의 대사 자체가 부자연스럽게 들린다는 게 원작의 의도이기에 적절하다 할 수 있겠다. 하지만 그렇다고 해서 창비판의 번역이 틀린 번역이고 문학동네판의 번역이 옳은 번역인 것은 아니다. 아마 독자 여러분 중에서는 좀 더 나은, 좀 더 인상적이면서도 입에 착 달라붙는 다른 표현은 없을까 고민할 분도 있을 것이다.

이렇게 여러 번역을 비교해서 살펴보는 이유는 번역의 좋고 나쁨을 평가하기 위해서가 아니라 서로 다른 표현의 느낌을 곱씹어보고 함께 고민을 해보기 위함이다. 번역은 번역자가 원문에 대한 정답을 제시해 주는 작업이 아니다. 100% 정확한 번역은 있을 수 없기 때문이다. 그렇기 때문에 독자 입장에서도 번역가에게 정답을 요구하는 태도로 읽기보다는 번역 과정에서 얼마나 많은 고민과 고려 사항들이 있었을지를 (번역가의 관점에서) 헤아려보는 게 더 낫다. 번역 비교의 의의는 번역이 일대일 대응 함수 같은 게 아니며, 동일한 원문에 대해서도 여러 다른 버전의 번역이 가능하다는 것을 아는 데 있을 것이다.

바틀비의 말은 공손함이 특징이다. 실행은 단호한데, 말과 태도만큼은 극도로 예의바른 것이다. 이러한 불일치가 변호사는 물론 독자를 당황스럽게 한다. 바틀비의 이런 면모는 그를 그런 상태로 몰아넣은 게 무엇인지 묻게 한다. 작가는 그게 다름 아닌 월스트리트로(또 사방이 벽으로 막힌 사무실 공간으로) 대표되는 '체제'라고 말하는 것 같다. 이렇게 보면 바틀비는 예의 바른 체제 전복자인 셈이다.

여하튼 바틀비의 대사에서 중요한 것은 공손함과 예의 바름(그런데 단호함이 깃든)이므로, 독자로서는 "prefer not to"의 정확한 번역이 뭘까를 따지는 것보다는 대사의 톤을 상상하는 것이 중요할 수 있다. 최대한 자연스러운 구어적 표현을 생각해 보는 것도 한 방법이겠다. 회사 사장과의 대화에서 "안 하고 싶습니다만" 또는 "안 하고 싶은데요"라고 침착하고 깍듯하게 말하는 드라마 주인공의 모습을 떠올려봐도 좋겠다.

셋째 장. ──────────────────────────

읽는 습관

이
야
기
의

가
능
성

———

발
견

독서를 통해 획득한 저항의 말들
:『제인 에어』 샬럿 브론테

제인 에어, 독서를 통해 획득한 말의 능력으로 저항하다

　로맨스 소설로 널리 읽히는(물론 그렇게 읽어도 충분히 재밌다) 소설『제인 에어』(1847)는 '책 읽는 여성에 관한 소설'이자 '자신의 노동으로 생계를 꾸려가는 여성에 관한 소설'이기도 하다. 책 읽기와 노동, 이 두 가지는 제인이 견지하는 독립성의 토대가 된다. 이에 대해 살펴보자.

　『제인 에어』는 주인공이 책을 읽는 장면에서 시작한다. 제인은 외숙모의 구박과 사촌 존 리드의 괴롭힘을 피해 커튼 뒤에 숨어 책을 읽는다. 그런데 읽는 책이 좀 의외다. 소설이나 시 같은 걸 예상했을 텐데 그런 게 전혀 아닌 『영국 조류사 History of British Birds』
란 책이다. 열 살 소녀가 읽기엔 어울리지 않아 보이는데 혼자 있
고 싶어 책장에서 '그림 많은 책'을 아무거나 꺼내왔다는 설정이
다. 곧 폭풍우가 올 것 같은 초겨울 오후의 창가에서 제인은 책을
읽는다. 책 속에는 철새들이 날아가는 극지방에 대한 설명이 실려
있다.

> 나는 다시 책을 보았다. 베윅의 『영국 조류사』였다. 〔…〕 나는
> 또한 라플란드, 시베리아, 스피츠베르겐, 노바 젬블라, 아이
> 슬란드, 그린란드의 황량한 해변들을 떠올리게 하는 내용들
> 도 그냥 넘겨버릴 수 없었다. '북극 지대의 광대한 벌판과 그
> 쓸쓸하고 황량한 땅들, 눈과 서리가 쌓여 있는 곳, 수 세기에
> 걸친 겨울들이 만들어낸 단단한 빙하가 층층이 쌓여 알프스
> 산맥만큼이나 높게 북극을 둘러싸고 있어 혹독한 극지의 냉
> 기를 한 점으로 모으는 곳'이라는 서술도 그냥 넘길 수 없었
> 다. 나는 죽음처럼 하얀 이 지역에 대한 내 나름의 이해를 이
> 렇게 형성했다. 어린아이들의 두뇌를 스치는 반쯤 이해된 개
> 념들이 그렇듯 모호하기는 했지만, 이상하게 인상적이었다.
>
> ―『제인 에어』 1장

이 대목을 통해 샬럿 브론테가 선보이는 심상 지리 감각은 흥미

롭다. 제인은 『영국 조류사』란 책을 매개로 저 멀리 '극지방'을 상상한다. 이 상상에는 '지금 이곳'을 벗어나 어디든 다른 곳으로, 저너머의 세계로 가고 싶은 바람이 담겨 있다. 극지방은 을씨년스러운 초겨울의 영국보다 훨씬 더 춥고 쓸쓸하고 황량한 곳이지만 동시에 순백의 지역이다.● 또한 '극지방의 응축된 냉기'는 소설 내내 제인이 선보일 '열기'와 대비를 이루는 것이기도 하다.

그러나 제인의 독서와 상상은 사촌 존 리드에게 방해받는다. 난폭한 존은 더부살이 처지에 돈도 한 푼 없는 사람은 책을 읽을 자격이 없다며, 제인에게 책을 집어던져 상처를 입힌다.(이 장면은 여성의 독서는 물론, 저 너머의 세계에 대한 자유로운 상상은 처벌받는다는 것을 환기시킨다는 점에서 상징적이다.) 제인은 참아왔던 분노를 터트린다. "이 사악하고 잔인한 놈아! 넌 살인자 같아, 넌 노예 감독 같아, 넌 로마 황제 같아!"

참다못해 욕설을 퍼부은 것인데, 이 욕설 표현들은 흥미롭게도 책에서 배운 것이다. 마침 『로마의 역사』란 책에서 폭군으로 유명한 네로와 칼리굴라에 대해 읽고 난 후였고, 그들에 대해 제인이 나름대로 갖고 있었던 의견이 폭력을 당하자 입 밖으로 튀어나온 것이다. 이처럼 제인이 최초로 저항하는 장면에는 '책에서 배운

● 원문은 '죽음 같은 백색death-white'. 극지방의 백색은 죽음과도 연관되지만, 여성의 글쓰기라는 상징적인 관점에서 보면 '아직 누구의 이야기도 쓰이지 않은 지역'을 의미하기도 할 것이다.

말'이 있다. 차별과 괴롭힘과 폭력을 당해온 제인은 독서를 통해 획득한 말의 능력으로 저항한다.

제인 에어, 새로운 말하기 전략을 습득하다

> "어린아이가 어른에게 그런 식으로 꼬치꼬치 따지듯 말하는 건 딱 질색이다. 저쪽에 가 앉아. 내 마음에 들게 말할 수 있을 때까지, 입 다물고 있어."
>
> -1장

> 뭔가를 말해야만 했다. 심하게 짓밟혔기 때문에 이제는 맞서야 했다.
>
> -4장

그러나 분노를 터트리는 방식의 저항에는 한계가 있다. 듣는 어른(사회)의 마음에 들지 않기 때문이고, 어른-사회는 마음에 들지 않는 것을 처벌할 수 있기 때문이다. 제인은 입 다물고 있으란 말을 듣고 붉은 방에 가둬진다.

『제인 에어』의 원제는 『제인 에어 : 자서전Jane Eyre : An Autobiography』이다. 제인이 결혼한 지 10년 후, 자신의 삶을 돌아보며 기록한 내용이 바로 이 책이라는 설정이다. 그런데 당시 자서전은 남성만이 쓸 수 있는 장르로 여겨졌다. 자서전이란 한 개인의 삶이 공적인 의의가 있다는 전제를 지니고 있는데, 당시 여성의 삶은 공적인 의의를 지닌 것으로 간주되지 않았기 때문이다. 그렇기에 제인이 (사적인) 일기나 편지가 아닌 자서전 형식으로 자신의 이야기를 쓴 것, 그리고 그 자서전을 '말을 해야 할 필요성'을 강조하며 시작한 것은 매우 큰 의미를 지닌다고 할 수 있다.

그런데 작가가 자서전 형식을 취했을 때는 '어떻게 말할/서술할 것인가'가 중요해진다. 여성의 삶에 대한 기록은 사적인 기록으로 치부되었던 당시였기에 더욱 그렇다. 이렇게 보면 『제인 에어』 초반부는 제인이 자신의 감정과 생각을 어떻게 말할지, 어떻게 하면 자기 말에 공적 권위를 담을 수 있을지 그 방법을 찾아가고 발견하는 과정이기도 하다. 처음에 제인은 존에게, 그리고 리드 숙모에게 분노를 터트리며 말을 퍼붓는다. 그리고 승리감을 맛본다. "내 영혼은 아주 이상한 해방감과 승리감과 함께 부풀어 올라 환희를 느꼈다. 눈에 보이지 않던 결박의 끈에서 풀려나고 바라지 않던 자유를 쟁취한 느낌이었다."

그러나 이 승리감은 순간적인 것이다. 달콤한 승리감은 곧 후회와 맥 빠지는 기분으로 이어진다. 브론테는 이를 와인의 뒷맛에 비유한다. "난생처음으로 복수하고 난 뒤의 감정이 어떤지 맛보았다. 그건 마치 풍미 넘치는 와인을 삼킬 때처럼 알싸하고 따스한 기운이 스며들게 했다. 그러나 뒷맛이 썼다. 쇠 맛이, 뭔가 부식하

1848년 뉴욕에서 출판된 『제인 에어』의 표지. 제목 밑에 'An Autobiography'라는 부제를 확인할 수 있다. 요즘에 출간되는 판본들에서는 이 부제는 별로 강조되지 않는다.(보통 생략된다.) 한편, 샬럿 브론테는 작가의 성별을 판단할 수 없는 '커러 벨Currer Bell'이란 필명—표지 중앙에서 확인할 수 있다—으로 작품을 발표했는데, 당시의 평자들 중 커러 벨을 남성 작가로 본 이들은 작품에 드러난 독창성이나 이성에 의한 감정을 통제하는 주인공의 모습 등은 남성만이 표현할 수 있는 것이라고 평했다.

는 듯한 맛이 나는 그 뒷맛은 마치 독극물을 먹은 것과 같은 느낌을 주었다. [⋯] 나는 사납게 말을 내뱉는 것 말고 더 나은 능력을 발휘하고 싶었다."(4장)

처음에 제인의 말하기 방식은 '쟤는 원래 화를 잘 내는 아이'라는 반응만을 이끌어낸다. 말의 내용이 아니라 화를 낸다는 발화의 방식에만 초점이 두어지는 것이다. 그러나 로우드 학교에서 친구 헬렌 번즈와 템플 선생을 만난 후, 제인은 좀 더 성숙한 말하기 전략을 배우게 된다. 처음에 헬렌에게 자신이 당한 억울한 일들을 털어놓을 때 제인은 이야기를 감정적으로 쏟아낸다. "나는 곧바로 내 나름의 방식으로 내가 겪었던 고통과 분노에 대한 이야기를 쏟아냈다. 몹시 비통하고 앙심을 품은 채로 숨기거나 누그러뜨리지 않고 내 느낌을 흥분 상태에서 마구 떠들어댔다."(6장) 하지만 이 때 헬렌은 제인의 얘기를 끝까지 들어주면서도 제인과 함께 감정적으로 격앙되지 않고 차분하고 객관적인 태도를 유지한다. 그런 태도에서 영향을 받은 탓인지, 나중에 템플 선생에게 자신의 억울함을 해명할 때 제인은 다음과 같이 말하기 전략을 수정한다.

나는 마음속 깊이 아주 온건하고 정확하게 이야기를 해야겠다고 결심했다. 그리고 해야 할 말을 일관성 있게 정리하기 위해 몇 분간 생각한 뒤 나의 슬픈 어린 시절을 선생님께 다 이야기했다. [⋯] 마구 분노에 빠져들어서는 안 된다는 헬렌의 경고를 명심하고서, 내 이야기에 상처와 고통에 관련된 내용은 평상시보다 훨씬 덜 집어넣었다. 이렇게 절제하고 단순하게 이야기하자 내 이야기가 더 신뢰할 만하게 들렸다. 이야기를 해나갈수록 템플 선생님이 나를 점점 더 믿는다는 느낌이 들었다.

-8장

침묵 속의 반항

이러한 제인의 말하기 전략은 샬럿 브론테가 택한 서술 전략이기도 하다. 고통과 분노에 가득 찬 말을 쏟아내는 것이 아니라 온건하고 일관성 있는 언어, 삼가고 누그러진 언어를 쓰는 것. 템플 선생과의 면담 이후 제인이 하는 말과 생각들은, 그것이 일종의 말하기 전략임을 염두에 두고 보면 한층 재미있다. 이제 제인은 마구 화를 내며 말하지 않고, "절제하고 단순하게" 이야기한다. 차분한 어조로, 여성들의 '침묵 속의 반항'에 대해 서술한 다음 대목은 그러한 말하기 전략의 일단을 보여준다.

인간이 평온한 삶에 만족해야 한다고 말하는 것은 헛된 일이다. 인간은 활동을 해야 한다. 활동할 것을 찾을 수 없다면 만들어내야 한다. 몇백만의 사람들이 나보다 더 정적인 생활을 할 운명에 처해 있고, 몇백만의 사람들이 그런 자신의 운명에 대해 침묵 속에 반항하고 있다. 정치적인 반항 말고도 얼마나 많은 반항이 이 지구상에 사는 사람들의 마음속에 들끓고 있는지 아무도 모른다.* 일반적으로 여자는 으레 매우 차분하려니 한다. 하지만 여자도 남자와 똑같이 느끼며, 남자 형제와 똑같이 능력을 기르고 그것을 펼칠 수 있는 분야를 필요로 한다. 그들도 남자들 못지않게 너무 엄격한 제약이나 너무 지나친 정체로 인해 고통받는다. 남자에게와 마찬가지로 여자에게도 고통스러운 것이다. 그러니 동료 인간으로서 여자들보다 훨씬 더 많은 특권을 누리고 있는 남자들이 여자는 푸딩이나 만들고, 양말이나 짜고, 피아노나 치고, 가방에 수나 놓으며 가만히 있으라고 말하는 것은 속 좁은 짓이다. 여자들이 관습상 여자답다고 규정된 것을 넘어서서 더 배우고 더 일하고자 할 때, 여자를 비난하거나 비웃는 것은 지각 없는 일이다.

─ 12장

지금도 여전히 호소력을 갖는 서술이다. 어찌 보면 제인이 『로마의 역사』라는 책을 통해 분노를 표현하는 용어들을 배운 것처

● 당시(1840년대) 영국에서는 노동자 정치 투쟁(차티스트 운동)이 한창 진행되고 있었다. 즉 『제인 에어』가 쓰일 무렵 정치 투쟁의 핵심적 이슈는 '남성 노동자들의 정치적 권리'였던 것이다. 문맥 속에서 볼 때 브론테의 이 문장은 당시에는 정치적 이슈로 여겨지지 않은 여성들의 정치적 요구와 투쟁을 가리키는 것이라 볼 수 있다.

럼, 후대의 독자들은『제인 에어』라는 책을 통해 차분히 말하고 설득하는 방법을 배우게 된다고도 할 수 있겠다. 그렇다고 샬럿 브론테가 분노의 에너지를 길들여 차분함으로 바꿔버린 건 아니다. 초반에 드러난 제인의 불같은 성격은 독자들 머릿속에 깊이 각인되며, 작품의 주된 정서인 분노와 인물의 주된 기조인 열기 또한 끝까지 유지되기 때문이다. 위 대목은 오히려 억압 속에서 터져 나오는 분노의 말들을 지지하는 수많은(몇백만의) '침묵 속의 반항'의 존재를 강조하는 듯하다.

내 옷은 내 돈으로 사 입겠다

인간의 생활과 인간의 노동이 가까이에 있었다. 나는 계속 싸워 나가야 했다. 다른 사람들과 마찬가지로 살려고 애쓰고 고된 일을 해야만 했다.

−28장

"그럼 왜 밥벌이를 못 하는 거요?"
"밥벌이는 해 왔어요. 그리고 앞으로도 그럴 거예요."

−29장

『제인 에어』는 보통 로맨스 소설로 읽히지만, 이는 남성 주인공 로체스터에 포커스를 둘 때 그렇게 읽히는 것일 뿐이다. '여성의 책 읽기'와 '여성의 노동'이란 키워드로 보면 이 작품은 완전히 새롭게 읽힌다. 제인 에어의 책 읽기는 여성의 언어를, 노동은 태도를 만들어낸다는 측면에서 이 작품을 읽어보면 한층 흥미롭다.

『제인 에어』는 여성의 독립성을 추상적으로 주장하는 데 그치지 않고, 그 바탕에 '여성이 노동할 권리'에 대한 생각을 깔고 있다는 점에서 현실에 발을 단단히 붙이고 있는 작품이다. 일례로 제인은 어딜 가든 일거리(작품 속 표현으로는 '노역servitude')를 달라고 기도하며, 일거리도 스스로 광고를 내어 찾는다. 이러한 제인의 모습에는 '나는 노동자다', '내 생계는 내가 책임진다'라는 자기 인식이 반영되어 있다. 여성 주인공이 사랑(또는 사랑의 결실로서 결혼)이 아니라, 자신의 노동 및 노동자적 정체성에 우선순위를 두고 있는 것이다. 이는 소설의 전체적 전개 양상과 톤을 매우 흥미진진하게 만들어준다.

특히 나는 '노동하는 사람이다'라는 제인의 자기 인식은 로체스터와의 관계에서 주도권을 갖게 한다. 로체스터는 틈만 나면 제인을 '천사'나 '요정'이라 부르고, 청혼을 한 이후에는 원하는 건 보석이든 옷이든 다 사주겠다고 하는데 그에 대한 제인의 단호한 대답들은 이 작품을 읽는 쏠쏠한 재미 중 하나다. 가령 로체스터가 여러 벌의 비단 드레스를 사주려 하자 제인은 이를 거부하며 지금까지처럼 가정교사 연봉 30파운드만 제공해 주면 충분하다고 말한다. "그 돈으로 내 옷을 사 입을게요."

연봉 30파운드가 갖는 의미

이 시기(19세기 중반) 가정교사라는 직업은 하층 계급이 아닌 여성이 가질 수 있는 거의 유일한 직업이자 생계 수단이었다. 게다가 연봉 30파운드는 결코 많은 돈이 아니었다. 가정부나 하녀의 연봉보다 살짝 나은 수준이었다고 한다. 하지만 제인이 스스로 일을 통해 벌어들이는 돈인 연봉 30파운드●는 일관되게 자신의 독립성과 자유의지를 내세울 수 있는 근거가 된다.

로체스터와의 대화에서 제인은, 사랑에서는 '평등한 관계'가 중요하며 자신이 '남성의 소유물'이 아님을 계속해서 강조한다. 로체스터가 제인을 자신과 "동등한 사람"이라 인정했음에도 불구하고 원래 성적, 경제적, 사회적으로 불평등한 관계였기에 평등에

●　연봉 30파운드는 어느 정도의 가치일까? 과거 화폐가치를 현재 가치로 계산해 주는 사이트(http://measuringworth.com)에서 계산해 보면 (구매력 기준) 450만 원 정도이다. 물론 이는 당시 재화나 서비스의 가격을 고려하지 않은 단순 계산이므로 다른 비교도 필요하다.
　샬럿 브론테보다 한 세대 정도 전에 활동한 제인 오스틴 소설을 보면, 『이성과 감성』(1811)의 주인공 가족은 아버지의 연금 500파운드로 생활한다. 결혼 후 맏딸 엘리너는 연 수입 850파운드의 가정을, 메리앤은 연 수입 2천 파운드의 가정을 꾸리게 된다. 연봉 30파운드가 얼마나 박봉인지 알 수 있다. 참고로, 『오만과 편견』(1813)에 등장하는 다시의 연 수입은 1만 파운드다. 당시 부유한 신사(개인 마차를 소유할 정도)의 기준이 연 수입 1천2백 파운드였다니 다시의 부유함을 짐작해 볼 수 있다.
　한편, 버지니아 울프는 에세이 『자기만의 방』(1928)에서 여성이 글을 쓰려면 자기만의 방과 함께 연 수입 500파운드가 필요하다고 쓴다.

대한 관점과 감수성은 서로 차이가 날 수밖에 없다. '평등한 관계'에 대한 제인의 입장과 의견을 잘 들여다봐야 하는 이유다. 로체스터는 제인을 진심으로 사랑한다고 말하지만 실상 자신의 필요와 감정에 따라 제인을 정의한다. 그는 제인을 '요정' 또는 '천사'로 부름으로써 자신의 내적 갈등과 죄책감을 무마하려 한다. 이러한 로체스터 앞에서 제인은 점차 자신을 부정당하는 느낌을 갖게된다. 자신을 요정 또는 천사로 규정하려는 로체스터의 태도를 제인은 특유의 칼 같은 대답으로 잘라낸다.

> "내 눈에 당신은 미인이오. 내 마음속 열망에 부합하는 그런 미인이오. 섬세하고 천사 같소."
>
> [⋯]
>
> 나는 그의 말에 웃음을 터뜨렸다. "저는 천사가 아니에요." 내가 주장했다. "그리고 죽을 때까지 천사는 안 될 거예요. 저는 저 자신이 될 거예요. 로체스터 씨, 저에게서 천사를 기대하지도 마시고 요구하지도 마세요."
>
> —24장

제인을 '순결한 천사'로 바라보는 로체스터의 관점에는 제인은 보호받아야 하는 존재, 자신이 행복을 책임져야 하는 존재라는 생각이 깔려 있다. 물론 로체스터는 제인을 위해 많은 희생과 대가를 치를 준비가 되어 있는 듯하고 그럴만한 역량(재산, 신분)과 의지가 있는 것도 사실이다. 하지만 제인은 자신을 순결한 천사로 여기고 보호하려 드는 로체스터의 이런 태도에 대해 단호하고 일관되게 '노 땡큐'의 태도를 취한다. 어떤 이유로든 '남의 관점에 의해 자신의 존재를 규정당해서는 안 된다'는 생각은 소설 『제인 에어』의 핵심적인 생각이다.

『제인 에어』가 발표된 영국 빅토리아 시기, 이상적인 여성상은 '집안의 천사'였다. 남성의 경우 공적 영역에서 삶을 적극적으로 개척하는 것이 이상이 된 데 반해, 여성의 경우 사적 영역인 가정에서 어머니이자 아내의 역할을 하는 게 강조되었다. 여기서 당시의 현실을 들여다볼 필요가 있다. 당시, 결혼은 곧 여성의 직업이었고 여성 교육의 초점 역시 모두 결혼이란 목적에 맞춰져 있었다. 바꿔 말하면, 결혼을 하지 않은 독신 여성이 가질 수 없는 직업은 (가정교사를 제외하면) 없었다. 결혼에 실패한 여성은 '사업에 실패한 여성'으로 여겨졌고, 독신 여성이 생계를 위해 일할 경우 형편없는 급료를 받았다. 로체스터가 제인을 '천사'로, 자신이 보호를 제공해야 할 '순결한 존재'로 바라보는 시선은 이런 맥락에서도 이해해 볼 수 있다.

말하자면 『제인 에어』의 배경은 여성이 자신의 노동을 통해 독립하는 것 자체가 거의 불가능한 시대이다. 그래서 소설 막바지에는 오래전 연락이 끊긴 삼촌이 남긴 유산이 등장하며, 결혼 이슈도 완전히 배제되지 않는다. 이는 각각 작위적인 설정, 19세기 여성 작가의 한계로 비판받은 바 있다. 그럼에도 작가는 제인의 노동자적 정체성과 노동을 통해 벌어들이는 '연봉 30파운드'의 의미를 곳곳에서 강조하며, 이 장면들이 갖는 의미를 과소평가할 수는 없다.

자유인은 돈 때문에 무례함을 참지 않는다

다음을 보자. 제인 에어가 고용주 로체스터와 면담하는 장면이다. 제인에게 대화를 청하며 로체스터는 대뜸 자기가 명령조로 말하더라도 상처받지 말라고 당부한다. 그러자 제인은 속으로 이렇게 생각한다. "나는 미소를 지었다. 로체스터 씨가 이상하다고 생각했다. 자기 명령을 듣는 대가로 내가 일 년에 30파운드를 받는다는 사실을 잊어버린 것 같았다." 이 생각은 다음과 같은 대화로 이어진다. 꽤 흥미로운 대화니 찬찬히 읽어보자.

"보수를 받고 일하는 아랫사람이 주인 명령에 언짢아하거나 상처를 입을까 봐 고민하는 주인은 극소수일 거라고 생각했어요."

"보수를 받고 일하는 아랫사람이라! 무슨 말이오? 당신이 보수를 받고 일하는 아랫사람이란 말이오? 아, 그렇지. 내가 급료를 준다는 걸 깜빡했군. 그럼 돈을 준다는 이유로 당신을 좀 괴롭혀도 되겠소?"

"그런 이유로 그러시면 안 되죠. 하지만 급료 문제는 잊고 계셨기 때문에, 그리고 고용인이 충분히 편안한지에 신경을 쓰시기 때문이라면, 저는 진심으로 동의하겠습니다."

"그러면, 수많은 관습적인 형식이나 말을 생략하더라도 그 생략이 무례함에서 비롯된 생략이라 생각하지 않는다고 동의하겠소?"

"분명히 말씀드리지만, 저는 격식을 따지지 않는 걸 무례함으로 오해할 사람이 아니에요. 오히려 저는 그런 태도는 좋아합니다. 하지만 자유인은 무례함을 참지 않아요. 아무리 급료를 받는다 해도요."

"말도 안 되는 소리! 대부분은 자유인이라도 급료를 받기 위해서라면 뭐든 참을 거요. 그러니 그런 생각은 혼자 간직하고 잘 알지 못하는 문제에 대해 일반화하려고 하지 마시오. 그렇지만 맞는 대답은 아니라 해도 그 대답에 대해 정신적으로 악수를 청하는 바이오. [⋯]"

―14장

이 대화는 관계에 대한 복잡한 문제를 제기한다. 제기되는 문제는 다음과 같다. '제인은 로체스터의 무례한 태도를 고용주의 태도로 받아들여야 하는가 아니면 그저 개인의 성격으로 받아들여야 하는가?' 또는 보다 보편적인 차원에서 이렇게도 물어볼 수 있겠다. '피고용인은 급료를 받는다는 이유로 고용주의 무례함을 감수해야 하는가 아니면 자유인으로서 참지 말아야 하는가?'

위 대화의 흐름은 무척 흥미롭다. 티키타카 식으로 서로의 말에 반박하며 대화 주제나 서로의 생각이 확장·변주되는 것도 재밌지만, 대화의 처음과 끝에 상대를 바라보는 태도가 달라져 있는 것 또한 인상적이다. 처음에 제인의 생각은 로체스터의 명령을 듣는 것까지—요즘 식으로 얘기하자면 감정 노동까지—급료에 포함되어 있다는 쪽이다. 하지만 "자유인은 무례함을 참지 않아요. 아무리 급료를 받는다고 해도요"라는 대사에는 피고용인보다 자유인으로서의 자기 인식과 정체성이 더 우선적으로 드러나 있다. 한편, 제인의 말에 로체스터는 대부분 사람들은 "자유인이라 해도 급료를 받기 위해서라면 뭐든 참을 것"이라 반박하는데, 이 말은 자신이 제인에게 보이는 태도(명령조의 말투)는 고용주-피고용인 관계와는 무관한 것이라는 애초의 생각과 배치되는 것이다. 어쩌면 로체스터는 자신은 일반적인 고용주가 아님을, 지금 자신이 제인을 특별하게 대하고 있음을 어필하고 싶었는지도 모른다.

그러나 무례한 태도, 명령조의 말투는 중요한 문제다. 명령조의 말투는 로체스터 입장에선 그저 내 성격이라고(내 성격을 솔직히 드러내면서 격식 없이 당신과 소통하려는 것뿐이라고) 말할 수도 있겠지만, 제인 입장에선 '불평등한 경제적 관계'를 우선적으로 고려하지 않을 수 없기 때문이다.(직원과 평등하게 소통하겠다며 나서는 회사 사장을 상상해 보라.) 제인은 그 점을 지적한다. 나는 당신에게 고용되어 보수를 받고 일하는 사람이므로 당신의 명령조 말투와 무례함을 어느 정도는 참아줄 수 있다고. 하지만 만약 당신이 지금 자유인 대 자유인으로 내게 말을 걸고 있는 것이라면 문제는 달라진다고. 이 경우 급료 따위는 전혀 중요하지 않다고.

이러한 제인의 태도는 로체스터에게서 다음과 같은 반응을 이끌어낸다. "맞는 대답은 아니라 해도 그 대답에 대해 정신적으로 악수를 청하는 바이오. 당신 말의 내용 못지않게 당신의 말하는 태도 때문에 그렇소." 이 정신적 악수를 통해 둘은 정신적으로 동등한 관계가 된다. 그리고 이 관계는 로체스터가 베푼 게 아니라 제인이 만들어낸 것이다.

위 장면은 로맨스가 시작되는 전형적인 장면으로 읽힐 수도 있다. 제인을 좋아하는(하지만 겉으론 아닌 척하는) 로체스터의 마음에 포커스를 둔다면 그렇다. 하지만 사람의 마음-감정이란 매 순간 흔들리고 변하는 법. 믿을 수 없다.(게다가 이 시점에서 로체스터는 제인에 대한 마음을 드러내지 않고 있다.) 따라서 위 장면은 제인의 입장에서 생각할 필요가, 즉 '냉정한 고용 관계'에 포커스를 맞춰 읽어볼 필요가 있다. 당신과 나는 고용주-피고용인 관계로 맺어져 있다는 사실. 그리고 그로부터 나오는 연 30파운드의 수입. 제인 입장에선 이것만이 확실히 의지할 수 있는 것이다. 그런데 제인은 지금 이 대화가 자유인 사이의 대화라면 급료는 중요하지 않다고 말한다. 말하자면 위 대목에서 제인의 발언은 자신의 생계를 건 발언이다.

미래도 없고 돈도 없고 계획도 없지만, 세상 밖으로 나가다

그런데 덕분에 제인은 확실히 의지할 수 있는 사실을 한 가지 더 획득하게 된다. 곧 '나는 자유인'이고 '자유인으로서의 권리를 가지고 있다'는 사실이다. 물론 이에 대해 로체스터는 '대부분의 자유인은 급료만 주면 뭐든 할 것'이란 의견을 갖고 있지만 이건 로체스터의 의견일 뿐, 제인의 의견은 얼마든지 다를 수 있다. 선택은 제인의 몫이자 권리이며, 실제로 나중에 제인은 자유인으로서 자신의 권리를 행사한다. 제인은 로체스터와 그가 제안한 사랑의 약속(청혼), 정든 손필드(로체스터의 저택), 가정교사 자리 등 모든 것을 버리고 황야로 떠난다. 이 떠남이야말로 소설의 『제인 에어』의 핵심인바, 그 의미를 에이드리언 리치는 다음과 같이 정리한다.

비슷한 환경에 처한 수많은 여성처럼 그〔제인 에어〕는 자신을 지키려는 행동이 큰 대가를 치를 거라고 느낀다. 제인에겐 미래도 없고 돈도 없고 계획도 없지만, '가난하고, 미천하고, 못생기고, 몸집이 작은' 여성의 모습으로 악천후와 배척과 기아에 노출될 위험을 무릅쓰고 세상 밖으로 나간다.

－에이드리언 리치, 「제인 에어」, 『우리 죽은 자들이 깨어날 때』,
이주혜 옮김, 바다출판사, 2020, 70쪽

내가 나 자신을 소중히 여기지. 더 외로울수록, 친구가 없으면 없을수록, 의지할 데가 없을수록 나는 더욱더 나 자신을 존중할 거야.

－『제인 에어』 27장

샬럿 브론테가 만들어낸 이 거절-떠남 장면은 각별히 기억할 필요가 있다. 특히 제인이 사회적으로 또 경제적으로도 무력한 존재면서 이런 거절을 했다는 사실을 기억할 필요가 있다. "미래도 없고 돈도 없고 계획도 없는" 제인이 결혼을 약속한 로체스터를, 그리고 가정교사 직을 버리고 떠나는 것은 생사를 건 선택이다. 이는 로체스터가 제안한 '집안의 천사'라는 역할을 거절하고 "세상 밖으로 나간" 선택이기도 하다.

주목할 것은 그러한 선택을 가능하게 한 제인의 자기 존중이다. 곧 '나를 소중히 여기는 건 나'라는 것이다. 그것은 단순한 반항심을 넘어선 자기 인식이고 자기주장이다. 당시 독신 여성을 둘러싼 사회적, 경제적 관계(남성에게 의존할 수밖에 없는)를 고려하면 더욱 그렇다. 즉 제인은 '로체스터라는 엄청난 힘'—이 힘은 한편으론 로체스터의 압도적으로 우월한 사회적·경제적·성적 위치에서 나오는 힘이며, 다른 한편으론 '낭만적 사랑'이라는 당대의 신화가 부여한 힘이기도 하다—을 거절한다. 그리고 자신의 주체성을 지키기 위해 로체스터를 떠난다. 그가—동시에 당대 사회가—제안하는 각본에 따라 사는 삶을 거절한 것이다.

■ 『제인 에어』의 출간 연도

『제인 에어』의 출간 연도(1847)는 따로 관심을 기울일만하다. 1840년대는 영국에서 노동자 정치 투쟁(차티스트 운동)이 한창 진행되던 시기이며, 1848년은 유럽 전역에서 노동자 혁명이 일어나고(2월 혁명) 마르크스·엥겔스가 《공산당 선언》을 발표한 해이기 때문이다. 즉 남성 노동자들의 권리가 주요 이슈였던 시기에 '여성의 독립성과 노동', '자율적 선택의 권리'를 이야기하는 소설이 출간된 것이다.

착한 딸들, 아버지의 질서에 반기를 들다
:『작은 아씨들』(1) 루이자 메이 올콧

『작은 아씨들』, 어른이 되어서도 읽을 만한 책인가

'무엇이 읽을 가치가 있는 책인가'를 결정하는 건 쉬운 일이 아
니다. 이 말은 처음부터 걸작인 작품은 없다는 얘기이기도 하다.
대학의 학문적 연구, 문예지의 비평, 동료 작가들의 언급, 언론의
상찬과 출판시장의 반응, 그리고 개별 독자들의 리뷰까지 여러 방
면에서의 평가와 호응이 한 작품을 지탱해 주어야(그것도 꽤 오랜
기간) 세계문학의 '걸작' 또는 '명작'의 지위가 성립되고 유지된다.

가령 미국 문학의 최고 걸작 중 하나로 꼽히는『모비 딕』(1851)
은 한동안 '낯설고 이상한 작품' 취급을 받다가 1920년대에 들어

서야 가치를 인정받았다. 작품의 진가를 인정받기까지 70년이 걸린 것이다. '리플리 시리즈'로 유명한 퍼트리샤 하이스미스의 작품들도 범죄·스릴러 소설의 인기가 떨어진 1960년대부터는 큰 주목을 받지 못했다. 그러다 작가 사후인 1990년대 중반부터 재평가가 이뤄져 작가의 단편집이 묶여 나오고 공신력 있는 출판사에서 기존 작품들의 개정판이 나오게 된다.

『작은 아씨들』은 어떨까? 이 작품은 독자와 비평가들의 재평가를 받을만한 작품인가? 2020년 그레타 거윅 감독의 영화가 개봉되면서 원작이 소환되긴 했지만, 원작 자체가 진지한 읽을거리로 자리매김되진 못했다. 영화는 상당한 호평을 받았지만 원작을 읽을 필요를 강조한 기사나 리뷰는 없었다. '청소년 소설'이란 인식이 너무 큰 탓일 텐데, 이런 인식에는 책 표지 디자인과 장정, 책 홍보 방식, 사소하게는 서점 서가에 책이 놓인 위치 등이 영향을 미쳤다고 볼 수 있다. 누가 봐도 청소년용이란 느낌이 드는 표지나 홍보용 띠지를 보고, 더구나 청소년 책 코너에서 이 책을 접어드는 성인 독자를 상상하긴 어렵다.

추천사가 없는 책, 작가가 누군지 모르는 작품

언급한 이유들 때문에 독서 모임 책으로 『작은 아씨들』 선정은 어렵겠다, 생각하고 있을 무렵 한 줄기 빛이 되는 판본을 만났다. 펭귄클래식 세계문학전집이다. 이 판본에는 종종 저명한 연구자나 비평가의 서문이 실려 있어 학계에서 해당 작품을 어떻게 평가하는지 알 수 있다. 더구나 『작은 아씨들』의 서문을 쓴 이는 저명한 비평가 일레인 쇼왈터Elain Showalter였다. 하나의 실마리를 찾으니 또 다른 실마리도 만날 수 있었다. 『분노와 애정』이란 책에서 『작은 아씨들』을 중심으로 '여성의 글쓰기'에 관한 논의를 풀어가는 어슐러 르 귄Ursula Le Guin의 에세이를 발견한 것이다. 작품 해설을 찾아보기 힘든 상황에서 이 두 편의 글은 작품 이해는 물론, 모임 방향 설정에도 큰 도움이 되었다.

앞서 말했듯 홀로 우뚝 선 작품은 없다. 학문 장場에서는 연구자·비평가의 엄정한 평가를 거친 지지를 받아야 하고 출판시장에서는 독자의 호응을 얻어야 한다. 그렇기에 때론 작품을 둘러싼 주변 상황, 주변 이야기들을 살펴보는 게 작품 읽기(읽기에 앞서 선택)에 도움이 된다. 무엇보다 지금까지 충분히 강조되지 못한 작품의 가치나 의의가 있다면, 그를 가늠해 보는 데 도움이 된다.

그런데 『작은 아씨들』의 경우는 작품을 둘러싼 이야기가 아예 없다시피 하다. 단적으로 '추천사'가 없다. 추천사는 작품을 둘러싼 이런저런 논의와 평가들의 압축된 버전으로, 일차적으로 독자를 끌어들이는 역할을 한다. 가령 "카프카의 작품은 현대인의 정신 상황을 정밀하게 기록한 지진계이다—헤르만 헤세"라든가 "우리는 『제인 에어』에서 샬럿 브론테의 천재성과 격정, 분개에 빠져들 것이다—버지니아 울프" 같은 추천사는 (단 한 줄이긴 하지만)

작품의 위상을 드러내면서 독자가 작품을 대하는 태도나 접근 방식에 무의식적으로 영향을 미친다.

『작은 아씨들』에는 이런 추천사가 없다. 대신 '소녀들의 성장 스토리'임이 강조되고 책의 외형, 즉 커버 디자인이나 패브릭 장정이 얼마나 예쁜지가 강조될 뿐이다. 물론 "시몬 드 보부아르, 줌파 라히리, 조이스 캐롤 오츠 등이 사랑한 책"이라는 사실이 언급되긴 하지만, 이들이 작품에 대해 구체적으로 뭐라고 말했는지 한마디 추천사가 없기에 이 작가들이 이 책을 왜 좋아했는지, 각자 어떤 측면에 주목했는지 전혀 짐작할 수가 없다.

『작은 아씨들』은 '작가가 누군지 모르는 작품'이기도 하다. 진짜 모른다는 게 아니라 작가가 어떤 사람인지, 어떤 상황에서 어떤 문제의식을 갖고 작품을 썼는지 아무도 큰 관심을 갖지 않는다는 얘기다. 『작은 아씨들』은 누군가의 치열한 작가적 고민이 담긴 창작물로 인식되지 않는다. 네 자매의 이야기니까 작가가 자신의 어린 시절을 적당히 가공해서 썼겠지, 정도로 생각하기 쉽다.

이런 상황에서 펭귄클래식판 『작은 아씨들』 책 뒤표지에 실린 다음과 같은 소개글은 오아시스처럼 느껴졌다.

『작은 아씨들』은 〔…〕 가부장적 문학 전통에서 무시당하다가 20세기 들어 재조명되면서 심리적 유대 관계를 중요시하는 모계적 전통과 이성적 질서를 강조하는 부계적 전통의 통합을 시도했다고 평가받았다. 남성 전통 문학을 19세기 여성의 경험에 맞게 각색하는 성과를 거둔 작품이기도 하다. [⋯] 지금 『작은 아씨들』을 다시 읽는 것은 가부장적 문화와 여성 문화 사이의 관계에 대한 19세기의 사유뿐 아니라 여성 권위와 비평 제도, 미국 문화 표준에 대한 현대의 사유까지 모두 아우르는 행위이다.

좀 추상적인 설명이라 이런 글을 보고 책 구매를 결정하긴 쉽지 않겠지만, 글쓴이가 『작은 아씨들』이 대단히 의미 있는 작품으로 여기고 있음은 느껴진다. 일레인 쇼월터가 쓴 서문의 일부인 이 소개글은 독자들이 『작은 아씨들』 읽기를 통해 가부장적 질서가 지배한 19세기 문학과 문화, 사유체계 전반을 지금까지와는 다른 시각으로 검토할 수 있게 되기를 바라며 또 요청하고 있다. 이러한 비평적 의미 부여를 바탕으로 『작은 아씨들』은 교훈적인 청소년용 소설에서 진지하게 읽어야 하는 작품으로 그 위치가 격상된다.

일레인 쇼월터는 서문에서 『작은 아씨들』이 오랫동안 남성 작가나 비평가들 눈에는 아예 들어오지도 않는 소설이었음을 강조한다. 비평 제도가 남성 중심이었던 상황에서 이 작품은 진지한 비평의 대상으로 여겨지지 않았고 여성 독자만을 위한 작품으로 치부되었다.● 이는 지금도 마찬가지다. 물론 학계에서는 재평가가 활발히 이뤄지고 있지만 출판사에서 이런 사실을 강조하기보다 오히려 '감춘다'는 것도 흥미롭다. 어차피 기대 독자층은 제한되어 있고 성인 독자가 이 책을 읽기를 기대하기 힘든 상황에서 작품 소개에 군이 어려운 논의를 갖다 붙이는 것은 어린이 책, 청소년 책이라는 이미지를 깰 수 있고, 이는 기존 독자들에게까지 외면받는 결과로 이어질 수 있기 때문일 것이다.

아버지의 착한 딸?

쇼월터와 르 귄에게 『작은 아씨들』은 착한 소녀들에 대한 이야기가 아니라 '여성의 자립 가능성을 적극 탐색하는 이야기'이다. 루이자 올콧은 글쓰기를 통해 가족의 생계를 유지하려 했다. 다른 작가들도 다들 그렇지 않나? 의문이 드는 대목인데, 올콧의 경우엔 가족 전체를 책임지려 했다는 차이가 있다. 요컨대 올콧은 집안의 '실질적인 가장'이었다. 쇼월터와 르 귄은 올콧이 감당하려 했던 '가장으로서의 책임'을 강조한다. 이 책임을 다하려 노력하는 가운데 올콧은 지금까지의 남성적 글쓰기와는 전혀 다른 새로운 글쓰기 방식과 작가상像을 제시했다는 것이다.

『작은 아씨들』 1권은 온 가족이 모이는 크리스마스 장면에서

●   일레인 쇼월터는 다음과 같이 쓴다. "미국 문학사상 독서 인구의 반을 차지하는 여성의 상상력에 이만큼이나 엄청난 영향을 끼쳤으면서도 나머지 절반인 남성에게 이토록 무시당한 책은 찾아보기 힘들다." (『작은 아씨들 1』, '서문', 펭귄클래식, 2020, 8쪽)

시작해서 이듬해 크리스마스 장면으로 끝난다. 두 장면은 한 가지 중요한 차이가 있는데 그것은 아버지-가부장의 존재다. 시작 대목의 크리스마스 장면에서는 아버지가 없다. 그는 종군목사로 전쟁(남북전쟁)에 나가 있다. 아버지가 부재하는 동안 네 딸들이 (어머니와 함께) 가난한 이웃을 돕고, 사치를 부리지 않으며, 이기적으로 굴지 않고 자매들끼리 서로 사이좋게 지내는 이야기가 에피소드 형식으로 이어진다. 때로 갈등과 다툼이 일어나기도 하지만 이들은 아버지의 평소 가르침을 상기하며 반성한다. 1권 마지막에서 집으로 돌아온 아버지는 그런 네 자매를 칭찬한다.

이처럼 큰 틀에서 보면 『작은 아씨들』은 도덕적 교훈의 메시지가 도드라지며, 아버지로 상징되는 가부장적 질서에 순응하는 소설처럼 보이는 것도 사실이다. 아버지는 부재하지만 아버지의 가르침은 어머니를 통해 전해진다. 자매들은 때론 방황하고 때론 유혹에 넘어가지만 어머니에 의해 적절히 상기되는 아버지의 가르침을 따르기 위해 노력한다. 그리고 마지막에 이르러 아버지의 평가를 받는다.

이 작품에서 네 자매가 선보이는 모습은 '아버지의 착한 딸'이 되고자 했던 작가 자신의 모습을 반영한다. 루이자 올콧의 아버지 브론슨 올콧은 에머슨Ralph Waldo Emerson, 1803-1882, 소로Henry David Thoreau, 1817-1862 등과 함께 19세기 중반 미국을 풍미한 초월주의 사상Transcendentalism의 주요 멤버였다.(소로는 스테디셀러 『월든』의 바로 그 작가다.) 에머슨과 소로가 사상을 제시했다면 브론슨 올콧은 교육개혁가 · 실천가로 널리 알려진 인물이었다.

　루이자는 아버지의 천재성과 사상을 존경했고 아버지의 마음에 드는 착한 딸이 되기 위해 여러 노력을 기울였다고 한다. 심지어 자신의 가장 큰 야망은 "위대한 작가가 아니라 착한 딸이 되는 것"이라고 쓴 적도 있다. 하지만 동시에 루이자는 아버지의 다른 면모도 파악하고 있었다. 루이자는 아버지를 '현대판 플라톤'이란 별명으로 불렀고, "우스꽝스러울 정도로 비현실적인 철학자여서 항상 여성의 손길과 끊임없는 보살핌이 필요한 사람"이라 묘사하기도 했다.('서문') 실제로 브론슨 올콧은 돈을 잘 벌지 못해 항상 친구나 친척, 아내와 딸의 신세를 졌고, 그걸 부끄러워하지 않았다.

　이 같은 부녀 관계를 염두에 두고 보면 재미있는 점이 있다. 『작은 아씨들』에서 아버지의 가르침이 강조되긴 하지만 정작 아버지의 존재감은 미미하다는 것이다. 1권에서 아버지는 전쟁에 나가 있기에 정작 소설에는 거의 등장하지 않는다. 2권에서는 주로 자신의 서재에만 머물러 있다. "아직 그가 집 안에 있다는 사실을 확인하기 위해" 가족들이 잠시 서재를 들여다볼 때 잠깐 어른거리듯 등장할 뿐이다. 소통과 대화는 어머니와 딸들, 그리고 자매들 사이에서 이뤄진다.

결혼과 글쓰기에 대한 어머니의 의견

아버지의 가부장적 가르침 역시 겉으로는 강력해 보이지만, 이게 전달되는 방식에 주목할 필요가 있다. 아버지의 가르침은 항상 어머니 마치 부인을 통해 전달된다. 그런데 마치 부인은 (생각해 보면 당연한 일이지만) 남편의 교훈을 딸들에게 그대로 전달하지 않고 수정하거나 자기 의견을 덧붙여 전달한다. 대표적인 게 '결혼'과 '글쓰기'에 대한 말들이다. 이 주제에 관한 한, 아버지의 말은 어머니의 말에 비해 비중이 덜하며 현실적인 영향력을 거의 발휘하지 못한다. 아버지가 원칙적이고 도덕적인 말들을 늘어놓는 반면, 어머니는 딸들의 고민에 공감하며 말하기 때문이다.

> "그래, 조. 불행한 아내가 되거나 남편감을 찾아 하염없이 돌아다니느니 행복한 노처녀가 되는 게 낫단다. […] 우린 이집을 행복한 곳으로 만들자꾸나. 청혼을 받게 되면 각자의 가정을 만드는 거고, 아니라면 이곳에서 만족하며 지낼 수 있도록 말이다."
>
> —9장

마치 부인은 '마땅한 결혼 상대가 없다면 독신 생활도 괜찮다', '남편도 아내와 마찬가지로 아이들을 양육하는 책임을 맡아야 한다' 등 당대의 규범을 뒤집는 생각들을 선보인다. 당시 소녀들에게 권장되었던 이야기가 모험보다는 결혼, 독립적인 생활보다는 유순함(가부장에 대한 순종)을 장려하는 이야기였음을 감안하고 보면 마치 부인의 대사들은 놀랍다.

또한 마치 부인은 조가 절망에 빠져 있을 때마다 다시 글을 쓰라고 충고한다. 어머니는 딸에게 글쓰기가 어떤 의미인지를 알았던 것이다. 2권에서 조가 작품 투고 문제를 두고 깊이 고민할 때 아버지는 "작품이 무르익도록 기다리자"고 충고한다. 하지만 어머니는 곧바로 이 한가한 충고를 차분히, 하지만 단호하게 반박한다. "내 생각에는 기다리는 것보다 시도해 보는 게 조에게 더 이익일 것 같아요."(27장)

아버지와 달리 어머니는 딸에게 무엇이 필요한지, 언제 앞으로 나아가야 할지 정확히 알고 있었던 것이다. 이런 마치 부인을 두고 한 평자는 "여성 창조성의 양육자"란 평을 하기도 했다.

딸들, 아버지에게 반기를 들다

살펴본 것처럼 『작은 아씨들』은 겉으론 가부장의 권위에 순종하는 작품처럼 보이지만 자세히 읽어보면 곳곳에서 가부장의 권위를 풍자한다. 나아가 가부장제에 기반을 둔 이성애는 모방할 수 없는 강력한 유대로 어머니와 딸들, 그리고 자매들 간 관계를 제시하는 소설이기도 하다.

이와 관련하여 소설 초반의 한 장면을 언급해 두고 싶다. 조의 주도 아래 자매들은 크리스마스를 맞아 〈마녀의 저주〉라는 연극을 공연한다. 연극은 두 연인의 애타는 사랑 이야기이다. 두 연인은 진실한 사랑을 하지만 한편에는 질투심에 타올라 무서운 음모를 꾸미는 악당이 있고, 다른 한편에는 자기 명령을 안 듣고 멋대로 사랑에 빠진 딸을 처벌하려는 아버지가 있다.

그런데 이 전형적 갈등 구도 속에 마녀 하가르가 등장하면서 모든 일이 일사천리로 해결된다. 마녀는 악당을 벌하고, 딸을 수녀원에 보내 가둬두려는 아버지를 협박한다. 또한 마녀는 아버지가 결혼에 반대하는 이유가 남자의 가난 때문임을 알고 두 연인에게 막대한 재산을 선사한다. 사랑을 막는 장애물을 없애버리는 것이다. 이 연극 중간에는 아버지의 명령을 순순히 따르지 않고 반기를 드는 딸의 모습이 그려지는데, 전지전능한 마녀는 이 딸의 반란을 응원하고 성공으로 이끈다.(2장)

앞서 언급했듯, 이 작품에서 크리스마스는 중요한 의미를 지닌다. 가족 모두가 모여 아버지의 가르침을 되새기는 자리이자, 전쟁에서 돌아온 아버지를 맞이하는 자리이기 때문이다. 그런데 조와 자매들이 준비한 연극은 크리스마스에 전혀 어울리지 않는, 마녀(심지어 아버지에게 반기를 드는 딸을 응원하는 마녀)가 등장하는 연극 공연이다.• 이 연극에서 조는 일인다역을 하는데, "남자처럼 옷을 입고 언니와 사랑을 나누고, 분노를 표현하고, 아무런 죄책감 없이 마법을 사용한다." 작가가 작품 첫머리에 이러한 장면을 배치한 것은 생각할수록 꽤 흥미롭다.

루이자 올콧은 여성의 상상력은 '마녀의 저주'와 같은 것이라 생각했다고 한다. 여성에게 문학적 재능과 상상력이 있어도 그를 실현할 방법이 극히 제한된 시대였으니 자신의 재능이 저주로 여겨졌을 법도 하다. 올콧은 고딕·스릴러 소설에 관심이 많았는데 이 시기 여성에게 장려된 글쓰기는 '가정소설'이나 '소녀들을 위한 소설'이었다. 『작은 아씨들』도 출판사의 제안과 아버지의 권유로 쓰게 된 소설로, 작가 본인은 "이런 종류의 이야기를 좋아하지 않으며, 소녀들을 좋아한 적도 없다"며 내키지 않아 했다고 한다. 이런 사실을 염두에 두고 보면, 마녀의 '저주'가 여성에 대한 전폭적인 '응원'으로 탈바꿈되어 있는 조의 연극 장면은 한층 의미심장하게 다가온다.

●　실제로 『작은 아씨들』의 개정판이 나올 즈음, 루이자 올콧은 출판사로부터 "크리스마스 연극 장면을 교정해달라"는 독자들의 요청을 전달받는다. 특히 주일학교 사서들이 이 부분에 반감을 보였다는 것이다. 다행히 출판사 편집자도 연극 장면을 좋아해 개정판에도 그대로 실리게 되었다.

글쓰기의 새로운 가능성
:『작은 아씨들』(2) 루이자 메이 올콧

『작은 아씨들』은 겉보기와 달리 가부장제를 풍자하고 여성의 독립성을 적극 탐색하는 작품임을 살폈다. 아버지의 미약한 존재감, 어머니와 딸들 사이의 강한 유대, 여성의 활동에 대한 전폭적인 응원이 암시적으로 드러나는 소설 속 연극 장면 등이 그렇다.

하지만『작은 아씨들』은 여전히 착한 소녀들을 위한 소설로 인식되고 읽힐 가능성이 높다. 올콧의 풍자들은 자세히 읽어야 보이며 신랄하지 않고 부드럽다. 무엇보다 주인공들이 착하다. 이 소설엔 오늘날 독자들이 기대할 만한, 가부장 질서를 통쾌하게 위반하고 뒤집는 악녀 캐릭터가 없다. 구성 역시 기존 세계관을 흔들 수 있을 만큼의 큰 질문을 던지는 인물의 활약이나 드라마틱한 사건 없이 소소한 일상 에피소드가 이어진다.

집안의 천사들, 더 넓은 세계로 나아가다

또 한 가지, 독자들은 자매들의 활동반경이 좁다고 느낄 것이다. 자매들은 대체로 집안(가정 내)에 머물러 있고, 집밖에 나가더라도 이웃 마을을 벗어나지 못한다. 하는 일 역시 집안일 돕기나 가정교사, 보모에 그친다. 그러나 이는 여성에게 직업을 갖는 것도, 사회적 역할도 허락되지 않았던 당시 시대 상황을 감안해서 볼 문제다. 『제인 에어』를 다룬 글에서도 논의했지만 이 시기 여성에게 허락된 유일한 직업은 가정교사였고 기대된 역할은 '집안의 천사'였다.

자매 중 셋째인 베스가 바로 '집안의 천사' 캐릭터로, 다른 자매들이 다른 도시의 친척 집을 방문하거나 가정교사로 일하거나 학교에 가는 외부 활동을 하는 것과 달리 베스는 소설 내내 집 안에 머문다. 이런 점에서 작가가 베스에게 부여한 운명은 곱씹어 볼 만하다.

19세기 소설을 읽을 때 시대 변화에 따라 작품 속 여성 인물의 활동반경이 점차 확장되는 것을 눈여겨본다면 흥미로운 읽기 방법이 될 것이다. 1800-1810년대 발표된 제인 오스틴 소설 속 인물들은 주로 집 안에서 머문다. 하지만 1840년대의 제인 에어는 집을 박차고 나와 황야를 헤맨다.

1860년대 소설인 『작은 아씨들』에서는 이전 시기에 비해 여성 인물의 활동반경이 드라마틱하게 확장된다. 처음에 자매들은 영원히 집안에 머무를 것 같은 '집안의 꼬마 천사들'처럼 보인다. 하지만 2권에서 조는 '뉴욕'으로 가며, 에이미는 '유럽 여행'을 떠난다. 이 소설을 읽다 보면 자신의 인물들을 '더 넓은 세계'로 나아가게 하려는 작가의 바람을 느낄 수 있다.

어떻게 하면 집을 떠나 더 넓은 세계로 나아갈 것인가. 이는 루이자 올콧 본인의 오랜 관심사이기도 했다. 남북전쟁은 루이자에게 바깥의 넓은 세계를 경험하는 소중한 기회가 되었다. 종군 간호사로 자원입대한 것이다. 소설에선 아버지가 전쟁에 나간 것으로 되어 있지만 실제 현실에선 딸이 전쟁에 나간 셈이다. 이러한 정황은 소설 초반 조가 "나도 군악대나 종군 간호사 같은 걸로 전쟁에 나가 아버지 옆에서 도와드리고 싶어"라고 말하는 대목에 은근한 반어를 담아 반영되어 있다.

이러한 조의 태도(전쟁이라는 남성의 세계에 뛰어들려는 태도)는 다른 자매들과 비교할 때 도드라진다. 소설 초반 아버지에 대한 딸들의 코멘트는 짧지만 각 인물의 차이를 잘 보여주는데, 살펴보면 이렇다. 메그는 "종군목사로 전장에 나가신 우리 아버지는 정말 대단하다고 생각해"라고 말하며, 남성의 활약에 감탄하는 위치에 머문다. 예술가 캐릭터인 에이미의 논평은 이렇다. "군용 텐트에서 자고, 온갖 맛없는 음식만 먹고, 주석 컵에다 물을 마신다니, 별로 유쾌하진 않을 거야." 베스의 대사는 다음과 같다. "아버지는 언제쯤 돌아오실까요, 엄마?" 베스는 바깥 세계에 관심이 없다.

나중에 죽음을 앞둔 베스는 조가 자신이 해온 순종적인 딸 역할을 이어가 주길 바란다며 다음과 같은 말을 유언처럼 남긴다. "훌륭한 책을 쓰는 일이나 세계를 여행하는 것보다 부모님의 곁에 있는 편이 행복할 거야."(40장)

이 같은 베스의 말은 조에게, 나아가 당시 여성 독자들에게 일종의 족쇄로 작용했을 것임을 충분히 짐작해 볼 수 있다. 자매들 중에서 베스와 가장 돈독했던 게 다름 아닌 조라는 것도 생각해 볼 점이다. 조는 베스의 말에 큰 영향을 받고, 한동안은 베스의 빈자리를 채우려고 열심히 노력한다. 하지만 (다행스럽게도) 조는 베스처럼 되는 데 실패한다. 조는 베스를 정말 좋아하지만 타고난 성격의 측면 또는 세상을 바라보는 시각과 태도의 측면에서 베스와는 완전히 대척점에 있는 인물이기 때문이다.

글쓰기와 생계

이 소설에서 조가 아무런 거리낌 없이 남성의 세계에 곧바로 뛰어들려 하는 인물로 묘사된 점은 중요하다. 조에게 남성이 할 수 있는 일과 여성이 할 수 있는 일은 따로 구분되지 않는다. 이러한 조의 모습은 후대의 여성 작가들과 독자들에게 큰 영감과 용기를 주었을 것이다. 조는 혼자서도 얼마든지 전쟁에 참여할 수 있고 훌륭한 책을 쓸 수 있으며 세계여행도 할 수 있는(그럴 마음으로 가득한) 인물이다.

　가족의 생계를 책임지는 문제에 있어서도 마찬가지다. 올콧의 아버지는 경제적으로 무능했다. 올콧의 어머니는 가정을 꾸려나가기 위해 사회복지단체를 운영했으며, 루이자 올콧 역시 어려서부터 가정교사, 보모 등으로 일했고 작가로 나선 이후에는 가족의 빚을 갚기 위해 건강을 돌보지 않으며 글을 썼다. 다음은 올콧이 쓴 일기의 한 대목이다.

　"너무 좋지 않음. 완전히 소진된 느낌. (…) 하지만 내가 무너지면 가족들이 패닉에 빠져 무력해지기 때문에 어쨌든 계속 일을 하려고 노력 중이다. L에게 줄 단편소설 두 편이 50달러, 포드에게 줄 두 편이 20달러. 그리고 두 달 동안은 무보수로 편집 일도 했다. 로버츠가 새 책을 기다린다. 하지만 아플까 봐 다시 소용돌이[*글을 쓸 때 빠져드는 상태를 말하는 올콧의 표현]에 휩싸이는 게 두렵다."

　올콧에게 글쓰기는 가족 전체의 생계와 직결되는 것이었다. 아버지가 전국 각지로 강연 여행을 다니고 이상적 공동체를 기획하느라 여념이 없을 때, 어머니와 자매들은 허드렛일을 하며 생활비를 벌었다. 그럼에도 늘 빚에 시달렸다. 『작은 아씨들』의 대성공으로 마침내 오랜 빚을 갚았지만 그 이후에도 올콧은 관절통이 오면 왼손으로 글을 써가며 과부가 된 언니, 여러 조카들까지 부양하며 온 가족의 가장 노릇을 했다.● 『작은 아씨들』에서도 독자는 실질적으로 가정을 이끌어가는 것은 어머니 마치 부인이라고 느끼며, 조의 글쓰기가 생계에 보탬이 되는 것을 보게 된다. 가족의 생계에 대한 책임은 『작은 아씨들』을 관통하는 주제라 할 수 있다.

글쓰기와 결혼

'생계'와 더불어 루이자 올콧의 또 다른 핵심적 관심사는 물론 '조의 글쓰기'이다. 확장하면 '여성의 글쓰기'이다. 조는 글쓰기를 통해 (남성에게, 혹은 남성과 이루는 가정에 종속되지 않은) 독립적인 삶의 가능성을 발견하려는 인물이다. 루이자 올콧은 친구에게 보낸 편지에서 다음과 같이 밝힌다.

조는 문학 독신 여성 literary spinster 으로 남기고 싶었어. 하지만 수없이 많은 열광적인 젊은 아가씨들이 편지를 보내 조가 로리와, 아니면 다른 누군가와라도 꼭 결혼을 해야 한다고 요란스레 요청하는 거야. 이런 요청을 감히 거절하지 못하고

●   이 문단 내용은 루이자 올콧, 『초월주의의 야생 귀리』, '옮긴이의 말', 문학동네, 256-257쪽을 참고했다.

열심히 머리를 굴려서 조에게 재미있는 짝을 지어주었지. 분
노의 약병들이 내 머리 위로 날아들 거라고 예상하지만, 앞
으로 벌어질 일들이 오히려 기대되기도 해.

　　　– 올콧의 편지, '서문'에서 재인용, 25–26쪽 (번역은 일부 수정하였다.)

　조를 '문학 독신 여성'으로 남기고 싶었다(즉 누구와도 결혼시키
지 않고 소설을 쓰게 하고 싶었다)는 작가의 말은 눈길을 끈다. 하지
만 소설 결말에서 조는 결혼을 하고 글쓰기를 중단하게 된다.

　『작은 아씨들』1권은 출간되자마자 베스트셀러에 올랐는데, 당
시 소녀 독자들은 '작은 아씨들이 각각이 누구와 결혼하느냐'(어떤
남편감을 얻느냐)의 문제에 가장 큰 관심을 가졌다고 한다. 『작은
아씨들』1권의 성공 이후 올콧은 마치 결혼이 여성의 삶에서 유일
한 목표인 것처럼 각 자매가(특히 주인공인 조가) 누구와 결혼을 하
는지 계속 물어보는 소녀 독자들의 편지에 시달렸다고 한다. 결국
2권의 결말에서 자매들은 모두 결혼한다. 어떻게 보면 작가가 독
자들의 (그리고 시대의) 요구에 굴복한 셈이다. 그러나 조의 결혼을
다른 측면에서 살펴볼 필요도 있다. 조는 부자고 잘생겼으며 상냥
하고 예술적 감각이 있는 로리를 거부하고 나이 많고 가난한 바에
르 교수를 선택한다. 즉 조의 결혼은 당시의 통념을 거부하고 스
스로의 선택에 따른 것이다.

　이 점은 작품 후반 청혼이 이뤄지는 장면에서 조가 바에르 교수

의 눈물을 닦아주고 그가 든 짐을 나눠 들며 하는 말에서 잘 드러
난다.

> 내가 과감할지는 모르지만 아무도 주제넘다고 말하지는 못
> 할 거예요. 눈물을 닦아주고 짐을 드는 건 여성의 특별 임무
> 인걸요. 내 몫의 짐은 내가 들겠어요, 프리드리히. 함께 집을
> 꾸려나가자고요.
>
> —『작은 아씨들』46장

 눈물을 닦아주고 짐을 드는 것이 '여성의 특별 임무'라는 조의
말은, 생각해 보면 이 시기의 통념을 정반대로 뒤집은 것이다. 조
의 말에는 가정은 남편이 이끌어가는 것이 아니라 함께 꾸려가는
것이라는 생각도 들어있다. 또한 바에르 교수 캐릭터를 자세히 보
면 작가가 남성들에게 희망했던 면모가 들어 있음을 발견할 수 있
다. 바에르 교수는 지적이지만 허세를 부리지 않는 인물이며, 거
의 보모처럼 아이들을 돌보는 모습에서는 남자도 양육에 참여해
야 한다는 작가의 가치관을 엿볼 수 있다. 무엇보다 바에르는 '아
내가 자신의 일을 가지는 것'을 이해하는 인물이다.
 이렇게 보면 조는 로리로 상징되는 낭만적 사랑을 거부하고 대
신 바에르 교수와의 관계로 상징되는 새로운 부부 관계, 남편에게
종속되지 않는 독립적인 삶을 선택한 것이라고 할 수 있다.

사실 지금까지 다룬 두 가지, 인물들이 줄곧 가정이라는 유토피아적 공간에 머문다는 것과 조가 작가로서 독립하지 못하고 자신보다 지적·도덕적으로 우월한 남자와 결혼한다는 것은『작은 아씨들』이 비판받아 온 지점이기도 하다. 하지만 유토피아적 공간을 유지하기 위해 조/루이자 올콧이 무엇을 감당하고 책임지려 했는지, 또한 결코 가볍다고 할 수 없는 현실적인 압력 속에서 인물이 더 이상의 무엇을 선택할 수 있었을지 생각해 볼 필요도 있다. 나아가 (현실의 루이자 올콧은 독신의 삶을 살았다는 점에서) 현실과 소설을 오가는 독법도 가능할 것이다. 작품에서 무엇을 읽어낼지는 독자의 몫이다.

가라, 나의 작은 책이여

　"노처녀. 이게 미래의 나야. 배우자 대신 펜, 자식들 대신 이야기를 가족으로 삼은 글 쓰는 노처녀. 어쩌면 앞으로 이십 년 후엔 약간의 명성을 얻을지도 모르지. 그런 명성을 얻는다 해도 저 가엾은 새뮤얼 존슨의 말을 빌자면 너무 늙어서 즐겁지가 않고, 혼자이니 그 기쁨을 나눌 수도 없고, 이미 독립적이니 딱히 필요도 없는 그런 때 말이야. 〔…〕 감히 말하지만 독신 생활도 익숙해지면 아주 편해지겠지. 하지만…."
조는 이런 전망이 막막한 듯 한숨을 쉬었다.

"그래, 기억나. 하지만 지금 생각하면 그때 내가 원했던 삶은 이기적이고 외롭고 차가운 것 같아. 좋은 책을 쓰고 싶다는 희망은 아직 포기하지 않았어. 때를 기다릴 거야. 이 모든 경험과 모습들 덕분에 분명히 더 좋은 책이 될 거야."

조는 글쓰기를 통해 독립적인 삶을 꿈꾸는 인물이다. 작품 속에서 조가 결혼엔 관심이 없고 독신 생활을 하고 싶다고 말하는 대목은 꽤 많다. 그래서 독자는—현대의 독자라면 더더욱—조의 독신의 삶을 응원하게 된다.

하지만 조가 자신이 추구한 독립성(독신 생활)을 낭만화하지 않고 직시하는 대목들 역시 많아서 눈길을 끈다. "홀로 남겨진 건방지고 지루한 인간", "이기적이고 외롭고 차가운 느낌", "(명성을 얻더라도) 너무 늙어서 즐겁지가 않고, 혼자이니 그 기쁨을 나눌 수도 없고, 이미 독립적이니 딱히 필요가 없지"라는 대목들이 바로 그런 대목들이다.

이는 현대의 독자들이 내심 응원하는 '성공한 작가'(성공해서 독립적인 생활을 영위하는 작가)라는 이미지에 균열을 일으키는 생각이기도 하다.

일레인 쇼월터는 『작은 아씨들』 서문에서 루이자 올콧이 기존의 작가상(像)인 '남성 천재 모델'을 따르는 대신 더욱 '현실적인 여성 작가 모델'을 찾아냈다고 쓴다. 조의 글쓰기는 번뜩이는 천재적 영감의 산물이 아니라 힘든 문학적 노동의 결과물에 더 가깝게 묘사되었다는 것이다. 또한 올콧의 작품에서는 "남성 천재가 혼자서 만들어내는 문학 신화보다는 작가들의 공동체가 만들어내는 집단 문학에 대한 믿음을 찾아볼 수 있다"고 쓴다.

루이자 올콧은 어렸을 적 아버지의 서재에서 셰익스피어, 바이런, 괴테 등을 접했고, 특히 괴테를 문학적 롤모델로 여기고 글쓰기를 했다고 한다. 그런데 어느 순간 방향 전환을 했다고 볼 수 있겠다.

올콧이 조를 통해 선보이는 글쓰기는 남성 작가들처럼 초월적 이상에 도달하기 위한 것이 아니라 주변 사람들을 둘러보며 그들에 대한 '책임'을 다하는 가운데 이뤄지는 글쓰기다. 실제로 올콧은 가족의 생계, 동생이 남긴 아이들의 양육 등 많은 현실적인 것들을 책임지는 가운데 글을 썼다. 그 결과 천재적이고 굉장한 글쓰기가 아닌, '이 작은 이야기'가 나왔다.

작품의 말미에서 조는 많은 독자들이 자기 소설에 대해 열광적인 반응을 보인다는 소식을 듣고 이렇게 말한다. "이해할 수가 없네. 이 작은 이야기a simple little story에 사람들이 그렇게 칭찬할 만한 게 있단 말이에요?"(42장) 또한 작품 첫머리의 '작가 서문'에서

글쓰기에 몰두한 조의 모습을 그린 『작은 아씨들』의 삽화

작가는 이렇게 선언한다. "가거라, 나의 작은 책이여 Go then, my little Book, 가서 기꺼이 너를 반기는 모든 이에게 네 가슴 속에 숨겨 왔던 너만의 비밀을 모두 보여주어라."

올콧은 자신의 소설이 '작은 이야기'임을, 그렇게 읽힐 것임을 알고 있었다. 하지만 그 작은 이야기가 이토록 오랫동안 읽히면서 글을 쓰고자 하는, 또는 세상 밖으로 나아가고자 하는 여성들에게 영감과 용기의 원천이 될 줄을 몰랐을 것이다.

『작은 아씨들』이 선보인 글쓰기의 새로운 가능성

올콧의 작품들은 문학사의 '정전canon'으로 자리매김한 작품이 아니다. 『작은 아씨들』은 위대한 작품이 아니라 작가 스스로 예상한 것처럼 '작은 이야기'가 되었다.

마지막으로 어슐러 르 귄의 에세이 "지금 이모랑 낚시하러 가도 돼?"를 소개하고 싶다. 독특한 제목의 이 글에서 르 귄은 '올콧의 삶'과 『작은 아씨들』에서 출발하여 글쓰기의 새로운 가능성을 탐색한다. 또한 작품의 예술성을 평가하는 오래된 기준을 문제시하는데, 이 과정에서 (남성 작가와는 완전히 다른) 여성 작가의 글쓰기 환경을 부각한다.

르 귄의 논의를 요약하면 다음과 같다. 남성 작가들은 현실의 다른 어떤 일보다 글쓰기-예술을 우선시할 수 있다. 예술을 앞세워 일상생활의 책임들은 후순위로 미뤄놓을 수 있는 것이다. 위대한 작품을 쓰기 위해서라면 '그래도 좋다'는 면죄부가 주어지며 심지어 장려되기도 한다. 반면 여성 작가들은 그렇게 할 수 없다. 여러 현실적인 책임들이 글쓰기에 우선한다. 그 중 대표적인 책임이 아이를 기르는 것, 즉 양육이다.

르 귄은 조셉 콘래드(『어둠의 핵심』 등 영문학의 걸작으로 추앙받는 여러 소설을 쓴 작가)와 해리엇 스토 부인(『엉클 톰스 캐빈』의 작가)의 글쓰기 환경을 비교한다. 콘래드는 자신을 '신과 씨름하는 영웅'의 모습으로 상상하는 가운데 글을 쓴다. 반면 해리엇 스토 부인은 테이블 밑의 아이를 달래가며 어질러진 식탁 위에서 글을 쓴다. 전자는 '위대한 문학'으로 받아들여지는 반면 후자는 (예술성은 떨어지는) '키친 테이블 노블' 또는 '대중 문학'으로 받아들여진다.

루이자 올콧 또한 자기 생계를 책임짐은 물론 부모와 조카들의 부양을 모두 책임지며 글을 썼다. 르 귄은 그러한 올콧의 '삶과 밀접하게 결합된 글쓰기'에서 슈퍼우먼 신화와도 다르고, 먼 미래의 희미한 가능성에 그치지도 않은 이미 실현된 새로운 작가-예술가 상을 발견한다. 다만 지금까지 아무도 그 가치를 알아채지 못했을 뿐이다.

그 자신이 글 쓰는 엄마였던 르 귄은 여성의 글쓰기에 대한 세상의 편견을 반복해서 강조한다. 특히 글을 쓰는 엄마. 그것은 금기시되는 주제다. 또 불가능하다고 여겨지며, 부자연스럽다고 여겨지는 일이다. 르 귄은 "여성이 창작과 출산creation and procreation

을 둘 다 하면 안 된다"는 생각이 널리 퍼져 있다고 말한다. 주부 housewife는 당연한 듯 문학과 글쓰기에서 배제되는데, 이것이 오히려 문학을 빈곤하게 만들고 개인에게도 큰 고통과 자기 파괴를 유발한다는 것이다.

물론 예술성을 인정받으며 문학사의 정전이 되는 데 성공한 여성 작가들의 작품도 있다. 버지니아 울프, 실비아 플라스 등이다. 하지만 르 귄은 이들이 창작 과정에서 어떤 고통과 자기 파괴를 감내해야 했는지 생각해 볼 필요가 있다고 말한다. 남성 예술가들이 자신의 예술을 위해 다른 누군가(가족, 아내, 연인)를 희생한다면(또 그것이 당연시되어 왔다면), 여성 예술가들은 자기 자신을 희생하고 파괴한다.

에세이 초반 르 귄은 『작은 아씨들』에 묘사된 조의 글쓰기 장면을 수차례 언급한다. 콘래드가 신과 벌이는 '영웅적 투쟁'이나 조/루이자 올콧이 휩싸이는 '소용돌이'는 둘 모두 "총력을 기울인 예술 작업"이며, 둘 다 글을 쓸 때는 가족의 돌봄을 받는다는 것이다. 하지만 돌봄을 받아들이는 태도에 결정적인 차이가 있다. 콘래드에게 가족의 돌봄은 신과 씨름하는 자로서 당연히 누릴 권리이지만 올콧에게는 선물이고 감사다.

어쩌면 이 감사하는 태도가 올콧이 더 높은 예술적 경지를 향해 나아가는 데 방해가 되었을 수도 있다. 남성 작가는 주변을 살피지 않고 거침없이 더 높은 다음 단계로 나아가지만 여성 작가는 가족과 주변 사람들에 대한 책임을 다하려 노력하기 때문이다. 르 권은 해리엇 스토, 마거릿 올리펀트, 마거릿 드래블 등 올콧과 비슷한 길을 걸었던 여성 작가들을 소개한다. 육아(가족에 대한 책임)와 글쓰기를 병행했던 그들의 작업 환경을 소개하며, 고료와 평가 면에서 인정받지 못했던 사실을 언급한다.

그중 마거릿 드래블Margaret Drabble, 1939-현재의 『맷돌』이란 소설에 대한 르 권의 평은 깊이 숙고할 만하다. 이 소설에는 한 엄마 작가가 화자로 등장하는데, 엄마가 잠시 한눈을 판 사이 무시무시한 일이 벌어진다. 아기가 친구의 원고를 찢고 먹어버린 것이다. 하지만 누구도 아기를 야단치지 않으며, 자기 파괴적인 죄책감에 시달리지도 않는다.

어려운 문제다. 아기가 (자신의 원고도 아닌) 친구의 원고를 찢어서 먹은 것은 끔찍한 일이기 때문이다. 소설의 화자 본인도 작가이니 그를 잘 알았을 것이다. 하지만 드래블의 소설에서는 엄마도 친구도 아기를 야단치지 않는다. 분노에 이성을 잃는 사람도, 죄책감에 자책에 빠지는 사람도 없다. 인물들은 이 일을 더 끔찍한 상황으로 몰아가지 않는다.

르 권은 이 소설 속 일화에서 영웅으로서의 예술가가 존재하지 않는 것을 본다. 즉 자신의 예술적 작업을 다른 모든 것보다 우선시하면서 주변의 다른 이들에게는 어떠한 책임도 지지 않으려는 영웅적 태도의 부재를 본다. 그리고 그것이야말로 이 소설이 선보인 강력한 윤리적 표현이라는 것이다. 르 귄은 이를 두고 "누구도 엄청난 고립 속에서 살지 않으며 그 누구도 인간으로서의 권리를 희생하지 않는다"고 쓴다. 또한 "엄마도, 작가도, 딸도, 그 어떤 여성도 '나는 쓰고, 너는 파괴된다'라는 틀로 창작과 파괴를 나누지 않는다"고 쓴다.●

'누구도 인간으로서의 권리를 희생하지 않는 글쓰기'는 과연 가능할까? 또한 '누군가를 파괴하는 것을 당연시하면서 이뤄지는 창작'을 어떻게 바라봐야 할까? 이러한 질문들을 던지는 르 귄의 글은 오랜 세월 암묵적으로 통용되어 온 문학과 예술가에 대한 우리의 시선과 평가 기준을 근본적인 차원에서 다시 생각하게 한다.

『작은 아씨들』이 출간된 지는 한 세기 반이 지났고, 『작은 아씨들』을 통해 글쓰기의 새로운 가능성을 타진하는 르 귄의 글(1980년대)이 나온 지도 한참이 지났다. 하지만 '위대한 작가'와 '걸작'을 바라보는 우리의 시선은 크게 달라지지 않은 것 같다.

그러나 전혀 새로운 방식의 글쓰기를 상상하는 것은 얼마든지 가능하며 그것은 (19세기가 아닌) 현재를 살아가는 우리의 권리이기도 할 것이다. 르 귄은 『작은 아씨들』처럼 작고 평범한 이야기, 소녀들을 위한 소설로 치부되었던 작품에서 글쓰기의 새로운 가능성을 발견하고 길어 올린다. 이러한 발견은 중요하다. 아무도

● 어슐러 르 귄, "지금 이모랑 낚시하러 가도 돼?", 『분노와 애정』, 김하현 옮김, 시대의
   창, 257쪽

시도해 보지 못한 일을 하는 것과 오래전 누군가 해냈던 일을 하는 것은 다르기 때문이다.

> 조는 멋진 여주인공이 아니라 다른 사람들과 마찬가지로 이 세상에서 고군분투하며 살아가는 평범한 여자일 뿐이다. 자기 천성에 따라 살고, 기분에 따라 슬퍼하고, 화를 내고, 열의가 없다가도 활기에 넘치기도 하는 여자인 것이다.
>
> —42장

올콧은 조가 "멋진 여주인공이 아니라 이 세상에서 고군분투하며 살아가는 평범한 여자"라고 말한다. 그러나 올콧의 문학적 성취는 멋지다.(물론 조도 멋지다.) 현대의 독자는 이 멋짐을 충분히 음미하고 제대로 평가할 필요가 있다. 문학적 영웅이자 천재 예술가로 추앙받는 남성 작가들의 예술성이 세상의 현실, 인생의 희로애락과 분리된 채 자신의 고립과 주변 사람들의 (당연시된) 희생을 바탕으로 성취되었음을 염두에 둘 때, 또한 여성으로서 엄마로서 글을 쓰는 이들이 마주해야 했고 여전히 마주해야 하는 창조/파괴라는 이분법의 강고함을 염두에 둘 때 더욱 그러하다.

삼십 년 만에 만난 구남친과 벌인 대결
:『댈러웨이 부인』(1) 버지니아 울프

참 이상한 버릇이야. 항상 저렇게 칼을 갖고 장난을 친다니까. 그 버릇은 그를 어리석고 공허하게 보이게 했다. 예전에 그가 직접 말했듯, 어리석은 수다쟁이에 불과해 보이게 만들었다. 하지만 나도 그렇지, 하며 그녀는 바늘을 집어 들었다. [⋯]

"그래, 어떻게 지냈어요?" 그녀가 물었다.

그렇다. 전투가 시작되기 전에 말들은 앞발로 땅을 차고, 머리를 뒤로 젖히며, 옆구리를 빛내고, 목을 구부린다. 그렇게 피터 월시와 클라리사는 파란 소파에 나란히 앉아 서로에게 맞섰다.

파티를 준비하는 댈러웨이 부인

『댈러웨이 부인』(1925)은 모더니즘 문학의 걸작으로 또 '의식의 흐름' 기법으로 유명한 작품이다. 이 소설은 1923년 6월의 어느 하루 동안 일어난 일을 다룬다.[•]

『댈러웨이 부인』의 중심 사건은 디너 파티이다. 소설은 주인공 댈러웨이 부인(클라리사)이 파티 준비를 위해 꽃을 사러 가는 장면에서 시작한다. 첫 문장은 나름 유명하다. "댈러웨이 부인은 자기가 직접 가서 꽃을 사 오겠다고 했다." 집 밖 런던 거리로의 외출로 소설이 시작됨을 알리는 문장이다.

꽃을 사러 런던 거리로 나선 클라리사는 무척 상쾌한 아침 공기 덕에 열여덟 살의 처녀 시절을 떠올린다. 그날도 아침 공기가 참 상쾌했었지. 그러다 자연스럽게 젊은 시절 친하게 지내면서 깊은 속내도 나눴던 친구 피터(피터 월시)를 떠올린다. 말하자면 구남친. 인도에 있던 그가 영국으로 돌아왔다는 소식을 얼마 전 들었던 것을 곱씹으며 그녀는 한때 피터와 결혼까지 생각했는데 결국 하지 않은 게 과연 잘한 일이었을까 자문자답한다. 쓰라린 옛사랑의 기억도 잠시, 클라리사는 평범한 여성으로 안주인으로 늙어가

• 소설 전체가 단 하루 동안의 일을 다룬다는 점에서 제임스 조이스의 『율리시스』, 박태원의 『소설가 구보씨의 일일』과 함께 언급되곤 한다.

는 자신의 현재 모습에 대해 생각한다. 우리가 종종 주변 사람과 자신을 비교하며 자괴감에 빠지는 것과 같이, 클라리사 역시 평소 부러워했던 이웃의 벡스버러 부인을 떠올리며 자신도 그처럼 '정치에 관심이 있고, 위엄 있고 진실했으면 좋겠다'는 상상을 한다.● 이런 상상은 현재 자신의 삶이 무가치하고 아무것도 아니라는 느낌으로 이어진다.

완벽한 안주인 the perfect hostess 으로 사는 삶. 즉 여성으로서의 삶. 문득 클라리사는 자신에게 남은 건 '그게 전부'라고 인식한다. 30년 전 부어턴에서 피터, 샐리 같은 친구들과 함께 지냈던 화창한 여름날에는 미래에 대한 찬란한 꿈이 있었다. 하지만 그 시절은 지나갔고 그때 떠들어댔던 꿈들은 하나도 이루지 못했다. 상념 끝에 그녀는 자신을 이렇게 정의한다. "더 이상 클라리사조차 아니었다. 그저 미세스 댈러웨이, 리처드 댈러웨이의 부인이었다."

유월의 화창한 햇살 아래 기분 좋게 꽃을 사러 거리로 나갔던 클라리사의 머릿속은 이렇게 인생의 허무에 관한 생각으로 이어진다. 장갑 가게의 진열장을 멍하니 들여다보던 그녀는 중얼거린다. "그게 전부야." 댈러웨이 부인의 머릿속은 혼란스럽다. 그녀의 생각은 런던 거리의 이런저런 외적인 자극(여러 가게, 거리의 사람

● 이는 (벡스버러 부인처럼) 남자들이 하는 정치적 활동, 공적 활동을 했으면 좋겠다는 의미이다. 벡스버러 부인은 울프가 실존 인물인 레이디 벡스버러 Countess of Bessborough, 1761-1821 에서 따온 인물로, 여성임에도 당대 내로라하는 정치가들과 정치적 견해를 주고받으며 자문역을 한 것으로 유명했다고 한다.

들과 차들)을 따라, 또 내적인 자극(자신의 기억과 감정들)을 따라 제멋대로 이어진다. 삶과 생명의 찬란함에 즐거워하다 문득 다른 사람의 삶에 질투를 느끼며, 그러다 다시 삶의 유한성과 무가치함, 죽음을 떠올리고 울적해진다. 이러한 변덕스럽고 종잡을 수 없는 생각의 흐름은 우리 역시 종종 겪는 것이기도 하다.

소설은 이러한 생각(의식)의 흐름을 아름답고 정교한 문장으로, 유려하면서도 실험적인 문체로 담아낸다. 주인공은 클라리사 댈러웨이지만 다른 인물들도 등장한다. 1차 대전 참전 후 전쟁 후유증으로 신경쇠약에 시달리는 셉티머스는 제2 주인공으로서 이 소설의 다른 한 축을 담당한다. 그가 겪는 환청 등의 증상이나 의사들의 압박은 울프가 겪은 것이기도 해서 독자 입장에서는 클라리사와 셉티머스를 오가며 울프의 면모를 입체적으로 그려볼 필요가 있다. 그 밖에도 가정교사 미스 킬먼, 딸 엘리자베스, 남편 리처드 댈러웨이, 셉티머스의 부인 루크레치아 그리고 거리와 공원에서 마주치는 수많은 사람이 등장한다.

버지니아 울프는 여러 인물들의 의식을 넘나들며 그들이 하는 생각과 느끼는 감정들을 한 흐름 속에 담아낸다. 우연히 한 장소에 있었거나 과거에 비슷한 사건을 겪었거나 같은 기억을 공유할 뿐 거기서 떠올리는 생각과 감정은 저마다 다르다. 동상이몽 격이다. 그러나 서로 관련 없는 사람들의 의식과 의식을 점핑하는 서술을 통해* 울프는 모두가 연결되어 있다는 느낌을 전달한다.

하지만 어쨌든 런던의 길거리에, 사물들이 밀물과 썰물처럼 밀려오고 밀려가는 흐름 속에, 그녀는 여전히 살아 있고, 피터도 살아 있으며, 서로가 서로의 속에 살아 있었다. 자신이 고향집에 있는 나무의 일부이듯이, 저기 보기 싫게 잡동사니처럼 늘어서 있는 집들의 일부이고 한 번도 만나 보지 못한 사람들의 일부이듯이. 그녀의 존재는 자신이 잘 아는 사람들 사이에 안개처럼 퍼져 있었다. 언젠가 본, 안개를 떠받치고 있는 나무처럼, 그들도 자신들의 가지 위에 그녀를 받쳐 주고 있었다. 하지만 그녀의 삶, 그녀 자신은 그 나뭇가지보다 더 멀리 퍼져 나가 있었다.

서로 단절되어 있지만 그럼에도 연결되어 있다는 생각, 우리는 다른 사람, 다른 사물들의 일부로서 존재하며 그런 한에서 뻗어 나가고 확장된다는 생각이 『댈러웨이 부인』에는 담겨 있다. 클라리사가 파티를 여는 이유 역시 서로 모르고 지내는 사람들을 연결시키기 위해서다. 그 스스로 파티에 부여하는 의미이기도 하다.

●   버지니아 울프는 '의식의 흐름' 기법으로 유명하지만, 『댈러웨이 부인』 초반을 읽어 보면 울프가 거리에 있는 수많은 인물의 의식(내면)을 자유롭게 '점핑'하면서 그들 사이 희미한 연결을 만들어내고 있음을 느낄 수 있다. 사실 의식의 흐름 기법은 머릿속에 생각나는 것을 쭉 써나가는 것과는 거리가 멀다. 그보다는 고도로 정교한 서술 기법에 가깝다.

   소설 시작부터 30여 페이지에 걸쳐 서술되는 의식 점핑 대목은 이후, 소설 마지막의 파티 대목에서 다시 한번 반복된다. 말하자면 울프는 소설 초반부터 독자를 (자신의 서술 기법을 충분히 즐길 수 있도록) 조련하고 있는 셈이다.

주머니칼과 바늘의 대결

그러나 사람들 사이 소통과 교감은 일시적이고 미약하며 피상적이다. 파티 석상에 함께 모인다고 해서 서로 모르던 사람들이 서로의 됨됨이와 마음을 잘 알고 이해하게 되는 건 아니다. 거리에서 (엷게 펼쳐진) 안개와 (뻗어 나가는) 나뭇가지를 통해 모종의 연결감을 느낀 클라리사지만 그 역시 얼마 가지 않아 삶의 허무함, 시기와 질투, 증오와 냉소 같은 감정들에 시달린다.

무엇보다 괴로운 건 자신이 속물이 아닐까 하는 생각이다. 특히 다른 사람들이 자신을(그리고 자신이 공들여 준비하는 파티를) 어떻게 바라보는지 신경이 쓰인다. 가정교사 미스 킬먼은 한가롭게 파티나 연다며 자신을 경멸하는 눈치고, 딸은 요즘 들어 엄마를 멀리하고 미스 킬먼과 더 많은 시간을 보내는 것 같다. 전쟁이나 사회 문제 같은 큰 문제에는 관심 없이 그저 온실 속 화초처럼 살아왔다는 생각도 클라리사를 괴롭힌다. 이런 상황에서 30년 만에 인도에서 돌아온 피터가 연락도 없이 갑자기 클라리사를 방문한다.

클라리사에게 피터의 방문이 불편한 이유는 예전에 그가 자신과 결혼하려 했기 때문이기도 하지만 그보다 더 중요한 이유는 자신을 속물로 보는 피터의 시선 때문이다. 클라리사가 좋아하고 가치를 두는 것들을 피터는 경멸한다. 영국의 귀부인들, 상류사회의 예법, 그리고 파티가 그렇다. 피터가 보기에 그것들은 겉치레이거나 유한부인의 속물 취미일 뿐이다. 30년 만에 재회한 자리에서 그는 클라리사가 진정한 삶을 살고 있지 못하고 상류층의 귀부인이라는 역할에 만족하면서 타성에 젖은 채로 살고 있다고 생각한다. "이런 하루하루였겠군! 이런 한 주일, 또 한 주일이었겠군. 이것이 클라리사의 인생이군." 그에 비해 자신은 "여행을 하고, 말을 타고, 싸우고, 모험하고, 브리지 파티에 가고, 연애를 하고, 일도 하는" 활동적인 삶을 살아왔다. 입 밖으로 꺼낸 말은 아닌 피터의 속생각이다.

이런 생각을 하며 피터는 자기도 모르게 주머니칼을 꺼내 만지작거린다. 클라리사는 30년 전에도 갖고 있었던 피터의 이 아이템과 버릇을 기억한다. "참 이상한 버릇이야, 항상 저렇게 칼을 가지고 장난을 치네." 역시 입 밖으로 꺼낸 말은 아닌 속생각이다. 그러면서 마치 주머니칼에 맞서듯 바늘을 집어 든다.

울프는 과거 연인들의 만남을 이렇게 칼과 바늘의 대결로 묘사한다. 사실 피터가 주머니칼을 계속 만지는 건 초조한 마음의 표출이다. 실은 자신도 진정한 삶은커녕 성공하지 못한 삶, 더 정직하게 말하면 실패한 삶을 살았기 때문이다. 그렇기에 클라리사의 삶과 자신의 삶을 비교하며 진정성의 측면에서 우위를 점하려 한다. 남의 삶을 공허하고 속물적인 것, 타성에 젖은 것으로 평가하면서 얄팍한 자기만족을 얻으려는 편협하고 이기적인 마음이다. 혹여 말로 꺼냈다면 클라리사에겐 상처가 되었을 생각이다.

물론 말로 하지 않아도 알게 되는 것들이 있다. 말투나 태도에서 느껴지기 때문이다. 클라리사 역시 피터의 태도에서 그런 것들을 느꼈을 것이다. 그러나 클라리사는 상처를 받는 대신 하지만 나도 그렇지, 라며 바늘을 집어 든다. 바늘을 집어 드는 이 산뜻한 동작 덕택에 클라리사의 생각은 어차피 우리는 모두 텅 빈 속물이며 모든 삶은 공허하다는 식의 간편한 체념으로 이어지지 않는다. "하지만 나도 그렇지"엔 '응 그래 나도 속물이지'라는 의미가 있지만 바늘을 집어 드는 동작으로 인해 또 하나의 의미가 깃들게 된다. 너에게 주머니칼이 있다면 내겐 바늘이 있지. 즉 나에게도 무기가 있다—내 생각, 내 관점, 내 가치관이 있다는 얘기다. 너의 공허함과 어리석음에 휩쓸리지 않겠다는 신호이자 의지의 표명이다. 이를 확실히 해둔 후에 그녀는 피터의 안부를 묻는다. "그래, 어떻게 지냈어요?"

클라리사는 삶을 사랑하고 긍정하지만 그런 한편 때때로 자신의 삶이 공허하고 속물적이진 않을까 두려워하는 인물이다. 파티에 '연결'이라는 거창한 의미를 부여해 두었지만, 그에 대한 사람들의 반응에 일희일비하기도 한다. 그런 순간 옛 친구가 찾아와 마뜩잖은 표정을 짓는다면 견디기 힘든 일일 것이다. 버지니아 울프는 인물들 사이에 오가는 이런 감정을 아주 잘 묘사한다. 우리역시 사람들을, 친구들을 만날 때 종종 느끼는 감정이다. 『댈러웨이 부인』은 문체가 난해한 소설로 알려졌지만 일단 이런 대목들에 익숙해지면 한달음에 읽히는 마법 같은 소설이다.

■ 이미지와 다른 울프의 소설

버지니아 울프Virginia Woolf, 1882-1941는 연보와 프로필 사진만 보면 신경쇠약으로 고통받는 심약하고 섬세한 여성 작가를 떠올리기 쉽다. 일반적으로도 그렇게 알려져 있다. 하지만 울프의 글을 직접 읽어보면 감성적이라기보다는 지적이고 분석적이며 유머러스하다.(자신의 감정에 푹 빠진 서술 스타일이 아니다.) 무엇보다 삶의 고통, 피상성, 진부함 등 우리가 삶을 냉소하고 부정적으로 바라보게 하는 측면들을 솔직하게 직시하고 끌어안으려는 태도를 느낄 수 있다.

『댈러웨이 부인』의 인물들은 '미완성의 인물들', 달리 말하면 '보통 사람들'이다. 주인공을 비롯해 인물들 상당수가 허영심을 지닌 속물들인 것은 물론, 쉽게 질투나 원한 감정에 사로잡히며, 냉소와 자괴감도 몸에 배어 있다. 그걸 수치스러워하면서도 떨쳐내거나 극복하지 못한다. 다만 이들은 자신의 그런 모습을 조금 더 예민하게 느끼며 자신의 모든 특성을(결점들까지) 끌어모아 직시하려 노력한다. 그런데 이는 작가 버지니아 울프 본인의 모습이자 노력이기도 하지 않았을까?

자신은 높은 곳에 있으면서 미완성인 인간들을 내려다보는 게 아니라, 그런 사람 중 한 명으로서 런던 거리 이곳저곳을 산책하며 '왜 사는가?why live?'●를 궁금해하는 버지니아 울프. 울프는 자신의 모습을 이 소설의 인물들(클라리사, 피터, 셉티머스 등)에게 나눠 담은 것 같다. 적어도 나는 그렇게 상상하며 소설을 읽어나갔고 그러자 소설도 작가도 좀 더 가깝게 느낄 수 있었다.

● 왜 사는가? 이 질문은 작품 속에서 여러 번 뉘앙스와 의미를 달리하며(또한, 여러 다양한 인물의 시점에서) 반복된다. 소설 내내 울프는 이 물음에 다각도로 천착한 셈이다. 특히 소설 한중간에는 "Why live?"라는, 주어나 조동사를 다 뗀, 즉 문법적 군더더기를 모두 제거한 단도직입적인 표현으로 등장하기도 한다.

사람은 꽃보다 아름다운 것일까
:『댈러웨이 부인』(2) 버지니아 울프

6월은『댈러웨이 부인』을 읽기 좋은 달이다. 일단 소설의 시간적 배경이 6월 중순이기 때문이지만 꽃에 관한 서술이 많이 나와서이기도 하다. 6월은 꽃의 계절이 아닌가.

간혹 하나의 사물, 한 줄의 대사가 매개가 되어 작품 전체가 읽힐 때가 있다.『댈러웨이 부인』에서는 '꽃'을 그러한 매개로 삼을 수 있다.

"댈러웨이 부인은 자기가 직접 가서 꽃을 사 오겠다고 했다." 유명한 이 소설의 첫 문장인데, 이처럼『댈러웨이 부인』은 처음부터 꽃의 이미지를, 꽃과 관련된 어떤 행동을 선보이며 시작한다. 하지만 꽃과 관련하여 주목할 문장은 또 있다.

꽃양배추와 사람

화창한 날씨에 꽃 쇼핑을 나선 것을 계기로 클라리사는 옛 추억에 빠져든다. 삼십여 년 전의 처녀 시절 서로 마음을 나눴던 피터 월시에 대한 생각이 떠오른 것인데, 이때 클라리사는 피터의 얼굴이나 표정이 아닌 그가 했던 말을 떠올린다. 그 말은 다음과 같다.

"나는 꽃양배추보다 사람을 더 좋아해요."

소설 첫머리, 클라리사가 떠올린 피터의 꽃양배추 대사●는 소설 말미에 다음과 같은 형태로 반복된다. 일종의 수미상관인 셈이다.

물론 난 저 부부[댈러웨이 부부]에 관해 아무것도 몰라요. 사람들이 흔히 그러듯 속단을 내리게 되는 거죠. 매일 같이 사는 사람에 대해서도 우리는 아무것도 모르잖아요? 우리 모

● 울프는 식물의 예시로 '꽃양배추'를 들고 있는데, 원문은 '콜리플라워cauliflower'다.(원문에서 가끔 '양배추cabbage'라 지칭되기도 한다.) 울프는 정원 가꾸기에 꽤 진심이었는데, 『댈러웨이 부인』을 쓰던 시기 브로콜리와 비슷한 이 식용식물에 대해 큰 관심이 생겼던 것인지도 모른다. 혹은 그저 flower가 들어가는 단어이기에 쓴 것인지도 모를 일이다.

두는 감옥에 갇힌 죄수 아니겠어요? [⋯] 그녀[*샐리]는 자기가 갇힌 감방 벽을 손톱으로 긁어대는 한 남자에 관한 훌륭한 희곡을 읽은 적이 있다고, 그게 바로 인생이라 느꼈다고 말했다. [⋯] 인간관계 때문에 절망하면(그녀는 늘 사람들 때문에 힘들었다) 정원으로 가곤 했어요. 거기 핀 꽃들에게서 평화를 얻곤 했어요. 사람들에게선 결코 얻지 못하는 평화를. 하지만 피터는 그렇지 않았다. 양배추보다는 사람이 더 좋았다.

'사람이 꽃보다 좋다'가 피터의 명제(인간관)라면, 이와 반대되는 '사람들에게서 얻지 못하는 평화를 나는 정원의 식물들에서 얻었다'는 명제를 제시하는 건 샐리다. 샐리는 클라리사와 피터의 젊은 시절 친구다. 자유분방하고 활달한 성격으로, 사회 개혁, 여성 참정권 같은 문제들에 대해서도 자신의 의견을 거침없이 피력했던 샐리는 클라리사에게는 선망과 애정의 대상이었다. 그런 샐리가 사업가의 아내이자 다섯 아이의 엄마가 되어 오랜만에 파티에 나타난다. 샐리는 피터와 함께 파티에 온 방문객들을 관찰하며 이런저런 인물평을 늘어놓다가 위의 말을 한다.

샐리의 대사(푸념?)를 찬찬히 뜯어보면 흥미롭다. 샐리의 말 속에는 현대인의 삶 내지 인간관계에 대한 세 가지 정의가 들어 있다. 1) '타인에 대해 우리는 아무것도 모른다'(그런 채로 속단을 한다), 2)

'사람들은 각자의 감옥 속에 갇혀 산다'(모두 고립되어 있다), 3) '사람보다는 꽃(식물)이 위안이 된다'(인간관계는 상처가 될 뿐이다).

이 셋은 오늘날 우리에게도 익숙한 명제들이어서 충분히 공감이 된다. 우리 역시 인간관계에 자주 절망하며, 사람이 싫어질 때면 애정을 쏟을 수 있는 다른 존재를 찾아 거기에 기대곤 하기 때문이다. 확실히 사람보다는 고양이와 개 등 반려동물이, 동네 뒷산 또는 베란다의 꽃과 나무들이 위안이 될 때가 있다.

이처럼 『댈러웨이 부인』에서 울프는 식물이냐 사람이냐, 라는 질문을 던진다. 사람이 싫어질 때 그래서 각자의 방에서 외로움에 시달릴 때 우리는 어떻게 하는가. 우리의 마음은 무엇을 더 의지하는가. 식물(꽃)인가 사람인가. 유명한 노래 제목을 인용한다면 이렇게도 표현할 수 있겠다. 과연 사람은 꽃보다 아름다운가. 이 질문은 소설 내내 변주되어 반복된다.

꽃 선물 장면 둘

이 소설에서 꽃이 등장하는 장면은 다음 두 장면을 더 꼽을 수 있다.

인생에서 가장 황홀한 순간이 찾아왔다. 꽃이 담긴 돌항아리 옆을 지날 때였다. 샐리가 걸음을 멈췄고, 꽃 한 송이를 뽑아 들었고, 그녀 입술에 키스했다. 온 세상이 뒤집히는 듯했다!

다른 사람들은 다 사라지고, 그녀와 샐리 단둘만 있는 것 같았다. 선물을 받았는데, 꽁꽁 포장한 선물을 열어보지는 말고 그냥 가지고 있어, 하는 느낌이었다.

하지만 그래도 뭔가 들고 가고 싶었다. 꽃? 그래 꽃이야. 귀금속을 고르는 자신의 취향은 믿을 수 없었다. 꽃 한 아름이 낫겠어, 장미든 난초든. 오늘의 이벤트인 파티를 축하하기 위해서라도. 또 오찬 때 피터 월시 얘기가 나왔을 때 그녀에 대해 새삼 느꼈던 감정을 축하하기 위해서라도. 그들은 수년간 그런 감정에 관해서는 얘기해 본 적이 없었다. 그건, 하고 그는 붉은 장미와 흰 장미를 받아 안으며(종이로 싸니 큰 다발이 되었다) 생각했다. 그건 세상에서 가장 큰 실수야. [⋯] 꽃을 내밀면서 "당신을 사랑하오"라고 직설적으로 몇 번이나 말해줘야지(그녀가 어떻게 생각하든). 왜 못하겠어?

둘 다 클라리사가 꽃을 선물 받는 장면인데 여러모로 대비되어 흥미롭다. 하나는 젊은 시절에 선망의 대상이었던 샐리에게 받은 선물이고, 다른 하나는 50대의 나이가 된 현재 시점에서 남편 리처드에게 받은 선물이다. 샐리한테서는 입맞춤과 함께 꽃을 선물 받고 온 세상에 단둘이 있는 듯한 황홀경에 빠지는 반면, 남편에게선 꽃만 선물 받고 마는 대조 또한 재미있다. '왜 못하겠어?'

라는 다짐과는 달리 리처드는 사랑한다는 말을 결국 하지 못하며, 클라리사는 의아해한다. "무슨 말을 하려는 거지? […] 장미까지 사 오고, 왜 이러는 걸까."

남편 리처드는 개성과 취향이 없고 사회에 대한 비판 의식도 없으며 감정 표현에도 서툰 무미건조한 인물로 그려진다. 샐리와는 정반대의 인물이라 할 수 있다. 샐리와 피터는 클라리사가 리처드 같은 전형적인 '보수당 인사', 귀족 가문이어서 의회에서 어떤 직책을 맡고 있긴 하지만 자기 역량으로 정치적 성공을 거두지는 못한 평범한 사람과 결혼한 것을 받아들이지 못한다. 둘은 클라리사가 리처드와의 결혼으로 속물이 되어버렸다고 생각한다.

그러나 리처드 같은 인물에게도 나름의 서사와 감정을 부여하는 것이 울프의 눈부신 솜씨겠다. 아내에게 줄 선물로 꽃을 고르고, '당신을 사랑하오'라고 몇 번이나 말하겠다고 다짐하지만 결국 말하지 못하고 클라리사의 손만 부여잡는 리처드의 모습은 사랑스럽기까지 하다.

아르메니아 사람들과 장미

한편 리처드의 꽃 선물 장면은 클라리사의 상념으로 이어지는데, 여기서 꽃과 사람을 비교하는 문장이 한 차례 더 등장한다.

그녀는 사실 아르메니아 사람들보다는 장미꽃이 더 좋았다.

생존의 터전에서 쫓겨나, 불구가 되고, 추위에 떠는, 잔인함과 부당함의 희생자들(그녀는 리처드가 몇 번이고 거듭해 말하는 것을 들었었다) – 하지만 그녀는 알바니아 사람들에 대해 아무런 감정도 일지 않았다. 아니, 아르메니아 사람들이라고 했던가? 하지만 장미는 사랑했다.(이 꽃이 아르메니아 사람들에게도 위안이 되지 않을까?)

꽃 선물을 건네고 리처드가 나가려는 찰나, 클라리사가 묻는다. "무슨 위원회라도 있어요?" 이에 리처드는 "아르메니아 사람들 문제야"라고 대답하는데 클라리사는 순간 아르메니아 사람Armenian과 알바니아 사람Albanian을 헷갈려 한다. 그에 더해 작가는 아르메니아 사람들보다 장미를 훨씬 더 사랑한다는 클라리사의 머릿속 생각까지 펼쳐놓는데, 이 같은 인물의 속생각은 독자의 마음에 미묘한 반향을 불러일으킨다.

아르메니아 문제라는 크고 심각한 (국제적) 문제를 한갓 장미꽃과 동일 선상에 놓고 보는 클라리사는 역시 속물인 걸까. 아니 그보다 이 대목은 (클라리사뿐만 아니라) 우리 모두의 마음의 진실을 정직하게 표현한 것으로도 읽힌다. 이 정직함은 이후 이어지는 상념의 바탕이 된다.

장미를 보며 클라리사는 파티에 대한 생각을 이어간다. 나에게 파티란 무엇인가? 왜 나는 파티를 여는 거지? 라는 반성적 생각이다. 피터와 샐리, 가정교사 미스 킬먼 등 다른 사람들이 파티를 호사 취미, 속물 취미로 보는 것이 그녀를 괴롭히지만, 클라리사는 "사람들의 판단 아래에 있는 자신의 마음속을 직접 파고들어" 자신에게 파티가 무엇인지 왜 파티를 여는지 스스로 그 의미와 이유를 찾는다.

피터의 혼밥 장면

클라리사가 스스로 파티에 부여한 의미는 삶에 대한 사랑, 그리고 서로 떨어져 있는 사람들을 연결시킨다는 것이다. 이 대목은 직접 읽어보시길 권한다. 직접 읽는다 해도 내용에는 크게 공감을 못 할지도 모르겠다. 그러나 중요한 건 인물 스스로 자신이 하는 행위의 의미와 이유를 찾아냈다는 것일 테다. 스스로 찾은 의미는 행위의 원동력이 되고 관계의 구심점이 되기 때문이다.

소설 후반, 파티와 관련하여 흥미로운 건 피터 월시의 변심이다. 파티에 가지 않기로 했던 그의 마음이 파티에 꼭 가야겠다고 변하는 과정을 울프는 무척 재미있게 그린다. 사실 피터는 클라리사 앞에서 파티를 속물 취미로 보며 비난하는 태도를 숨기지 않았다. 그리하여 한때 마음을 나눴던 두 연인의 30년 만의 만남은 마치 대결처럼 그려진 바 있다.●

●　이 장면에 관해서는 앞의 글 "삼십 년 만에 만난 구남친과 벌인 대결" 참조.

클라리사의 집에서 나온 피터는 클라리사와의 만남을 반추하기도 하고 속절없이 지나버린 세월에 대한 괴로움과 회한에 휩싸이기도 하며 혼자서 거리를 돌아다닌다. 재미있는 대목은 그가 호텔에 도착해 (클라리사의 파티에 가는 대신) 혼자서 밥을 먹는 '혼밥' 장면이다.

혼자 테이블에 앉은 피터는 웨이터에게 주문을 하는데, 그가 메뉴를 바라보는 방식, 허둥대지 않고 점잖게 식사를 하고, 우아하게 후식을 주문하는 태도가 옆 테이블 손님들의 눈길을 끈다.

> 피터 월시가 식사를 끝낸 후 "바틀릿 배〔Bartlett pears. 후식 메뉴〕"라고 말하자, 모리스가 사람들이 앉은 식탁에서는 존경의 열기가 불꽃처럼 타올랐다. 어쩌면 저토록 점잖고 절도 있게, 정의에 입각해 자신의 정당한 권리를 행사하는 엄격한 규율가의 태도로 말할 수 있을까? 〔…〕 식탁에 홀로 앉은 그가 "바틀릿 배"라고 말했을 때, 그들은 그의 정당한 요구에 지지를 표해야 한다고 생각했다. 당장에 그의 옹호자가 된 것이다.

존경할 만한 식사 매너를 선보인 것을 계기로 피터는 모리스 일가와 이야기를 나누게 된다. 이야기를 나누며 그는 "자신을 썩 괜찮게" 느낀다. 모리스 일가 사람들이 자신을 존경하고 좋아한다는 사실을 느꼈기 때문이다. 이 대화 직후, 피터의 마음은 클라리사의 파티에 꼭 가는 것으로 바뀐다.

> 그는 클라리사의 파티에 꼭 가고 싶었다(모리스 가족은 떠났다. 하지만 또 곧 만나게 되겠지). 그 파티에 꼭 가고 싶었다. 리처드에게 보수당 바보들이 인도에서 무슨 짓을 저지르고 있는지 아느냐고, 무슨 연극을 올리고 무슨 곡을 연주하는지 아느냐고 묻고 싶었기 때문이다. 아니 뭐, 그저 잡담을 나눠도 좋겠지.
> 이런 것이야말로 우리 영혼의 솔직한 모습이 아니겠는가? 하고 그는 생각했다. [⋯] 우리의 자아도 가끔은 잡담을 하며 자신을 솔질하여 활기를 되찾을 필요가 있는 것이다.

식당 대화는 피터에게 일종의 충전지 역할을 한다. 회한과 자기 연민에 휩싸여 혼자서 돌아다니던 피터에게 필요한 것은 사람들과의 대화, 잡담이었던 것이다. 자신이 누구인지, 어떤 장점을 갖고 있는지 알아주는 사람들과의 대화.

적어도 말은 그렇게 했다

> [피터는] 자신도 엘리자베스에 대해선 잘 모르겠다고 했다.

〔…〕 하지만 우리는 아무것도 모른다〔맥락상, 인간은 타인에 대해 아무것도 모른다〕는 샐리의 말에는 동의하지 않았다. 우리는 모든 걸 알아요, 피터는 그렇게 말했다. 적어도 말은 그렇게 했다.

그리하여 파티에 간 피터는 샐리를 만나 정말로 '잡담'을 나눈다. 정확하게는 파티 방문객들을 바라보며 인물평을 주고받는다. 소설의 마지막, 12페이지 정도에 걸쳐 펼쳐지는 이 인물평 대목은 재미있다. 저 사람은 인상이 별로네요, 저 사람은 고약한 사기꾼 같네요, 라는 식의 단편적이고 피상적인 인물평이 이어지는데, 잘 보면 사실 두 사람이 나누는 대화는 상당 부분 클라리사(그리고 그녀의 결혼생활)에 할애되어 있다.

샐리는 피터에게 클라리사는 알고 보면 속물이라고, 그건 인정해야만 한다고 말한다. 이는 소설 내내 되풀이된 인물평이며, 피터도 했던 인물평이다. 그런데 이 말에 호응하는 대신 피터의 생각은 다른 곳을 맴돈다. "샐리는 놔두면 이렇게 계속 몇 시간이고 떠들 것 같아. 지금까지 무슨 말을 했지? 남편이 광부의 아들이라느니, 사람들이 자신이 신분이 낮은 사람과 결혼했다고 수군거린다느니, 다섯 아들을 두었다느니 했지. 또 무슨 얘기를 했더라? 아, 식물 얘기를 했었지." "그녀가 속물이라고? 그렇지, 여러 면에서 그렇지. 그나저나 지금까지 그녀는 어디서 뭘 하고 있는 거

지?"(시공사, 393-394쪽)

이 마지막 장면에서 피터에겐 클라리사가 속물인지 아닌지는 더 이상 중요하지 않다.(이는 소설을 읽어온 독자에게도 마찬가지일 것이다.) 샐리의 말에서 오히려 그녀의 결혼생활이 어떤지를 알게 되고 자격지심을 읽어내기도 하지만 그 역시 중요하지 않다. 클라리사가 어디에 있을까, 그것이 중요하다.

이 대목에서는 샐리의 말들이 하나하나 반박되는 것도 흥미롭다. '사람들 때문에 힘들 때면 정원의 꽃들에서 평화를 얻곤 했다'는 샐리의 말은 "하지만 피터는 그렇지 않았다. 양배추보다는 사람이 더 좋았다"는 생각에 의해 반박되고, '우리는 아무것도 모른다'는 말은 "우리는 모든 걸 알아요, 피터는 그렇게 말했다. 적어도 말은 그렇게 했다"는 문장에 의해 반박된다.

물론 피터 월시가 과연 작가의 생각과 태도를 직접 대변하는 인물인지는 따져볼 점이다. 인간 삶에 대한 샐리의 관점이 오히려 울프 본인의 인식과 더 가까울지 모른다. 울프의 다른 글들 -특히 개인적인 글들-에서는 삶에 대한 회의와 무력감, 인간에 대한 절망과 혐오가 보다 직접적으로 드러나기 때문이다. 『댈러웨이 부인』에서도 한 번의 파티로 어우러져 해소될 수 없는 사람들 사이의 단절과 고립이, 질투와 원한, 냉소와 경멸 같은 감정들이 강조된다.

256

그러므로 꽃보다 사람이 더 좋다는 것이나 우리는 타인에 대해 모든 걸 안다는 말은 '그럼에도 불구하고'를 거쳐 이뤄진 긍정들이다. 우리는 모든 걸 알아요, 라는 피터의 말에 "적어도 말은 그렇게 했다"고 부연한 것과 정확히 같은 뉘앙스로 울프 역시 소설 곳곳에 삶을 긍정하는 장면을 제시한다. 적어도 쓰기는 그렇게 쓰자. 이 '적어도at least'에는 작품 전체의 무게가 실려 있다. 이러한 태도에 도달하기까지 작가는 과연 어떤 분투의 과정을 거쳤을까, 울프의 정교하고 예리한 문장들을 따라 그 과정을 엿보는 게『댈러웨이 부인』읽기의 묘미다.

■ 제목에 대한 이야기

『댈러웨이 부인』은 사실 무척 평범한 제목인데, 울프가 굳이 평범해 보이는 제목을 택한 이유를 독자 입장에서 짐작해 보는 재미가 있다.

『댈러웨이 부인』이란 제목이 평범해 보이는 것은 19-20세기를 대표하는 문학 작품 중 '무슨무슨 부인'이 제목인 경우가 많은 탓이다. 다들 들어봤을 유명한 작품들이다. 플로베르의『보바리 부인』, D. H. 로렌스의『채털리 부인의 연인』, 톨스토이『안나 카레니나』등이 그렇다.* 한편 그냥 주인공의 이름이 소설 제목으로 쓰인 경우도 있는데, 제인 오스틴의 『엠마』, 『엘리너와 메리앤』(나중에 『이성과 감성』으로 개작됨), 샬럿 브론테의 『제인 에어』 등이다.

표본이 많진 않지만 경향성은 발견할 수 있다. '부인'이 제목에 들어간 경우는 '외도adultery'가 소재이며, 가부장적 사회가 개인에게 가하는 억압 및 폭력과 그에 맞서는 주인공의 저항과 일탈, 자아실현 또는 성적 욕망이 강조된다. 반면 인물의 이름이 제목으로 쓰인 경우에는 '연애/구애courtship'가 소재이며, 여성이 당대 사회에서 자신의 독립성과 주체성을 (제한적으로나마) 확보해 나가는 과정이 그려진다.••

'부인 소설'은 작가가 대개 남성인 반면, '아가씨 소설'은 작가가 여성인 경우가 많다는 특징도 있다. 독자 입장에서는 '외도'라는 소재를 통해 남성 작가들이 천착한 당대의 문제 또는 강조하려는 주제는 무엇이었을까, 그리고 반대로 '연애'라는 소재를 통해 당대 여성 작가들이 천착하고 강조한 것은 무엇이었

• 『안나 카레니나』의 경우 영문판 제목은 종종 『안나 카레닌Anna Karenin』으로도 표기된다. 즉 카레니나/카레닌은 남편의 성을 따른 것이므로 '부인(기혼 여성) 정체성'을 드러낸다고 볼 수 있다.

•• 표본이 작아 일반화하긴 어렵지만 모두 정전에 속하는 작품이라는 점에서 어느 정도 대표성은 부여할 수 있겠다.

을까를 비교해서 찬찬히 생각해 볼 만하다.

『댈러웨이 부인』은 소재가 외도가 아니라는 점에서, 또 작가가 여성이라는 점에서 문학사의 암묵적 전통을 깨는 측면이 있다. 주인공이 꽤 나이든 여자라는 점도 다른 '부인 소설'들과 다른 차이점이다.(클라리사의 나이는 52세이다. 참고로 다른 '부인 소설'에서 주인공의 나이는 20-30대이다.) 즉 『댈러웨이 부인』은 그냥 지은 제목이 아니라 문학사적 전통을 염두에 두고 지은 제목이다. 물론 울프답게 전통을 그대로 답습하진 않고, 그걸 뒤집는 측면이 있지만 말이다. 특히 이 소설이 '댈러웨이 부인'의 결혼 전 이름인 '클라리사'가 두 번 반복되며 끝난다는 사실(제목을 거스르는 엔딩)을 생각하면 울프의 제목 짓기는 한층 흥미로워진다.

시 대 와   개 인

───────

인 식

혁명 속의 개인
:『두 도시 이야기』찰스 디킨스

찰스 디킨스Charles Dickens, 1812-70. 생몰연대를 보면 환갑도 넘기지 못하고 죽었지만 디킨스는 수많은 작품을 남겼다. 또한 살아생전부터 현재에 이르기까지 한 번도 인기나 영향력이 줄어든 적이 없는 작가이기도 하다. 거의 모든 작품이 연극, 영화, 뮤지컬, 만화 등으로 각색되어 상연 및 상영되고 있으며 학계에서도 꾸준히 연구되고 있다.

디킨스를 폄하하는 사람도 많다. 이유는 너무 대중적, 통속적, 전형적이라는 것. 그의 소설은 선악 구분이 명확하고 전개 역시 멜로드라마적이어서 충분히 예측 가능하다.(그래서 쉽게 잘 읽힌다). 독자의 흥미를 끌기 위해 당시 유행한 범죄 서사(대표적으로 범죄자들의 회고록)의 요소들을 적극 끌어다 쓴 흔적도 찾아볼 수 있는데, 극적 장면 연출을 위해 역사적 사실을 일부러 간과하고 사람들 사이에 전설처럼 떠돌던 이야기들—당시의 도시 괴담, 혁명 괴담들—을 적극 끌어다 쓰는 건 이 시기 작가들에게서 공통적으로 발견할 수 있는 특징이기도 하다.

한편 디킨스는 영리하게도 그의 소설을 매월 소책자 형태로 나누어 발간했는데, 이러한 '연속출판serial publication' 방식은 오늘날 드라마 방영 방식과 흡사한 것이다. 슈테판 츠바이크는 디킨스 평전에서 디킨스 소설이 연재되는 주간지를 조금이라도 빨리 읽기 위해 동네 바깥까지 우편배달부를 마중 나가는 마을 사람들 모습을 묘사하기도 한다.

> 우편배달일이 되면 노소 불문하고 모두가 오직 그 책을 먼저 받기 위해 2마일이나 배달부를 마중 나갔다. 우편물을 받아 돌아오는 길에 그들은 이미 책을 꺼내 읽기 시작했다. 어떤 이는 어깨 너머로 책장을 엿보았고, 어떤 이들은 책을 큰 소리로 낭독했다. 가장 가정적인 사람들만이 노획물을 조금이라도 빨리 처자식에게 갖다주려고 급하게 집으로 내달렸다.
> – 슈테판 츠바이크, 「찰스 디킨스」, 『천재, 광기, 열정 2』, 원당희 옮김, 세창미디어, 2009, 47쪽

디킨스는 대중들의 흥미를 어떻게 자극하고 또 붙잡아 둘 수 있는지를 아주 잘 알았다. 그런데 그의 이러한 대중성은 실험적 기법이나 작가의 고유한 세계관, 대중과 사회에 대한 비타협적 태도를 중요시하는 현대의 비평가, 독자들에게는 고스란히 단점으로 받아들여지고 있기도 하다.

그러나 디킨스의 대중성은 서구 19세기 리얼리즘 소설의 가장 뛰어난 성취와 결합된 것이다. 프랑스에 발자크와 위고가 있었다면 영국에는 디킨스가 있었다. 이들은 작가 자신이 지닌(또는 독자 각각이 지닌) 정치적·계급적 입장과 무관하게 광범위한 사랑과 지지를 받은 작가들이다.

프랑스 혁명을 소재로 한 역사소설

『두 도시 이야기』는 프랑스 혁명을 소재로 한 역사소설로 혁명의 물결에 휩쓸린 두 도시, 곧 런던과 파리에서 벌어지는 이야기를 다룬다. 오늘날 '프랑스 혁명'은 구체제의 낡은 질서를 허문 사건, 민주주의의 초석을 놓은 시민혁명으로 평가되지만 당시 유럽 국가들이 이 혁명을 바라보는 시각은 달랐다.

『두 도시 이야기』는 1859년에 발표되었는데, 혁명으로부터 70여 년 정도의 시간이 지난 상황에서 혁명을 바라보는 영국의 시선을 살펴볼 수 있어 흥미롭다. 또한 바스티유 습격 당시 감옥에 억울한 죄수가 갇혀 있었다든지, 혁명의 혼란을 틈타 귀족에게 사적으로 복수를 감행한 사람이 있었다든지 등, 당시 대중들 사이에서 떠돈 '혁명 괴담'류의 이야기들이 들어 있기도 하다. 이처럼 프랑스 혁명을 둘러싼 여러 관점들, 입장들을 볼 수 있는 게 『두 도시 이야기』 읽기의 묘미다.

우리에게 프랑스 혁명은 자유, 평등, 형제애의 이념을 실현한 시민혁명으로 알려져 있지만, 이 소설에서 혁명은 동정도 자비도 없는 '무질서한 폭력'으로 그려진다. 특히 소설의 3부에서 파리 민중의 모습은 혁명의 소용돌이 속에서 '피의 복수'를 자행하는 모습으로 그려지기도 한다.

한편, 혁명은 거대한 흐름이고 물결이다. 개인의 역량으로는 감당하기 힘든 변화의 물결이어서 대부분의 사람들은 속수무책으로 휩쓸릴 수밖에 없다. 디킨스는 그 거대한 흐름 속에서 나름의 방식으로 각자의 자리를 찾으려 하는, 즉 자신의 직분과 책임, 역할과 의무를 다하려 분투하는 개인들의 모습을 보여준다.

'가족'이라는 금실(golden thread)

혁명의 거대한 흐름이 밀어닥치는 가운데 하나의 거점 노릇을 하는 것은 바로 '가족'이다. 다르게 말하자면 '사랑'이라고도 할 수 있겠다. 가족을 이루는 바탕이 되는 것이 바로 사랑이니 말이다.

디킨스는 여기서 자신의 장기를 유감없이 발휘한다. 한 여성 인물 주위에 매력적인 남성 인물들을 대거 등장시키는 것이다. 독립

적이며 정의로운 찰스 다네이, 타락했고 무기력하지만 루시에게
는 헌신적인 시드니 카턴, 이 두 젊은이가 중심축을 이루는 가운
데, 깊은 상처를 갖고 있지만 루시와는 마치 하나로 연결된 듯한
아버지 마네트 박사, 말끝마다 '이건 저의 업무일 뿐'이라고 말하
지만 누구보다 배려심 깊은 태도로 많은 일들을 처리하는 은행원
자르비스 로리 씨가 등장한다.

루시를 둘러싸고 각 인물들 사이에는 미묘한 삼각관계가 형성
되었다가는 사라지고, 곧 인물을 바꿔 재형성되었다가 또 사라진
다. 이렇게 역동적이고 계속해서 변화하는 삼각관계망은 소설에
흥미를 더해주는 요소로 작용한다. 소설이 후반부로 갈수록 인물
들은 서서히 자신의 역할과 책임을 깨닫게 되는데, 그 중심에도
루시가 있다. 루시는 과거의 깊은 상처와 상실로 혼란과 괴로움
에 빠져있던 남성 인물들에게 자신의 역할과 책임을 깨닫는 계기
를 제공해 준다. 혁명의 소용돌이로부터 안전한, 런던 소호 지역
의 마네트 가에서 "매사의 초점은 루시에게 맞춰져 있었고, 그녀
를 중심으로 돌아간다."

시드니 카턴은 "루시 양의 힘으로 가꾼 이 가정을 보고 제 마음
속에 죽은 줄만 알았던 옛 감정이 되살아났습니다"라고 말한다.
아버지 마네트 박사 역시 루시의 돌봄 속에서 차츰 원기를 회복한
다. 인물들은 따뜻하고 질서 잡힌 가정을 통해, 그리고 그 중심에
자리하고 있는 루시라는 존재를 통해 자신의 역할과 책임을 깨달

으며 말 그대로 '되살아난다.' 오늘날 시각에서 보자면 매우 상투적인 전개이지만, 어쨌든 디킨스는 이처럼 가족이라는 '금실golden thread'을 행복한 인생이라는 천을 자아내기 위한 필수재료로 제시한다.

'되살아나다Recalled to Life'와 '금실'은 각각 이 소설 1부와 2부의 제목이기도 하다. 이처럼 각 파트 제목을 통해 작가는 자신의 의도를 전달하고 있는 셈이다. 한편 마지막 3부의 제목은 '폭풍의 진로The Track of of a Storm'인데, 3부에서 묘사되는 파리 거리의 무질서하고 폭력적인 모습은 루시의 질서 잡힌 가정의 모습과 극적 대비를 이룬다. 이렇게 '집 안과 집 바깥'이라는 대조를 통해『두 도시 이야기』를 읽는 것도 흥미로운 독서가 될 것이다.

'비밀'이라는 또 다른 실

아주 먼 사이와 마찬가지로 아주 가깝게 사랑하는 사이에서도 알 수 없는 미스터리가 있는 거라네. 오히려 가까운 사이일 때가 너무 미묘하고 오묘해서 꿰뚫기가 어렵지. 그런 점에서 내 딸 루시는 내게도 수수께끼라네. 걔 마음이 어떤지는 짐작도 못하겠네.

－『두 도시 이야기』2권 10장

인생을 직조하는 디킨스의 '금실'이 헌신과 사랑으로만 이루어져 있는 건 아니다. 이게 이야기에 깊이를, 인물에는 입체성을 부여하는 디킨스의 탁월한 솜씨일 텐데, 인물들을 서로 연결시켜 주고 있는 다른 하나의 실絲은 바로 '비밀'이다. 인물 각자가 간직하고 있는 비밀에는 시대의 그림자가 짙게 드리워져 있고, 이것은 나중에 혁명이라는 폭풍으로 발전한다.

그런데『두 도시 이야기』의 인물들은 각자의 개인적 비밀을 존중한다. 이 소설에는 중대한 비밀은 물론 거기서 파생되어 나온 지엽적인 비밀까지 수많은 비밀이 존재하는데, 인물들은 이를 캐묻고 밝히는 대신 서로의 비밀을 최대한 지키고 존중하려는 모습을 보인다. 다음 장면들에서처럼, 인물들 간 관계에 비밀을 얹음으로써 디킨스는 이야기를 한층 흥미진진하게 만든다.

"훗날 오늘 이날을 회상할 때 제가 마지막으로 털어놓은 이 말들이 당신의 순수하고 순결한 가슴속에 간직되어 있고, 다른 사람들과는 공유되지 않은 채 그 가슴속에만 머물 것이라고 믿게 해주시겠습니까?"

−2부 13장

"오늘은 머리가 좀 복잡하네요. 마음에 걸리는 일이 있어서요."

"그게 뭐요, 루시?"

"묻지 말라고 부탁하면 한 가지도 묻지 않겠다고 약속해 주실래요?"

- 2부 20장

　비밀을 존중한다는 건 곧 개인성을 존중한다는 의미이기도 하다. 말하지 못하는 그 심정에 공감한다는 의미이며, 말할 수 있게 될 때까지 기다린다는 의미이기 때문이다. 흥미롭게도 '비밀'이란 그것이 교환된다는 점에서, 또 지켜지기를 약속받는다는 점에서 감정적 차원의 거래이고 교환이기도 하다. 이러한 교환을 통해 감정적 친밀함이 또 상호적인 신뢰가 싹트고 배가된다. 당신과 나 사이의 친밀함은 '우리만의 비밀'을 토대로 급격히 증가하는데, 이게 어느 정도까지 증가하는지는 결말 대목에서 자신의 비밀을 지켜준 보답으로 시드니 카턴이 루시에게 해주는 일을 보면 알 수 있다.

자신의 업무에 최선을 다하는 은행원

　사실 '거래'란 건조하고 차갑기 짝이 없는 단어다. 그것은 상업 활동을, 이 소설 내에서는 로리 씨가 하고 있는 일인 은행 업무를 연상하게 한다. 일반적으로 '거래'는 공적인 것, 시장 질서에 따른 냉정한 행동으로 여겨지는 반면, '친밀함'이나 '사랑', '신뢰'는 사적인 감정이라고 여겨진다. 하지만 공과 사를 칼로 자르듯 구분할 수 있을까?

이런 맥락에서 눈길을 끄는 인물은 은행원 자르비스 로리 씨이다. 디킨스 소설에서 숫자를 다루는 인물, 계산에 능한 인물, 규범과 규칙의 화신 같은 인물은 보통 부정적으로 그려지는데, 자르비스 로리 씨는 뼛속까지 은행원인 인물, 모든 일에서 은행 업무를 최우선시하는 인물임에도 부정적으로 그려지지 않아 흥미롭다.

"이것은 업무일 뿐입니다, 아가씨"는 로리 씨의 말버릇이다. 그는 혁명이 벌어진 급박한 상황에서도 런던과 파리를 오가며 자기 고객(마네트 박사)의 재산과 권리를 지키기 위해 노력한다. 다른 숭고한 뜻이 있어서가 아니라 그게 은행원으로서 자신이 할 일이기 때문이다. 그런데 그러다 보니 자연스럽게 고객과 그의 가족을 전심전력으로 보살피게 된다. 그는 시드니 카턴처럼 한순간 폭발적인 존재감을 보여주진 않지만, 있는 듯 없는 듯 항상 가족들 곁에 있으면서 든든한 버팀목 역할을 한다.

이처럼 『두 도시 이야기』에는 어떤 한 은행원이 직업인으로서 자신의 할 일에 충실하다 보니 사람을 구하게 되었다는 이야기가 깔려 있기도 하다. 특히 로리 씨는 자신이 하는 '업무 뒤에 사람이 있다'는 사실을 잊지 않고 판단하며 행동한다. 현실에는 존재하지 않을 것 같은 이상적인 인물형이어서 '디킨스답다'는 탄식이 나오는 것도 사실이지만, 이 소설에서 로리 씨의 묵묵한 활약을 지켜보는 일은 꽤 즐겁다.

비밀이 허용되지 않는 도시, 파리(Paris)

디킨스는 가족 간의 친밀한 사랑을 강조하면서도, 그런 친밀한 사이에서도 비밀에 대한 존중이 필요하다는 사실을 강조한다. 인물들 간 대화와 벌어지는 사건들을 통해 작가는 우리가 각자의 사적인 것을 누군가에게 드러낼 때 그 과정이 얼마나 섬세해야 하는지, 나름의 원칙을 따라야 하는지를 잘 보여준다. 공과 사가 마구잡이로 뒤섞여서는 안 되는 것이다. 그럴 때 발생하는 문제는 다음 인용에서 잘 드러난다.

> 이제 나리는 세속적인 골칫거리〔재정적 문제, 즉 돈 문제를 의미〕가 서서히 그의 사적인 업무와 공적인 업무 모두에 영향을 미치고 있음을 깨달았다. 그래서 양쪽의 문제를 해결하기 위해 부득이하게 조세 징수원 계급과 동맹을 맺었다. 공적 재정 문제에 관해 할 줄 아는 게 아무것도 없었기에 그것을 할 수 있는 누군가에게 맡겨야 했던 것이다. 사적인 재정에 관해서도 조세 징수원에게 맡길 수밖에 없었던 것이 조세 징수원은 부자였기 때문이다. 나리는 엄청난 사치와 소비의 반복 속에서 점점 가난뱅이가 되어갔다.

서로의 사적 비밀에 대한 존중이 가족이라는 금실을 만들어내
는 역할을 했다면, '프랑스의 귀족 나리'들이 행한 공과 사의 뒤섞
음은 나라를 망치는 결과를 초래한다. 그들은 자신의 사적 이해관
계를 공적 업무와 뒤섞어 처리해 버리면서도 민중들의 탄원은 개
인적인 일이라며 무시해버린다. 이러한 처사는 민중의 나리들(지
배 계급)을 향한 복수심이 급격히 증가하는 원인이 되고, 민중 봉
기와 혁명으로 이어지게 된다.

이처럼 디킨스는 혁명 이전 구체제(앙시앵 레짐)의 폐해를 지배
자들이 그들의 사적 이해관계를 앞세워 공적 일 처리를 소홀히 한
데서 찾는다. 그런데 혁명 이후의 파리는 반대로 '공公'만 존재하
고 '사私'는 사라진 상태가 된다. 혁명 이념이라는 공적 이념을 앞
세워 사람들의 정체와 과거를 캐묻고 마구잡이로 잡아들이고 처
형하는 일이 벌어진 것이다.

모든 도시의 관문과 마을 세관은 언제라도 발사할 태세를 갖
춘 머스캣총을 소지한 애국 시민단이 장악하고 있었다. 그들
은 오고 가는 행인을 불러 세워 자세히 따져 묻고 서류를 검
토하고 명단에 이름이 있는지 없는지를 확인한 뒤 돌려보내
거나 통과시키고, 아니면 끌고 가 구금했다. 그런 기준은 어

디까지나 '자유, 평등, 박애가 아니면 죽음을', '공화국은 하나요, 나눌 수 없다'라는 슬로건에 가장 적합하다고 여겨지는 환상이나 변덕스러운 판단에 따라 달라졌다.

- 3부 1장

디킨스는 혁명의 이상이 왜곡되어 현실에서 무차별적 폭력으로 적용되고 공포정치로 이어진 것을 비판한다. 소설 3부에서 '복수의 여신' 드파르주 부인 캐릭터를 통해 무자비한 복수의 과정을 선보이는 것도 같은 맥락이다.(하지만 드파르주 부인 역시 매력적인 캐릭터다. 디킨스가 인물을 창조하고 생동감을 불어넣는 솜씨는 대단하다.)

프랑스 혁명에 대한 디킨스의 시각은 일면적이고 편향된 측면이 있으며, 인물과 사건은 극화되고 과장되어 있어서 소설 속 묘사를 사실로 받아들일 수는 없다. 다만 이념과 의의만이 강조되어 온 한 역사적 사건의 진행 양상을 풍부한 상상과 캐릭터들을 통해 실감 넘치게 그려냈다는 점에서 디킨스의 작업은 흥미롭다. 무엇보다 혁명이라는 역사적 소용돌이 속에서 개인들 하나하나가 어떤 갈등을 겪고 어떤 선택을 했는지를 부각함으로써 혁명의 다양한 측면을 살피고 숙고하게 한다.

그러는 가운데 도드라지는 건 개인의 비밀에 대한 존중이다. 소설 3부에서는 혁명 세력이 마네트 박사의 개인 기록인 '비밀 수기'

를 찾아내 재판의 증거 자료로 삼으려 하는데 이 장면은 개인의 사적 기록이 공적 자료로 폭로되는 장면이라는 점에서 매우 인상적이다. 이 장면은 두 도시, 즉 런던과 파리의 차이를 극명하게 드러내 보여주는 장면이기도 하다.

디킨스가 보기에 파리는 비밀과 개인성을 허용하지 않는 도시, '사유 재산'과 '사적 감정'을 허용하지 않는 도시이다. 여기서는 분노와 복수심에 휩싸인 군중의 광기가 만들어내는, 방향도 목적도 없는 거센 흐름 속에서 개인들의 운명이 결정된다. 반면 런던은 비밀과 개인성이 존중되는 도시, 역사의 거센 흐름 속에서도 개인들이 각자의 역할과 책임을 다하려 노력하는 도시로 그려진다.

물론 이는 디킨스의 시각일 뿐이며, 실제로 파리와 런던이 이런 특징을 갖고 있다고 볼 수는 없다. 어쩌면 영어권의 수많은 디킨스 독자들은 이런 편견을 키워왔을지도 모를 일이긴 하지만 말이다. 다만 디킨스가 두 도시의 대비를 통해 보여주려 한 건 사회 변혁기를 온몸으로 통과한 사람들의 모습임을 기억할 필요가 있겠다. 사회가 정치·경제의 면에서 큰 변혁과 혼란을 겪을 때 그 흐름, 그 광풍에 휩쓸리지 않는 건 무척 힘든 일이다. 이런 면에서 디킨스가 제시한, 공과 사를 함부로 뒤섞지 않으면서 개인성과 비밀을 존중하는 태도는 오늘날 우리에게도 시사하는 바가 크다고 하겠다.

18

노동자의 생활상을 최초로 그리다
:『목로주점』에밀 졸라

에밀 졸라Émile Zola, 1840-1902의『목로주점』(1877)은 노동자들의
생활상을 있는 그대로 그린 최초의 소설이다. 이전에도 노동자나
민중을 소재로 삼은 작품이 없었던 건 아니다. 하지만 지식인 작
가가 노동자들을 계몽시키려는 태도로 내려다보거나 호기심 어
린 관찰자의 시선으로 바라본 작품들이 많았다. 졸라는 계몽된 노
동자를 미래의 희망으로 제시하거나 독자들의 호기심 충족을 위
해 그들의 생활상을 과장하지 않았다.『목로주점』은 정말로 노동
자가 주인공인 소설, 노동자의 현실을 가감 없이 묘사한 소설이라
는 데 큰 의의가 있는 작품이다.

툴루즈-로트렉, 〈세탁부〉, 1886

노동자가 주인공인 것에 대해 비난과 반발도 있었다. 부르주아 독자들은 소설의 노골적인 언어와 장면들에 혐오감을 표하면서, 노동자가 얼마나 위험하고도 경멸받을 만한 존재인지를 확인했다며 우월감에 빠졌다. 노동자들은 노동자들대로 졸라가 자신들의 빈곤한 생활상을 생생하게 그려낸 것에 대해 충격을 받고 고통스러워하며 그를 비난했다. 작가는 '최초의 민중 소설'을 표방하며 썼는데 다른 누구도 아닌 민중에게서 격렬한 비난을 받은 것이다. 여성이자 세탁부인 제르베즈를 주인공으로 전면에 내세운 것부터가 당시 문단 분위기와 사회 관례를 어기는 파격이었다.

당시 프랑스에서 하층민 여성이 생계를 꾸리기 위해 가질 수 있는 직업은 세탁부 아니면 매춘부였는데, 실제로는 이 둘을 겸하는 경우가 많았다고 한다. 이런 측면을 감안하면 당시 독자들이 세탁부인 주인공을 어떻게 바라봤을지 충분히 짐작해 볼 수 있다. 그런데 아이러니하게도 이러한 비난과는 별개로 『목로주점』은 대성공을 거둬 베스트셀러가 되었고, 작가는 파리 근교에 저택을 구입하는 등 글쓰기에 전념할 수 있는 경제적 기반을 마련하게 된다.

자본의 시대, 도시구조와 노동의 변화

사실 『목로주점』은 '루공 마카르 총서'라는 큰 기획의 일부다. 거창하게 들리는 명칭이지만 루공Rougon 가문과 마카르Macquart 가문, 두 가문의 이야기를 다룬다고 해서 붙여진 명칭이다.(소설 등장인물들이 모두 이 두 가문 소속이거나 두 가문과 혼인 등으로 연결되어 있다.) '루공 가家'는 부르주아와 상인으로 이뤄진 적법한 가문이며 '마카르 가家'는 농부, 광부, 밀렵꾼, 하층 노동자들로 이뤄진, 계보가 사생으로 얼룩진 가문이다. (『목로주점』 주인공의 풀네임이 '제르베즈 마카르'다.) 그런데 거슬러 올라가면 두 가문은 뿌리가 같다.

루공 마카르 총서는 모두 스무 권이다. 스무 권의 연작 소설이 1871년부터 1893년까지 22년에 걸쳐 출간되었으니 거의 해마다 한 편씩 출간된 셈이다. 최상층 부르주아 자본가와 성직자부터 최하층 노동자까지 당대 사회의 모든 계급을 망라하는 인물들이 등장한다는 점에서 일단 대단한 기획이라 할 수 있다.

총서의 배경이 되는 시기가 자본과 상업의 영향력이 막강해진 시기라는 점에서도 주목을 요한다. 역사학자 에릭 홉스봄은 『자본의 시대: 1848-1875』에서 "이 책에서 다루는 30년간 자본주의와 자유주의로 무장한 부르주아는 인류 역사 이래 가장 급격하게 세상을 바꾸어 놓았다"고 말하는데, 루공 마카르 총서의 시간적 배경이 이 시기와 거의 정확히 겹쳐진다.

따라서 『목로주점』을 비롯한 소설들을 통해 독자는 자본과 상업이 어떻게 사회구조와 노동 방식을 또 사람들의 일상을 바꿔놓았는지를 살펴볼 수 있다. 자연히 오늘날 한국 사회와 겹치는 모습도 자주 발견된다. 전면적인 도시 개조로 임대료가 상승하여 소상공인이 도시 외곽으로 밀려난 것이 대표적이다. 또한 자본가들은 각 가정에 '삯일(하청)'을 맡기는 방법으로 임대료 등 경상비용을 절약하려 했는데, 이 삯일제 외주제작 방식 때문에 노동자들은 일감을 따내기 위해 제 살 깎아 먹기 식으로 경쟁해야 했고 시도 때도 없는 '갑질'을 당해야 했다. 이 시기 파리에서 이뤄진 극단적 분업은 높은 수준의 품질과 기술적 완벽함을 가능하게 했지만, 그에 반해 노동자는 더 많은 임금도 안정적인 고용 보장도 얻지 못했다. 이러한 상황 역시 현실 한국 사회의 모습들을 떠올리게 한다.

자연과학자의 시선으로

에밀 졸라는 기본적으로 장면 묘사에 뛰어난 작가여서 그냥 묘사를 읽어나가는 재미만 해도 상당하다. 대사 역시 노동자들의 말투가 그대로 드러나 생생함을 전달한다. 여기에 얹어지는 중요한 작가적 시각이 있는데, 바로 졸라가 취한 '자연과학자의 시선'이다. 그는 냉정한 과학자의 시선으로 인간과 세상살이를 바라봤다. 요컨대 인간의 운명에는 개인의 의지나 열정, 선한 마음 같은 것보다 유전과 환경 같은 자연법칙이 훨씬 중요하고 큰 영향을 끼친다고 본 것이다. 예를 들어 알코올 중독자의 아들은 알코올 중독자가 될 수밖에 없으며, 폭력적인 환경에서 자란 아이는 어른이 되어서도 폭력의 굴레에서 벗어날 수 없다는 것이다.

이러한 인간관, 세계관이 반영된 문학 또는 예술을 '자연주의 naturalism'라 부른다. 오해를 방지하기 위해 덧붙이자면 자연주의는 자연의 아름다움을 노래하는 게 아니라 현실을 '자연과학자의 눈'으로 관찰, 분석, 검토, 보고하고자 하는 태도를 말한다. 사실주의와 더불어 19세기를 특징짓는 문예사조라 할 수 있는 자연주의는 이후 20세기 초중반(그리고 후반)까지 서구는 물론 비서구권 여러 지역에서 문학과 예술이 추구해야 할 지향점이 되었다.●

인간을 집어삼키는 괴물 같은 두 기계 : 목로주점과 공동아파트

에밀 졸라는 자연과학자의 눈으로 세상과 인간을 보았는데, 그의 관점은 어떤 한 개인의 운명을 결정하는 것은 그 사회 전체라는 관점이기도 하다. 이런 관점 아래 졸라는 19세기 중후반 프랑스 사회의 풍속, 가치관, 사람들의 사고방식과 생활방식, 곧 시대상 전체를 상세히 묘사한다. 이런 면에서 졸라의 소설들은 '예술'보다는 '사회과학'에 더 가깝다고 보는 학자들도 있다.

『목로주점』에서 졸라는 '자본의 시대'를 살아가는 노동자들의 생활상을 때로는 사실적으로, 때로는 비유와 암시를 통해 묘사한다. 아래는 소설 초반, 제르베즈가 여관의 창을 통해 내다보는 파

● 여기에는 한국도 포함된다. 염상섭, 김동인, 현진건이 대표적인 자연주의 작가다. 한편, 1920-30년대에 발간된 세계문학 전집을 보면, 총 20-30권으로 구성된 목록에 에밀 졸라의 『목로주점』과 『나나』는 거의 빠지지 않고 포함되었다. 졸라의 이 두 작품은 한국에서도 정말 오랫동안 읽혀온 작품들인 셈이다.

리 외곽 거리의 모습이다.

> 때때로 몇몇 노동자가 걸음을 멈추고 파이프 담배에 불을 붙였고, 그 옆으로는 다른 노동자들이 서로에게 웃지도 말을 걸지도 않고 나아갔다. 그들은 흙빛이 된 얼굴로, 입을 활짝 벌린 포부르 푸아소니에르 가를 통해 그들을 하나씩 집어삼키는 괴물 같은 파리를 향해 걸음을 옮기고 있었다. 그런데 푸아소니에르 가의 양쪽 모퉁이에 있는, 덧문을 걷어 올린 주점들 입구에서 몇몇 이들의 발걸음이 느려졌다. 안으로 들어가기 전 그들은 문 앞에서 서성거리며 파리 쪽을 향해 힐끗힐끗 곁눈질을 했다. 이미 하루를 공칠 각오를 한 듯 두 팔을 축 늘어뜨린 채였다.
>
> ─『목로주점』1장

이른 아침, 제르베즈의 시선은 시문市門을 통과하여 파리 시내로 향하는 노동자들의 행렬에 가닿는다. 이 행렬은 맥이 빠진 채 느릿느릿한 걸음으로 그들을 집어삼킬 입을 활짝 벌리고 있는 "괴물 같은 파리"로 향한다. 그런데 시문 옆에는 주점이 있고, 노동자들은 아침부터 일터가 아닌 주점으로 향한다.

이 묘사는 당시 파리 노동자들의 생활상과 운명을 요약해서 보여준다. 그들은 자본의 메커니즘에 의해 거대한 기계처럼 작동되는 파리에 집어삼켜질 운명이다. 일하러 가다 말고 주점으로 향하는 이유는 이 운명을 조금이나마 지연시키기 위함이다. 물론 술집도 피난처는 아니다. 술집에는 사람을 집어삼키는 또 다른 기계인 증류기(술 만드는 기계)가 있다. 다음은 제르베즈의 눈에 비친 증류기의 묘사다.

> 제르베즈는 안마당의 유리 안에서 작동하고 있는 거대한 붉은색 구리 증류기를 구경하고 싶어 했다. [···] 특이한 모양의 용기들과 끝없이 얽힌 금속관들이 달린 증류기에는 뭔가 음산한 게 있었다. [···] 증류기는 거의 소리도 없이, 불꽃도 없이, 구리의 칙칙함에 활기를 불어넣을 어떤 번쩍임도 없이, 알코올의 땀방울들을 쉼 없이 흘려보냈다. 마치 느리지만 고집스럽게 흘러서 마침내 홀을 가득 메우고, 바깥 대로까지 흘러넘쳐 파리라는 거대한 구덩이까지 범람시키고 마는 샘물처럼. 제르베즈는 몸이 떨려 뒤로 물러서지 않을 수 없었다. 그녀는 미소를 지으려 애쓰며 중얼거렸다. "어리석은 줄은 알지만, 저 기계를 보니 몸이 오싹해져요···. 술은 생각만 해도 정말 오싹해져요···."
>
> -2장

이렇게 '목로주점'은 노동자들의 출근 동선인 파리 외곽 시문에 자리하고 있으면서 노동자들을 집어삼킨다. 목로주점과 더불어 또 하나 중요한 공간은 '공동아파트'이다. 이곳은 말이 아파트지 실상은 수많은 삯일꾼 노동자(하청 노동자)들의 작업장이라 할 수 있다. 제르베즈는 함석공 쿠포와의 결혼을 앞두고 예비 남편 쿠포와 함께 그의 누나 부부를 방문하는데, 이들이 사는 곳이 바로 공동아파트다.

졸라는 제르베즈의 시선을 따라 공동아파트 주변에 있는 석탄 가게, 바느질 도구 가게, 우산 가게에서부터 아파트 각 동에 있는 대장간, 소목장, 염색업자의 작업장 등 각종 작업장들을 묘사한다. 사실 거주지라기보다는 수많은 작은 공장들의 집합체에 가까운 이 아파트는 "살아 있는 거인"에 비유되며, 그 안에 들어선 제르베즈는 마치 "살아 움직이는 유기체 안에 들어와 있는 것처럼" 느낀다.

제르베즈는 쿠포를 따라 7층에 위치한 로리외 부부의 방으로 가는데, 가는 동안 '제도사', '판지 제조업자', '다림질장이'라고 쓰여 있는 여러 작업장 팻말들을 본다. 다양한 작업장들을 통과해 꼭대기 7층에 이른 제르베즈는 아래를 내려다본다. 그 모습을 작가는 다음과 같이 묘사한다.

꼭대기 층에 이르자, 제르베즈는 숨이 차고 다리도 몹시 아팠지만 그래도 호기심에 이끌려 난간 아래를 내려다보았다.

거기서 내려다보니 지상층의 가스등이 7층 깊이의 좁은 우물 바닥에서 가물거리는 별처럼 보였다. 이 건물에서 바글거리며 살아가는 수많은 사람의 삶과 온갖 냄새가 단 한 번의 호흡에 그녀에게로 밀려왔고, 뜨거운 열기가 그녀의 불안에 찬 얼굴을 강타하는 듯했다. 제르베즈는 심연의 가장자리에서 아래를 굽어보는 것 같은 불안을 느꼈다.

— 2장

위 묘사에서, 소설 초반 "가난하지만 아름답고 용기 있는 여성"으로 소개된 주인공 제르베즈와 '거대한 작업장인 공동아파트'가 이루는 대비는 흥미롭다. 이 공동아파트는 시장과 자본의 요구에 따라 수많은 사람을 부속품 삼아 작동하는 거대한 기계, 인간성을 갈아 넣어 작동하는 기계다. 그런 것과 처음 접한 제르베즈는 그 꼭대기에서 기계 장치의 깊은 심연을 보며, 또 이 장치를 작동시키는 수많은 사람의 삶을 냄새와 열기로 느끼며 얼굴을 강타당한 듯한 충격을 느낀다.●

제르베즈가 만나는 쿠포의 누나 부부(로리외 부부)의 모습은 인간성을 갈아 넣어 작동하는 기계의 모습을 잘 보여준다. 그들은

●　　『목로주점』의 원제는 아소무아르 L'Assommoir 인데, '강타하다'의 뜻과 함께 '술에 떡이 되다'의 뜻이 있다.

284

장신구용 귀금속을 가공하는 일을 한다. 로리외 부부는 동생이 결혼 문제로 찾아왔음에도 별다른 반응을 보이지 않은 채 작업에만 몰두하며, 헤어질 때도 작별 인사 대신 제르베즈의 신발에 혹시 금이 묻어가지 않는지 신발 바닥을 검사한다.

로리외 부부는 인색함의 화신으로 그려진다. 그들은 일이 전부인 삶을 살고 있으며, 따라서 동정심이나 가족 간의 애정 같은 인간적 정이 없다. 하지만 어째서 노동자들이 아침부터 시문 옆 주점들에 죽치고 앉아 있는지를 이해하기 위해 그들의 노동 조건과 그러한 조건을 만들어 낸 사회 변화를 봐야 했던 것처럼, 로리외 부부의 삶을 이해하기 위해서도 마찬가지의 시각이 필요하다. 이들에겐 사실상 집이 없고 삶이 없다. 생활공간이 곧 작업장이며, 삶은 곧 쉬지 않고 계속되는 노동이다. 사회상에 대한 이해는 소설의 인물 묘사를 조금 다른 시각에서 보게 해준다.

로리외 부부는 어느새 작업실의 좁고 어두운 구석으로 돌아가 다시 일을 시작한 터였다. 작은 화덕이 용광로의 뜨거운 열기 속에서 하얗게 타들어 가는 마지막 석탄처럼 빛을 발하고 있었다. […] 한순간도 허비하는 게 아까운 듯 얼굴에 흘러내린 땀을 닦을 생각도 하지 않은 채, 연속적으로, 그리고 기계적으로 똑같은 일을 반복했다.

−2장

제르베즈의 소박한 꿈 : 지친 몸을 누일 깨끗한 방 한 칸

"정말이지 난 큰 욕심이 없어요. 많은 걸 바라지 않아요⋯.
내 꿈은 그저 별 탈 없이 일하고, 매일 먹을 빵이 있고, 잠을
잘 수 있는 깨끗한 방 한 칸을 갖는 게 전부랍니다. 침대, 식
탁 그리고 의자 두 개, 그거면 충분해요⋯. 〔⋯〕"
제르베즈는 자신이 진정으로 원하는 게 무언지 생각해 보았
지만 더 이상 절실한 것은 생각나지 않았다. 그녀는 잠시 망
설이다가 다시 입을 열었다.
"그래요, 마지막에 내 집 침대에서 죽고 싶다는 바람 정도는
누구나 가질 수 있는 거니까요⋯. 난 지금까지 죽도록 고생
만 해서 그런지 적어도 죽을 때는 내 집 침대에서 죽을 수 있
기를 바라거든요."

－1장

결혼 전 제르베즈는 쿠포에게 자신의 꿈을 이야기한다. 꿈은 별
게 아니다. 잠을 잘 수 있는 깨끗한 방 한 칸을 갖는 것, 그리고 죽
을 때는 자기 집 침대에서 죽는 것이다. 어떻게 보면『목로주점』은
지친 몸을 누일 수 있는 '깨끗한 방 한 칸'을 찾아다니는 제르베즈
의 여정을 그린 소설이다. 살아 움직이는 괴물 같은 거대한 도시,
술과 노동이 사람들을 집어삼키는 이 도시에서 깨끗한 방 한 칸을

찾을 수 있을까? '내 집 침대에서 죽고 싶다'는 주인공의 바람은 이뤄질까? 이런 질문을 품은 채 독자는 소설에 몰입하게 된다.

제르베즈의 꿈은 소박한 것이다. 문제는 당시 파리에서는 (마치 오늘날 한국에서처럼) 이 소박한 꿈을 이루기가 불가능했다는 데 있다. 물론 소설의 전반부는 '싸구려 여관의 허름한 방'에서 시작한 제르베즈가 '2층 방'을 거쳐 '파란색 세탁소'를 차리게 되는 상승의 과정을 그린다. 하지만 소설 후반부에서 제르베즈는 세탁소를 잃고 공동아파트의 방으로 가게 되며, 결국 집세를 내지 못해 아파트의 방에서도 쫓겨나게 된다.

작가는 인물이 (상승했다가) 나락으로 떨어지는 단계적 과정을 끈질기고 집요하게, 그리고 가차 없이 그려낸다. 이는 주인공이 인간을 부품 삼아 돌아가는 '작업장'이라는 거대한 기계에, 그리고 술을 만드는 '증류기'라는 또 다른 기계에 집어삼켜지는 과정을 그리는 것이기도 하다. 졸라의 작품에는 상황이 나아질 희망이나 가능성이 제시되지 않는다.

19세기 중반의 '루브르 박물관' 풍경

『목로주점』에는 당시의 풍속을 엿볼 수 있는 장면들도 많다. 대표적으로 하나를 꼽자면 소설 3장의 제르베즈와 쿠포의 결혼식 뒤풀이 장면을 꼽을 수 있다. 이 장면에서 신부, 신랑과 결혼식 하객들은 '루브르 박물관'과 '방돔 광장' 등 파리 시내의 명소를 돌

페테르 파울 루벤스 Peter Paul Rubens, 〈케르메스 Kermesse〉(1635-1638)

소설에서 이 그림은 예술적 감식안이 없는 하층민 인물이 던지는 음탕한 눈짓과 함께 마치 '춘화'처럼 소개된다. 사실 마을 축제를 그린 이 그림에서 루벤스는 모든 인물들이 각자의 욕망을 숨김없이 드러내는 가운데 한바탕 질펀하게 펼쳐지는 축제의 분위기를 표현하고 있기도 하다. 그림의 이 같은 분위기는 몸싸움, 식탐, 음주, 나태함, 음탕함, 시기 질투 등 다양한 욕망이 적나라하게 그려지는 소설 『목로주점』의 분위기와 조응하는 것이기도 해서 흥미롭다.

아다닌다. 비가 오는데도 진흙탕 길을 걸어서 돌아다니는데, 실은 피로연을 열 돈이 없어서 명소 방문으로 대신한 것이다. 당시 루브르 박물관이 모든 계층에게 무료 개방되었다는 사실도 알 수 있다.

졸라는 하객들의 동선을 따라 '아시리아관-프랑스 갤러리-아폴론 갤러리-살롱 카레-이탈리아와 플랑드르 갤러리-고대 갤러리'로 이어지는 루브르 박물관의 내부를 묘사한다. 하객 각각의 제멋대로 관람 방식 또한 재미있다. 누군가는 아는 척을 하며 그림에 대해 엉터리 설명을 하고, 누군가는 나체화들을 보며 음탕한 시선을 던지고, 누군가는 그림 속 인물이 자기 숙모를 닮았다고 생각하며 괜히 즐거워한다.

한편 오늘날에도 볼 수 있는 그림들이 언급되기도 한다. 제리코의 〈메두사호의 뗏목〉, 베로네세의 〈가나의 혼인 잔치〉, 다 빈치의 〈모나리자〉 등이 대표적이다. 다양한 작품들 중 마지막에 언급, 묘사되는 그림은 루벤스의 〈케르메스Kermesse〉다.

디킨스와 졸라

19세기 소설을 읽다 보면 간혹 짜증이 날 때가 있다. 주인공이 우연의 개입으로 난관을 극복하며 해피엔딩을 맞는 결말 얘기다. 가령 의지할 사람 하나 없이 굶어죽게 된 올리버 트위스트는 착한 신사의 도움을 받는데, 이 과정에서 그가 원래 고귀한 신분이었음이 밝혀진다. 제인 에어 또한 먼 식민지에서 자신에게 많은 유산을 남기고 죽은 삼촌의 소식을 듣는다.

믿을 수 없는 행운이 (심지어 타이밍 좋게) 개입한다는 점에서 비현실적이지만 이러한 엔딩을 숱한 역경 속에서도 선한 마음을 굳건히 유지해 온 주인공이 받아 마땅한 보상이라 여기고 넘어갈 수도 있겠다. 아니 안 그래도 고달픈 삶인데, 소설 속에 그 정도 희망은 들어 있어야 하지 않겠는가? 그래야 사람들이 현실의 힘든 역경이나 도덕적 갈등 속에서도 선한 마음으로 살기 위해 노력하지 않겠는가?

우리는 현실에선 이런 행운(보상)이 찾아오지 않는다는 사실을 잘 안다. 우연한 행운을 바라는 희망은 거짓 희망, 환상에 불과하다는 사실도 잘 안다. 이렇게 보면 『올리버 트위스트』의 결말은 당시 영국 사회가 우연과 환상의 도움 없이는 희망을 구성할 수 없는 사회였음을 역설적으로 드러내는 지표라 할 수 있다. 그런데 이게 단지 19세기 영국만의 문제일까? 선한 주인공이 우연과 환상의 도움을 받아ㅡ주인공 자체가 환상 속 존재인 경우도 많다ㅡ권력과 맞서 싸워 승리하는 서사는 오늘날 한국의 드라마들에서도 쉽게 찾아볼 수 있다.

『목로주점』과의 비교를 위해 찰스 디킨스(1812-1870)의 『올리버 트위스트』를 예로 들었는데, 디킨스는 에밀 졸라(1840-1902)보다 한 세대 위의 작가다. 디킨스의 소설에는 위에서 살핀 것과 같은 비현실적 요소, 낭만주의적 요소가 아직 남아 있다. 하지만 자연과학적 시각으로 인간과 사회를 관찰하여, 그 모습을 있는 그대로 드러내고자 했던 졸라의 소설들에는 낭만적 요소가 급격히 줄어들어 있다.

제르베즈, 소박한 꿈을 이루다

앞서도 언급했지만 『목로주점』은 최초로 노동자를 주인공으로 내세웠다는 점에서 큰 의의가 있는 소설이다. 이전 소설들에서는 귀족이나 중산층, 적어도 지식인이 주인공이었다. 사실 이래야 소설이 재미있어진다. 인물이 모험에—적어도 지적·정신적 모험에—나설 수 있기 때문이다. 독자들은 주인공들이 지닌 상승의 욕망에 이입하며, 그들이 갖은 역경과 사회의 압력에 부딪히며 승리하는 과정을 만끽한다.

물론 패배하는 경우도 많다. 그러나 일단 모험에 나섰다는 점에서 주인공은 영웅이며 그의 패배는 '장렬한 것'으로 묘사되고 또 받아들여진다. 인물이 선보인 사회체제와 권력의 상층부에 대한 도전, 패배를 받아들이는 모습, 그를 통해 정신적으로 한층 성장한 모습 등이 독자에게 깊은 인상과 생각거리를 남기는 것이다.

사실 『목로주점』에서는 인물만큼이나 배경도 중요하다. 달리 말하면, 주인공이 하층민 노동자라는 사실보다 소설이 하층민 세계만을 다루고 있다는 점이 더 중요한 것이다. 『목로주점』에는 상층 세계와의 접점 자체가 없고, 따라서 인물은 상승의 욕망을 가질 겨를이 없다.

세탁부로 일해온 제르베즈의 꿈은 자기 세탁소를 내는 것이고, (남편인) 함석공 쿠포의 꿈은 매일의 일거리가 떨어지지 않는 것이다. 그들의 꿈은 자기 계급의 범위를 벗어나지 않는다. 졸라가 애초에 이 소설의 제목으로 생각한 것은 '제르베즈 마카르의 소박한 삶'이었다. 소설의 4분의 1을 조금 지난 지점에서 제르베즈는 자신의 소박한 꿈을 이룬다. 자신의 세탁소를 낸 것이다.

> 멀리서 보면 길게 늘어선 칙칙한 상점들 가운데 그녀의 가게가 가장 환하고 새것 같았고 너무나 경쾌해 보였다. 옅은 파란색으로 칠한 간판 위에는 노란색 글씨로 커다랗게 '고급 세탁소'라고 쓰여 있었다. 〔…〕 제르베즈는 하늘과 닮은 색으로 꾸민 자신의 가게가 정말 아름답다고 생각했다.
>
> −5장

물론 달마다 만만찮은 가게 임대료를 내야 하지만 공동 세탁장이나 다른 이의 세탁소에서 삯일을 하던 때를 생각하면 엄청난 성공이다. 이를 질투하는 사람마저 생긴다. "저 하찮은 여자한테 파란색으로 꾸민 화려한 가게라니, 대체 세상이 어떻게 된 거지!" 쿠포의 누나, 즉 시언니의 질투 어린 반응이다.

이렇게『목로주점』의 초반에는 주인공의 상승 과정이 그려지는데, 이는 소설 초반 제르베즈의 처지를 고려하면 더없이 멋진 성공이기도 하다. 이때 제르베즈는 전남편 랑티에가 자신을 속이고 도망가는 바람에 의지가지없이 아들 둘을 건사해야 하는 처지였다. 공동세탁장에 빨래를 하러 간 틈을 타 남편이 집을 나갔다는 소식을 아들을 통해 들은 제르베즈는 자신의 상황을 조롱하는 다른 세탁부와 난투극을 벌인다.(그리고 이긴다.) 세탁장은 구정물로 엉망진창이 된다.

'엉망진창이 된 공동세탁장'과 '깔끔한 파란 세탁소'는 강한 이미지적 대비를 이룬다. 말하자면 제르베즈는 엉망진창이었던 상황을 이겨내고 자신의 꿈을 상징하는 파란 세탁소 가게를 낸 것이다. 이러한 성취는 바람둥이이자 허영꾼인 전 남편의 무책임함, 일을 하다 지붕에서 떨어지는 사고를 겪은 이후 술에 빠져버린 현 남편의 무기력함, 이웃들의 무관심과 질투를 타고난 용기와 성실성으로 이겨낸 결과라 더욱 값지게 여겨진다.

두 남자에 의해 더럽혀진 파란 세탁소

자연과학자의 냉정한 시각으로 인간과 세상을 바라본 작가라는 평을 받는 에밀 졸라지만 그는 독자를 인물과 이야기에 몰입시키는 탁월한 이야기꾼이기도 하다. 『목로주점』에서 독자는 졸라가 그리는 한 세탁부 여성의 일대기에 몰입하게 되며, 그녀가 부디 '파란 세탁소'를 지켜내길 바라게 된다.

하지만 꿈을 너무 빨리 이룬 것일까? 세탁소를 차리고, 거기서 온 동네 이웃들을 초대한 생일 잔치를 연 이후 제르베즈의 삶은 내리막으로 치닫기 시작한다.

이 내리막의 과정을 졸라는 세탁소 공간이 물리적으로 더러워지고 또 도덕적으로 타락하는 과정과 겹쳐서 서술한다. 생일잔치 날의 만남을 계기로 전 남편 랑티에를 하숙인으로 받아들인 사건이 대표적이다. 사실 이는 제르베즈의 실책이 아니다. 현 남편 쿠포가 허세를 부리며 무분별하게 랑티에를 받아들인 것이다. 이후에도 술독에서 헤어 나오지 못하는 쿠포는 일을 하러 간다며 나갔다가 술집으로 직행하는 날이 늘어나고, 하루는 인사불성이 되어 온 방 안에 토사물을 토해놓고 토사물 속에서 잠이 들어 있다. 이 틈을 타 랑티에는 제르베즈를 (깨끗한) 자기 방에서 자도록 유혹한다.

랑티에를 받아들인 건 하숙비를 받아 임대료 부담을 덜자는 합리적인 계산 때문이기도 했다. 하지만 이는 허영과 무책임함, 성적 방종이란 요소를 집안에 들인 것과 같은 결과로 판명된다. 랑티에는 이런저런 핑계를 대며 하숙비를 내지 않는 것은 물론 쿠포와 술집과 음식점을 어울려 다니며 돈을 탕진한다. 랑티에의 무책임함과 방종은 쿠포의 어리석음과 결합되어 제르베즈를 옴짝달싹할 수 없는 처지로 몰아넣는다. 졸지에 제르베즈는 두 명의 남편을 부양해야 하는 처지가 된다.

> 아! 맙소사! 남편 하나만으로도 지긋지긋하다는 건 오직 신
> 만이 알 것이다! 더 기막힌 일은, 이 불량배 같은 두 남자가
> 서로 아주 죽이 잘 맞는다는 사실이었다. […] 그들은 그녀에
> 게 수시로 먹을 것을 만들어달라고 하면서, 소금을 넣어라,
> 넣지 마라, 이래라저래라 그녀를 볶아댔다. 제르베즈는 그들
> 을 어르고 다독거리면서 하나씩 차례로 솜이불을 덮어 재워
> 줘야 했다. 그렇게 일주일을 지내다보면 머리부터 발끝까지
> 안 아픈 데가 없이 욱신거렸고, 마치 미친 여자처럼 넋을 놓
> 고 허공만 응시하게 되었다. 이런 일들은 여자의 진을 빼놓
> 는 것이었다.
> 그랬다. 쿠포와 랑티에는 말 그대로 제르베즈의 진을 빼놓았
> 다. 마치 양 끝에서 초를 태우듯 그녀를 남김없이 불태우고
> 있었다.
>
> —8장

두 남자의 등쌀에 제르베즈의 진이 빠지고, 세탁일을 제대로 못
하게 되자 이웃의 평판이 떨어지고 깨끗한 세탁소는 점점 더러워
진다. 이런 상황에서 세탁소는 다른 사람에게 넘어간다. 두 명의
남자가 제르베즈의 소박한 꿈인 파란 세탁소를 더럽히고 먹어치

운 셈이다. 제르베즈 가족은 (로리외 부부가 사는) 손바닥만 한 크기의 방 두 개가 있는 공동아파트의 7층으로 거처를 옮긴다.

느린 몰락을 집요하게 묘사하다

제르베즈가 파란 세탁소를 잃은 시점에서 몰락은 기정사실이 된다. 그러나 졸라는 이쯤에서 소설을 마무리 짓는 대신, 이후 이어지는 상황을 그린다. 인물이 나락으로 떨어지는 과정을 끈질기고 집요하게 묘사한 것이다. 이것이 졸라가 견지한 '작가적 시선'인 셈이다.

쿠포는 술을 끊고 함석공으로서 성실한 삶을 살기로 다짐하기도 하지만 이런 다짐은 일시적이다. 그는 쥐가 나타나는 환영을 보는 등 알코올 중독으로 실성하여 정신병원에서 치료를 받게까지 되는데, 그러면서도 계속 술을 마신다.

제르베즈는 남편을 붙잡고자 술집을 찾아가는데, 남편의 이죽거림에 자포자기 상태에 빠져 그렇게 증오하던 술을 마시기 시작한다. 그러면서 제르베즈 역시 돌이킬 수 없는 알코올 중독 상태로 빠져든다. 술을 사 마시기 위해 남편이 그랬던 것처럼 제르베즈도 집안 살림과 가재도구를 하나둘씩 전당포에 맡긴다.

앞서 두 남자가 세탁소를 집어삼킨 것처럼 제르베즈 또한 자신의 집을 먹어치우기 시작한 것이다. 소설 초반 제르베즈는 자신의 꿈이 "잠을 잘 수 있는 깨끗한 방 한 칸을 갖는 것", "죽을 때 자기 집 침대에서 죽는 것"이라고 밝힌 바 있다. 깨끗한 방 한 칸은 쿠포가 토사물을 온 방에 내뿜었을 때 사라졌다. 그런데 이제 자기 집침대에서 죽는 것조차 알 수 없는 문제가 되었다. 왜냐하면 더 이상 전당포에 맡길 것이 없어지자 제르베즈와 쿠포는 침대와 매트까지 분리해서 팔아치우기 때문이다. 침대가 없는 상태에서 그들은 짚더미를 덮고 잔다. 무기력함이 극에 달한 상태에서 제르베즈는 아무것도 남지 않은 방을 멍하니 바라보며 구석에 쌓인 먼지나 쓰레기, 천장의 거미줄을 어디 갖다 팔 수 없을까 궁리한다.

결국 쿠포는 정신병원에서 광기에 사로잡혀 죽고, 그 광경을 목격한 제르베즈 역시 실성하고 만다. 그녀를 돌봐줄 사람은 어디에도 없다. 월세를 낼 수 없어 아파트 방에서도 쫓겨난 제르베즈는 층계 밑 골방에서 마지막 생명을 이어간다. 그리고 거기서 굶어죽는다. 제르베즈의 소박한 꿈인 "자기 집 침대에서 죽고 싶다는 바람"은 결국 이뤄지지 못한 셈이다.

바닥 밑의 바닥

일상에서 종종 쓰이는 표현 중에 '바닥을 친다'는 표현이 있다. 매우 힘든 곤경을 겪고 나면 바닥을 치고 다시 올라간다는 위로의 의미가 담긴 표현이다. 하지만 『목로주점』은 그러한 위로가 기만임을 보여준다. 『목로주점』은 바닥 밑에 또 다른 바닥이, 그 바닥 아래 또 다른 바닥이 있음을 보여준다.

개인의 의지나 선함으로는 이 바닥으로의 추락을 막을 수 없다. 그렇다는 사실을 작가는 제르베즈의 이웃집 열쇠업자의 딸 '랄리'의 경우를 통해 보여준다. 랄리는 주정뱅이 아버지에게 얻어맞으면서도 끝없는 헌신과 성실성을 보여주는 어린 소녀다. 제르베즈는 이 소녀에게 깊은 연민을 품고 조금씩 도움을 주며, 어린 소녀가 꿋꿋하게 살아가는 모습에서 큰 감동을 받는다.

그러나 제르베즈는 자신이나 다른 이웃들이 이 소녀를 위해 해줄 수 있는 일은 아무것도 없다는 사실을 깨닫게 된다. 다만 매와 굶주림에 진이 빠진 소녀의 임종을 지킬 수 있을 뿐이다. 소녀 랄리의 죽음 이후, 제르베즈는 삶에 대해 한층 깊은 회의를 느낀다. 랄리는 디킨스 소설의 어린 소년들에 해당하는 천사 캐릭터지만 이로 인해 누군가 깊이 참회하거나 삶의 의지를 다잡는 유의미한 변화는 일어나지 않는다.

이처럼 졸라는 한 세탁부와 그의 가정이 타락하고 몰락하는 비참한 과정을 차근차근 서술한다. 제르베즈는 나름의 미덕을 가진 인물이다. 근면 성실하고 삶에 대한 의지도 강하다. 아내와 엄마로서의 의무 역시 잘 인식하고 있고, 그 의무를 다하기 위해 인내할 줄도 안다. 가난하고 불쌍한 이웃을 동정할 줄 아는 따뜻한 마음씨의 소유자이기도 하다.

그러나 졸라의 소설에서는 개인의 의지나 선한 마음, 연민의 태도가 우연한 행운의 개입으로 보상받는 일은 일어나지 않는다. 19세기 파리에서 노동자들이 처한 삶의 조건은 개인의 미덕이나 선의를 가볍게 압도한다. 디킨스류의 소설들이 선보인 인위적 해피엔딩에 지친 독자들에겐 오아시스 같은 소설일 수도 있겠다.

그런데 『목로주점』의 결말은 오아시스라고 부르기엔 너무 충격이 크다. 오히려 디킨스의 소설이 그리워질 지경이다. 오죽하면 빅토르 위고는 졸라가 "노동자들의 비참하고 비천한 삶의 흉측한 상처"를 제멋대로 드러내 보여준다며 유감을 표명했을까.

디킨스의 소설에서라면 인물은 역경을 이겨냈을 것이다. "이보다 더 힘든 상황도 있었지만, 어떻게든 이겨냈어요." 무척 아이러니하게도 이는 소설 속에서 제르베즈가 입버릇처럼 자주 하는 말이기도 하다. 그렇게 말하는 제르베즈를 지켜보며 독자 역시 어떻게든 이겨냈으면 하는 바람을 품게 된다. 하지만 졸라는 제르베즈를 살리는 대신 느리게 몰락하는 과정을 가차 없이 묘사한다. 여기에는 작가가 인물에게 보내는 어떤 동정이나 슬픔이 개입되어 있지 않다.

한층 충격적인 것은 비열하고 인색하며 질투심이 강하고, 근거 없는 소문과 생색내길 좋아하는, 타인에게 순수한 도움이나 동정을 한 번도 베푼 적이 없는 로리외 부부는 아무렇지도 않게 이전처럼 계속 살아간다는 것이다.

『목로주점』과 『제르미날』

희망이 없는 삶은 삶이 아닐 것이다. 아무리 우연의 개입이고 비현실적 환상에 지나지 않는다 하더라도 희망은 필요하다. 하지만 우연과 환상에 의한 희망은 거짓 희망에 불과하다. 그렇다면 오늘날 한국 사회는 어떤 사회일까? 거짓 희망이 만연한 사회일까, 아니면 아직은 진짜 희망이 존재하는 사회일까.

드라마와 예능 등 대중 매체의 콘텐츠들은 우리에게 어떻게든 희망을 주려한다. 살아갈 이유가 있음을 보여주려 한다. 자연과학자의 시선을 탑재한 졸라의 소설은 거짓 희망을 주지 않는다는 점에서 그러한 대중적 상상력의 대척점에 있다. 대신 당시 노동자들이 마주한 불안정한 노동 조건, 알코올 중독과 도덕적 타락을 방조하는 분위기, 이웃에 대한 시기 질투와 무관심 등의 현실을 보여준다. 그것이 바로 삶의 실상이라는 것이다. 독자는 큰 충격에 빠진다. 졸라는 독자를 충격 속에 그냥 내버려둔다. 이 충격을 극복하는 것도 새로운 희망을 구성하는 것도 독자의 몫일 것이다.

그러나 기억할 점은 에밀 졸라의 이야기는 『목로주점』에서 완결되는 게 아니라 스무 권에 달하는 '루공 마카르 총서'라는 큰 별자리의 일부라는 것이다.

특히 독자는 졸라의 작품을 읽으면서 선하고 순수한 한편으로 강단 있고 용기 있는 모습을 보였던 '제르베즈 마카르'의 이름을 자주 떠올리게 된다. 제르베즈의 네 자녀들이 『나나』, 『작품』, 『제

『목로주점』은 1956년 〈제르베즈Gervaise〉(르네 클레망 감독)란 제목의 영화로 만들어
졌다. 주인공의 이름을 제목으로 삼은 것이 눈에 띈다. 제르베즈의 일대기를 중심으
로 각색을 했는데, 소설 역시 제르베즈를 중심축으로 삼아 전개되기에 어색하진 않
다. 영화는 전체적으로 원작의 분위기를 잘 살리고 있다. 다만 졸라 특유의 디테일과
끈질기게 반복되는 묘사가 영화에서는 대폭 압축되어 제시된다. 이는 영화와 소설이
란 매체의 근본적 차이일 것이다.

영화의 몰입도를 높여주는 건 배우의 연기다. 마리아 셸Maria Schell이 연기하는 제르
베즈의 모습은 소설에서 뛰쳐나온 듯하다. 마리아 셸은 도스토예
프스키의 소설을 영화로 만든 〈백야Le Notti Bianchi〉(루키노 비스콘티,
1957)에서도 주연을 맡았다.

(QR코드를 스캔하시면 설명된 영화 포스터를 볼 수 있습니다.)

르미날』,『인간 짐승』에 각자 주인공으로 등장하기 때문이다.

이 중『제르미날』은 졸라의 또 다른 대표작으로 탄광 노동자의 파업이란 소재를 통해 노동자들의 치열한 계급투쟁을 다룬 소설이다. '노동자 계층'을 본격적으로 주인공으로 등장시킨 거의 유일한 소설로도 평가받는다. 1902년, 졸라의 장례식에서 탄광 노동자들이 '제르미날! 제르미날!'을 연호하며 경의를 표한 사실 역시 널리 알려져 있다. 노동자의 치부를 드러냈다 하여 독자들의 비난을 받은『목로주점』과 달리, 민중과 노동자들의 진심 어린 환호를 받은 것이다.

19

도움을 주기에는 장소가 좋지 않다
:『산시로』나쓰메 소세키

산시로는 거지에 대한 네 사람의 비평을 듣고 자신이 지금까지 양성해 온 도덕상 관념의 일부분을 상처 입은 듯한 기분이 들었다. 하지만 자신이 거지의 앞을 지날 때, 푼돈도 던져줄 마음이 일지 않았을 뿐만 아니라, 사실대로 말하면, 심하게 불쾌한 감정이 들었던 것을 반성해 보니 오히려 자신보다도 이 네 사람이 더 자기 자신에게 진실하다는 생각이 들었다. 또한 그들은 자기 자신에게 진실할 수 있을 만큼 넓은 세상 아래에서 호흡하는 도회인이라는 사실을 깨달았다.

－『산시로』

새내기 산시로의 대학 생활

대학에 합격하여 이제 막 시골(구마모토)에서 도시(도쿄)로 올라온 산시로. 도시 생활도 대학 수업도 처음이라 낯설지만 나름 잘 적응하고 있는 중이다. 교수의 강의는 어려워 수업 시간엔 멍을 때리거나 옆자리 학우가 노트에 그린 낙서를 물끄러미 바라보거나 한다. 그래도 공강 시간은 나름 알차게 활용하는 편이다. 학교 경내를 둘러보기도 하고 도서관에 들러 원서나 어려운 철학책을 읽어보기도 한다. 무엇보다 친구를 사귀게 된다. 수업 시간에 뭔가 열중하고 있어 노트에 필기를 열심히 하는 줄 알았는데 알고 보니 교수의 캐리커처를 그리고 있던 친구다. 요지로라는 이름의 이 친구는 "살아 있는 머리를 죽은 강의에 가두면 살아남을 수 없다"며 산시로를 요릿집에 데려가기도 하고, 함께 만담 공연을 보러 가기도 한다.

함께 어울리며 얘길 나눠보니 요지로는 학교 사정에도 꽤 정통하다. 그는 지금 현재 일본의 사상계나 문단의 학자들은 새로운 것을 받아들이지 못하고 있다면서 진짜 학자는 히로타 선생뿐이라고 한다. 마침 외국 문학 교수 자리가 하나 났는데, 그 자리에 히로타 선생이 꼭 채용되어야 한다며 그를 위해 자기도 여러모로 애쓰고 있다는 것이다. 어쨌든 요지로를 통해 산시로는 히로타 선생 집에 드나들게 되고 히로타 선생의 이사를 돕기도 하면서 새로운 인물들과 친분을 쌓게 된다. 이과대학 강사인 노노미야, 노노미야의 여동생인 요시코, 요시코의 친구인 미네코가 그들이다.

이사를 돕는 동안 히로타 선생의 장서를 놓고, 17세기 영국 여성 작가에 대해 또 영문학을 일본어로 번역하는 문제 등에 관해 이야기를 나누다가 그들은 오는 일요일 다 같이 연극(국화인형전)을 보러 가기로 한다. 일요일이 되어 국화인형전을 보러 가는 도중, 일행은 번화한 길에서 구걸하고 있는 거지를 지나친다. 장면은 다음과 같다.

긴 대화를 나눌 수 없을 만큼 사람들이 줄줄이 걸어가는 곳에 도착했다. 대관음상 앞에 거지가 있다. 이마를 땅에 딱 붙이고, 큰 목소리로 끊임없이 애원하고 있다. 가끔 고개를 들면 흰 모래가 묻어 이마만 하얗다. 거들떠보는 사람이 없다. 다섯 사람도 아무렇지도 않게 지나쳤다.

5-6간間(10미터)쯤 지나왔을 때 히로타 선생이 묻는다. "자네, 저 거지에게 돈을 주었나?" 산시로가 대답한다. "아니요." 요시코의 말은 이렇다. "주고 싶은 마음이 들지 않네요." "그건 왜지?" 오빠인 노노미야가 묻자 미네코가 대신 답한다. "저렇게 시종 재촉하기만 하면 재촉한 효과가 안 나서 못써요." 그러자 히로타 선생이 덧붙인다. "아니, 장소가 안 좋아서요. 지나는 사람이 너무나 많아서 안 되는 거요. 산속 한적한 데서 저런 사람을 만나면 누구든

주고 싶은 마음이 들지 않겠소?"

곧 이들은 비슷한 사건을 하나 더 겪게 된다. 인파 속에서 길 잃은 여자아이를 보게 된 것이다. 아이는 울면서 할머니, 할머니 소리친다. 길 가는 사람들이 모두 동정하는 듯 보인다. 멈춰 선 사람도 있고 가엾다고 말하는 사람도 있다. 하지만 아무도 손을 쓰지 않는다. 아이는 계속 울면서 도움을 요청하고 사람들은 불쌍하게 여기지만 아무도 선뜻 나서지 않는 상황이다. 일행은 이에 대해서도 한 마디씩 주고받는다.

> "이것도 장소가 나쁘기 때문인가요?"하고 노노미야가 아이의 그림자를 바라보며 말했다. "금방 순사가 해결해 줄 거니까 다들 책임을 회피하는 거네"하고 히로타 선생이 설명했다. "내 옆으로 오면 파출소까지 데려다줄 거예요." 요시코가 말한다. "그럼 쫓아가서 데려다줘야지." 오라버니가 주의를 줬다. "쫓아가는 건 싫어요.""그건 왜?""왜라니요, 사람들이 이렇게 많잖아요. 꼭 제가 해야 하는 일은 아니에요." "역시 책임을 회피하는군요." 히로타 선생이 말했다. "역시 장소가 안 좋아요." 노노미야가 말했다.

동정심과 비평적 태도

『산시로』는 1908년 작이다. 소설 배경이 1900년대 초임을 생각하면 누군가 도움을 요청할 때 선뜻 나서서 도와주지 않는 모습은 다소 놀랍다. (한국 기준이지만) 지하철이나 버스에서 자연스레 짐을 들어주고 자리를 양보하거나 길에서 누군가 길을 물으면 친절히 대답해 주는 풍경이 사라진 지 아직 얼마 되지 않은 것 같으니 말이다.

『산시로』에서 나쓰메 소세키 夏目漱石, 1867-1916는 '동정심'과 '비평적 태도'를 맞세워 놓는다. '동정심'은 불쌍한 사람을 봤을 때 어떻게든 도와줘야겠다며 망설임 없이 나서는 태도다. 그와 반대로 '비평적 태도'는 선뜻 나서 도움을 주는 대신 사람이 많다든지 장소가 안 좋다든지 하며 상황에 대해 이런저런 이유를 대는 태도, 분석적 평가를 하는 태도다.(여기서 중요한 것은 이유가 합당하느냐가 아니라 이런저런 이유를 앞세우며 '선뜻 나서지 않는 태도'일 것이다.) 시골에서 올라온 '촌놈'인 산시로는 도시 사람들이 보이는 비평적 태도를 보고 충격을 받는 한편 감탄한다. 충격을 받는 건 이해가 된다. 하지만 감탄하는 건 왜일까.

비평은 어떤 대상, 어떤 사람, 어떤 사건에 대해 거리를 두고 바라보는 행위, 객관적이고 냉정하게 바라보는 행위다. 이는 또한 세상사를 위에서 내려다보고 평가를 하는 태도다. 히로타 선생이 보이는 태연자약한 태도, 전차 사고를 대하는 노노미야의 태도, 국화인형전을 보러 가는 길에 마주친 거지와 길 잃은 여자아이를 대하는 일행의 태도를 통해 산시로는 도시 사람들의 비평적 태도가 어떤 것인지 알게 된다. 이들은 죽은 여자나 구걸하는 거지나 길 잃은 아이를 동정하거나 안타까워하지 않는다. 대신 거리를 두면서 그 상황에 대해 태연하게 한 마디씩 코멘트를(즉 비평을) 한다.

이렇게 산시로는 도시에서의 경험을 통해 '비평적 태도'를 배워나간다. 그렇다면 『산시로』는 시골 촌놈이었던 인물이 비평적 태도를 장착하고 결국 도시인, 문명인으로 거듭나는 이야기일까. 그러나 『산시로』의 다른 장면과 에피소드들도 유심히 읽어볼 필요가 있다. 서구식 교육을 통해 문명화되었다고 자부하는 20세기 초의 일본인이 장착한 비평적 태도를 작가 소세키가 어떤 시선으로 바라보고 있는지를 짐작해가며 읽는 재미가 있기 때문이다.

사실 비평적 태도란 (정 없어 보이긴 하지만) 세상의 각종 위험들 앞에서 자기를 지킬 수 있는 태도이기도 하다. 어쩌면 산시로가 생각하듯 "자기 자신에게 보다 더 진실한 태도"일지 모른다. 정직한 견지에서, 누구든 타인보다 자기 자신이 우선이기 때문이다. 그러나 이는 세상의 가난, 불행, 고통, 외로움, 쓸쓸함과 마주했을 때 그를 겪는 사람들에게 다가가 함께 슬퍼하거나 돕는 대신 일정 거리를 유지한 채 안전한 위치에서 논평을 늘어놓는 태도이기도 하다. 산시로는 이 같은 도시적 태도, 근대적 태도에 대한 자신의 부러움, 선망을 인식한다. 나도 남들의 불행 앞에서 담담하고 싶다, 아무렇지도 않고 싶다는 마음이다. 주인공 산시로가 자기도 모르는 새에 품게 된 이 마음, 타인의 불행에 거리를 두고 싶은 이 심리를 소세키는 소설 내내 여러 에피소드를 통해 반복해서 다룬다.

여기에 소세키의 인간을 바라보는 정직함과 엄정함이, '근대 사회'로 변모해가는 당대 일본 사회에 대한 고민과 통찰이 있다. 이는 지금도 여전히 유효한 고민이고 통찰이다. 우리 역시 살면서 너무나도 많은 슬픈 사연들, 비극적 장면들을 마주치기 때문이다. 아니 비평적 태도를 장착하고 태연하게 바라보는 데 이미 익숙해져 있다. 물론 우리 주변에서 일어나는 수많은 슬픔과 비극에 일일이 슬퍼하고 도움을 줄 수는 없는 노릇이다. 나 자신의 삶을 지키기 위해서라도 우리는 타인의 고통과 불행을, 일상 생활 중에 마주치는 경악스러운 것들을 담담히 받아들이는 데 익숙해져야 한다.

산시로는 타인과의 거리 두기가, 말하자면 'none of my business'가 잘 안되는 인물이다. 그는 도시 사람들의 비평적 태도를 부러워하며 비평적 위치에 올라서기 위해 흉내 내고 연습한다. 산시로의 타고난 성격과 앞으로 그가 살아갈 근대 일본 사회에 뿌리내리기 시작한 도시적 태도 중 어느 한쪽 편을 들지 않으면서 소세키는 소설을 풀어나간다. 어느 쪽이 옳다고 결론 내리지 않는 것은 이 작품의 큰 미덕이다.

그런데 아뿔싸, 우리의 주인공 산시로는 불쌍한 장면을 보면 곧바로 불쌍하다는 마음이 드는 인물이다. 비평적 코멘트를 툭 내뱉는 대신 불행한 타인 쪽으로 몸이 먼저 나가는 인물인 것이다. 일행이 국화인형전 행사장에 도착해 연극을 보던 중, 극 중 여인이 깊은 고통을 호소하는 장면이 나온다. 이때 동행들은 눈 앞에 펼쳐지고 있는 연극 장면에는 전혀 몰입하지 않고 태평하게 국화 재배법에 대해 코멘트한다. 그런데 무슨 끼닭인지 갑자기 미네코가 밖으로 뛰쳐나간다.● 산시로는 일행 중 유일하게 이를 알아채고 곧바로 그녀를 뒤따라간다. 미네코와 만난 지 얼마 되지도 않아 친한 사이도 아니고 어찌 된 일인지 영문도 모르는데 몸이 먼저 나간 것이다. 산시로가 미네코를 곧바로 쫓아가는 모습은 매우 인상적이고 감동적이다.(이는 길 잃은 아이가 "내 옆으로 오면" 도와주겠다, "쫓아가는 건 싫다"는 태도와 완전히 반대되는 태도이기 때문이다.) 나는 소세키가 이런 장면을 그려줘서 고맙다는 생각이 들었다. 다른 독자들은 이 장면을 어떻게 읽을지 궁금하다.

● 미네코가 뛰쳐나간 이유는 소설 속에 서술되지 않는다. 다만 연극의 장면(극 중 여인이 깊은 고통을 호소하는 장면)이 미네코가 현실에서 겪은 고통을 상기했거나 현재의 고통스러운 마음 상태와 일치한 것이라 짐작해 볼 수 있다. 이렇게 보면 주변 다른 사람들이 한가하게 국화 재배법에 대해 코멘트를 하고 있는 상황은 미네코의 내면 상황과 배치되는 것이다.

■ 번역에 대한 이야기: "Pity's akin to love"

히로타 선생의 이삿날, 인물들이 이삿짐 정리를 하다 말고 나누는 이야기는 다름 아닌 번역에 대한 이야기다. 이들은 어떤 희곡의 유명한 대사라는 "Pity's akin to love"라는 표현을 떠올리는데, 이를 요지로가 "가엾다는 건 반했다는 것이니라"라고 속요풍으로 번역한다. 다른 이들은 번역이 별로라며 만족하지 않는다.

지나가는 에피소드처럼 제시되는 이 대목은 의외로 여러 맥락이 교차하는 흥미로운 대목이다. 일단 소설 내적으로 보면 이 대사는 일종의 복선이다. 나중에 산시로는 미네코의 마음속 고통을 알아채고 연민pity을 느끼기 때문이다. 그런데 이 감정은 사랑과 가까운 것, 비슷한 것akin to love이다. 물론 산시로는 그 점을 의식적으로 깨닫지는 못한다.(어떤 면에서 보면 위 대목은 산시로가 앞으로 느낄 감정을 요지로가 미리 번역해주는 모양새다.)

다음으로 위 대목에서 화제가 된 작가("Pity's akin to love"의 출처가 되는 작가)는 17세기에 영국에서 활동한 애프라 벤Aphra Behn,1640-1689이라는 작가인데, 작품 활동만을 통해 생계를 유지한 최초의 여성 전업작가로 알려져 있다. 이 점은 『산시로』에서도 슬쩍 언급된다. 애프라 벤은 버지니아 울프의 『자기만의 방』에서도 언급되는데, 여기서는 최초의 여성 전업작가란 사실이 강조된다. 참고로 『산시로』는 1907년 작이고 『자기만의 방』은 1928년에 출간되었다. 나쓰메 소세키가 더 이른 시기에 언급한 셈이다. 소세키는 어떻게 애프라 벤을 알게 되었고 작품에까지 등장시켰을까? 누구나 알 만한 유명한 영국 작가가 아니라 애프라 벤을 작품에 등장시킨 데는 (소실에는 설명되어 있지 않은) 소세키 나름의 어떤 의도나 바람이 있지 않았을까? 여러 짐작을 해보게 한다.

마지막으로 위 대목은 번역에 관한 소세키의 유명한 일화를 떠올리게 한다. 소세키가 영어 교사로 재직하고 있을 때 수업에서 어떤 학생이 "I love you"를 "나는 당신을 사랑합니다"로 번역하자 소세키가 일본인은 그런 직접적인 표현을 쓰지 않는다며 "달이 참 예쁘네요"라고 번역했다는 일화다. 그런데 이 이야기는 소세키의 일화로 알려져 있지만 이런 이야기를 소세키가 했다는 증거는 없다고 한다. 다만 직역과 의역의 차이를 짚어볼 수 있는 좋은 예라 할 만하다.

번역에서 직역과 의역은 항상 논쟁거리가 되기에 위의 예시는 흥미롭다. "달이 참 예쁘네요"는 (요지로의 "가엾다는 건 반했다는 것이니라"처럼) 의역의 손을 들어주는 예시다. 의역의 장점은 현지 독자의 정서에 곧바로 와닿을 수 있다는 것이다. 그러나 원문의 의미와 뉘앙스, 분위기는 손상될 수밖에 없다. 많은 경우 의역에서는 원문의 세계, 원문의 정서는 흔적도 없이 사라져 버린다. 외국 작품이 처음부터 국내 문학인 것처럼 읽히는 상황이 벌어질 수 있는 것이다. 이 지점에서 번역에 대한 고민이 시작된다.●

영문학을 전공했고 2년간 영국 유학 생활을 하기도 한 소세키의 고민은 '자신은 어디까지나 일본인'이라는 것이었다. 그는

●　"달이 예쁘네요"처럼 원문('I love you')의 흔적은 아예 찾아볼 수 없는 의역을 이해하기 위해서는 다음과 같은 상황을 알아둘 필요가 있다. 러브love라는 단어가 일본에 들어왔을 때, 일본 사회에는 그에 해당하는 풍속과 감정이 없었다. 그래서 연戀, 애愛, 정情, 호好, 애련愛憐, 심지어 인仁으로 번역되었다.

이는 비단 일본뿐 아니라 한국과 중국 등 동아시아 한자 문화권 국가 모두에 해당된다. 가문이나 신분 같은 유교적(또는 봉건적) 질서가 지배하는 사회에서 개인 대 개인의 사랑이란 불가능했기에 자유 연애love는 외국 책에서나 볼 수 있는 먼 나라의 풍속일 뿐 사회의 일반적 풍속은 아니었던 것이다. 이런 상황을 드라마 〈미스터 션샤인〉에서 엿볼 수 있다. 고애신은 유진 초이에게 '러브가 무엇이오? 나랑 같이하지 않겠소.'라고 말한다. 당시 한국에는 없는 풍속이었기에 고애신은 love를 총을 들고 싸우는 일이라 (멋대로) 해석한 것이다. (물론 '소중한 가치를 지키기 위해 모든 걸 바친다'는 의미로 보면 고애신의 해석이 완전히 틀린 건 아니다.) love는 한참 후에야 '연애'라는 번역어로 정착이 되는데, 그러고 나서는 긍정적인 단어로 여겨져서 "사람은 태어났으면 반드시 연애를 해야 한다", "연애가 곧 혁명이다"라는 슬로건 아래 사회적 담론으로 번져나갔다.

love의 번역 과정에 대해서는 야나부 아키라, 『프리덤, 어떻게 자유로 번역되었는가』, AK커뮤니케이션즈, 2020, 5장을 참조. 이 책은 'love(연애)' 말고도 'freedom, liberty(자유)', 'society(사회)', 'individual(개인)', 'right(권리)' 등 서구의 개념이 어떠한 번역의 과정을 거쳐 동아시아 국가들에 정착되었는지를 소개하고 있어 흥미롭게 읽어볼 수 있다.

셰익스피어의 『햄릿』을 읽을 수는 있지만 그 속에 담긴 정서나 세계관에 완전히 공감할 수는 없는 상황에 대해 고민했고, 이 고민을 『나의 개인주의』라는 강연에서 풀어놓기도 한다. 오랜 기간 축적된 서양의 셰익스피어론을 참고할 수는 있겠으나 그건 어디까지나 지식으로서의 참고일 뿐이며 『햄릿』이란 작품이 (일본인인) 나에게 어떤 의미를 깃는가 하는 문제에 대해서는 전혀 알 수 없다는 것이 소세키의 고민이다.

소세키는 '서양 문학을 (일본인인) 내가 납득할 수 있는가'를 중요시한다. 즉 자기 본위적인 이해와 수용을 중시했다. 서구에서 아무리 위대하다고 평가받는 고전이라도 내가 이해하고 납득할 수 있느냐가 중요하다는 태도다. 이와 관련하여 읽어볼 만한 책이 『나의 개인주의』다. 이 강연록에서 소세키는 줄곧 '자기 본위'를 강조한다.

그렇다고 소세키가 자기 본위만 강조한 건 아니다. 자기 본위는 어떤 대상을 내가 납득할 수 있는가가 핵심이다. 대상(작품)은 뒷전이고, 중요한 것은 '나의 이해, 나의 감상'이다. 어떤 예술 작품이든 내가 납득할 수 있느냐—작품에서 나에게 와닿는 어떤 것을 발견하여 내 나름의 감상과 평가를 할 수 있는가—가 중요한 것이다. 그러면 된다고 소세키는 말하는 것 같다. 『산시로』에도 곳곳에 이에 대한 예시들이 등장한다. 대학 강의든 건축양식이든 회화든 문학이든 연극이든 내 나름의 이해와 감상이 중요하다는 것이다. 그런데 동시에 소세키는 그게 전부가 아니라고도 말한다.

이게 바로 "Pity's akin to love" 대목에서 나쓰메 소세키가 하고자 하는 이야기다. 즉 "I love you"를 "달이 참 예쁘네요"로 번역을 하고 당대 독자들이 그걸 납득했다 하더라도(물론 이 문제는 이 문제 자체로 무척 중요하지만, 그렇다고 해서) 거기서 끝은 아니라는 것이다. 그래서 나오는 게 다음과 같은 대화 장면이다.

"그럼 그 원문은 어떤 건가?"

"Pity's akin to love."

미네코가 되풀이했다. 아름답고 멋진 발음이었다.

좌중의 한 명이 원문을 묻는다. 산시로는 미네코의 "Pity's akin to love"라는 발음을 듣고 거기에 매혹된다.

『산시로』에는 산시로가 외국어를 되뇌는 장면이 꽤 많다. '곤돌라gondola'라는 이탈리아어를, '스트레이 십stray sheep'이라는 영어 표현을, '데 테 파불라de te fabula'나 '하이드리오타피아

Hydriotaphia' 같은 라틴어를 뜻도 정확히 모르면서 되뇌는 것이다.

여기서 우선 생각나는 것은 허세다. 어려운 외국어를 굳이 원문으로 말하는 장면은 사람들이 대학교수나 어떤 분야의 전문가를 두고 나누는 험담을 상기시키기도 한다. 그냥 우리말로 풀어서 해도 될 말을 아는 체를 하고, 배운 티를 내느라고 외국어 표현을 쓴다는 험담이다.

하지만 원문을 아름답고 멋지게 발음하는 것은 그 자체로 무척 매력적인 일이다. 우리가 어떠한 감정을 느끼고 매혹되는 것은 "달이 예쁘네요"의 세계이기도 하지만 "I love you"의 세계이기도 한 것이다. 우리는 때로 우리가 완벽히 알 수 없고 완전히 도달할 수 없는 어떤 미지의 세계에 강렬하게 매혹된다. "I love you"나 "Pity's akin to love"의 유려한 발음은 그 미지의 세계의 입구를 여는 열쇠다.

산시로의 모습을 통해 소세키가 강조하는 것은 원문을 되뇌는 행위 자체다. 산시로는 낯선 외국어 단어를 되뇜으로써, 그 단어들이 자기에게 어떤 느낌과 기분으로 다가오는지를 살핀다. 의미 파악은 나중이고 단어 자체의 느낌을 곱씹어보는 것이다.

교문 안을 잠깐 들여다본 산시로는 입속으로 '하이드리오 타피아'라는 글자를 두 번 되풀이했다. 이 글자는 산시로가 외운 외국어 중에서 가장 길고 또 가장 어려운 단어 가운데 하나였다. 의미는 아직 모른다. 히로타 선생에게 물어볼 생 각이다. 전에 요지로에게 물었더니 아마도 데 테 파불라 류 의 단어일 거라고 했다. 하지만 산시로가 보기에 둘 사이에 는 큰 차이가 있다. 데 테 파불라는 마음을 두근거리게 할 만한 성질의 단어라 생각된다. 하이드리오타피아는 외우는 데만도 시간이 걸린다. 이 단어를 두 번 되풀이하자 걸음이 저절로 느려진다. 히로타 선생이 사용하도록 옛사람이 만 들어둔 것 같은 소리가 난다.

외국어를 되뇌는 행위를 통해 소세키는 원문과 번역의 차이를 선보인다. 자기 본위의 번역(의역)에서는 이 차이가 삭제되어 버린다. 이 세계에는 원문만 존재하는 것도 아니고 번역만 존 재하는 것도 아니다. 존재하는 건 원문과 번역 둘 다이다. 그리 고 둘 사이의 '사이 공간'이 존재한다. 산시로는 원문과 번역 그 리고 그 사이 공간까지 세 지점을 모두 보는 셈이다.(세계문학을 읽는 독자들도 이 세 지점을 모두 봐야할 때가 종종 있다.) 산시로는 원문과 번역의 차이를 원문을 되뇔 때 '저절로 느려지는 걸음'을 통해 느낀다. 산시로의 느려진 걸음은 우리가 작품을 읽다가 원문이 궁금해져서 찾아본 후 원문 고유의 발음과 표현 방식, 미묘한 뉘앙스를 음미할 때의 느린 읽기를 떠올리게 한다. 소세키의 번역(의역) 일화나 『산시로』 속 외국어를 되뇌는 장면들은 우리의 세계문학 읽기에 대해 생각할 점을 제공한다. 모든 세계문학은 번역문학이기 때문이다. 원문 생각이 안 날 정도로 자연스럽게 번역이 잘 된 번역서(보통 가독성이 좋다고 평가받는)를 빠르게 술술 읽어나가는 것도 좋은 일이겠지만 그렇다고 원문의 세계를 완전히 무시할 수는 없는 노릇이다. 반대로 원문을 자연스럽게 읽을 실력(비단 언어 실력뿐만 아니라 역사, 문화, 풍속에 대한 전반적인 이해)을 갖춰 원문을 완벽히 이해하는 것도 좋은 일이겠지만 그렇다고 번역의 세계를 완전히 무시할 수 있는 것도 아니다. 외국 문학을 우리 한국 독자들이 읽을 때 느끼는 생각과 감정은 우리가 발을 딛고 살아가는(또 사람들과 부대끼며 살아가는) 지금 여기의 현실에서 비롯되는 측면이 있기 때문이다. 원문에 대한 완벽한 이해만을 추구하는 것은 현실을 초월하여 원문의 세계로 날아가 버리는 일일 수 있다.

독일의 문예학자 발터 벤야민의 『번역자의 과제』라는 에세이가 있다. 직접 보들레르의 시집을 번역한 후 서문 격으로 쓴 글인데 나중에 꽤 유명해졌다. 이 글에서 벤야민은 인도어, 영어를 독일어화하는 대신 독일어를 인도어화, 영어화할 필요가 있다고 말한다. 외국어를 자국어화하는 게 번역의 일반적인 원칙으로 알려져 있는데 그건 잘못된 원칙이라는 것이다. 그건 자국어의 우연적 상태를 고수하려는 태도에 다름 아니라는 게 벤야민의 얘기다. 그러면 어떻게 해야 되는가? 벤야민은 번역자는 자국어를 외국어로 뒤흔들어야 한다고, 또한 외국어를 통해 자국어를 확장시켜 나가야 한다고 말한다.[*]

언뜻 어려운 얘기처럼 들리지만 조금만 생각해 보면 한국어 또한 이 과정을 거쳐왔음을 알 수 있다. 예전엔 번역이 필요했던 어떤 외국어 표현들은 시간이 지남에 따라 지금은 자연스레 한국어처럼 쓰이고 있으며, 라임을 맞추기 위해 노래 가사에 영어를 쓰는 건 일반적인 현상이 됐다. 이는 외국어에 담긴 풍속과 사고방식, 가치관, 정서가 한국인에게 어느 정도 자연스러워졌다는 걸 의미하기도 한다. 한때는 이를 한국어의 순수성이 오염되고 파괴되는 현상으로 보고 우려하기도 했다. 하지만 한

● 발터 벤야민, "번역자의 과제", 『언어 일반과 인간의 언어에 대하여. 번역자의 과제 외』, 최성만 옮김, 길, 2008

국어의 변이와 확장으로 보는 것도 가능할 것이다. 우리가 고유어라 알고 있는 한국어 표현들 중 상당수가 한자말 어원을 갖고 있다는 사실*은 예전부터 한국어가 변화와 확장의 운동을 계속해 왔음을 말해준다. 국경 안팎에서 새로운 한국어 사용자들이 늘고 있는 지금은 더욱 그렇다. 마치 생물처럼 언어는 매 순간 변화하고 확장한다. 이러한 변화와 확장의 과정에서 번역이(번역자들이) 담당해 온 역할을 과소평가할 수는 없을 것이다. 살펴본『산시로』의 대목들은 외국 문학 작품들을 (때론 독자들의 이해를 돕기 위해, 때론 원문 고유의 느낌을 살리기 위해) 직역과 의역 사이에서 고심해가며 번역해 온 번역자들의 노고를 짐작하게 한다.

●　　　　'도대체', '진짜로', '괜찮다', '미안하다', '훌륭하다' 등이 그 예.

320

20

극한 알바

: 『파리와 런던의 따라지 인생』 조지 오웰

조지 오웰George Orwell, 1903-1950은 인도 뱅골주에서 하급 관리
의 아들로 태어났다. 이튿에 장학생으로 선발되어 영국에서 학교
를 다녔고 1922년부터 5년간 식민지 버마(현재의 미얀마)에서 대
영제국 경찰로 근무했다. 학창 시절 겪은 차별과 식민지에서 목격
한 제국주의의 횡포는 이후 오웰의 글쓰기에 중요한 바탕이 된다.
1927년 경찰직에 회의를 느끼고 유럽으로 건너가 파리와 런던에
서 부랑자 생활을 한다. 이때의 경험이 첫 작품 『파리와 런던의 따
라지 인생』(1933)에 녹아있다.

1936년 오웰은 스페인 내전에 의용군으로 참가했는데 이 체험

을 기록한 『카탈로니아 찬가』는 뛰어난 기록문학으로 꼽힌다. 『동물농장』과 『1984』로 널리 알려져 있지만 오웰은 탁월한 르포르타주 작가이기도 하다. '보고하다report'라는 단어가 들어 있는 '르포르타주reportage'는 '기록문학', '기사문학'으로 번역된다. 현실에서 일어난 일들을 경험하고 관찰해서 글로 쓴 게 르포르타주 문학이다. 이는 신문의 보도기사와도 겹쳐지는 특징인데, 보도기사와 다른 점은 픽션fiction, 즉 허구가 들어있다는 점이다.

오웰의 초·중기 작품들은 대부분 자신의 직접 체험을 바탕으로 한 르포르타주 문학이다. 『파리와 런던의 따라지 인생』은 작가 자신의 밑바닥 체험을 바탕으로 한 자전적 소설이며, 『위건 부두로 가는 길』에서는 부두 노동자로서의 체험을, 『카탈로니아 찬가』에서는 전쟁에 의용군으로 참가한 체험을 다뤘다. 오웰의 에세이 모음집 『나는 왜 쓰는가』에도 서평과 문학 에세이들 이외에도 경찰 생활, 떠돌이 생활 경험이 담겨 있다.

오웰이 쓴 르포르타주의 또 다른 특징은 굉장히 유머러스하다는 것이다. 『파리와 런던의 따라지 인생』은 가난과 굶주림, 장시간 노동 등 '극한 알바 체험'을 다룬 작품이지만, 이 작품 속 화자는 시종일관 겸손함과 정직함, 그리고 유쾌함을 잃지 않는다. 특히 이 작품에서 오웰은 에피소드 화수분의 면모를 보여준다. 재밌는 에피소드들이 꼬리에 꼬리를 물고 이어지는데, 단순히 재밌기만 한 데 그치지 않고 오웰 특유의 사회 비판과 통찰을 엿볼 수 있다.

접시닦이 알바의 사회적 의의를 생각하다

『파리와 런던의 따라지 인생』은 연속되는 화자의 고생담들로 이뤄진 작품이다. 화자는 파리에서는 접시닦이 생활을 하고 런던에서는 떠돌이 생활을 하는데, 이는 오웰의 실제 경험을 반영한 것이다. 일자리를 구하지 못해 며칠씩 굶은 이야기, 온도 43도가 넘는 호텔 지하층 식당에서 매일 14시간 동안 접시를 닦은 이야기 등이 생생하게 펼쳐진다.

끝없이 이어지는 고생담 속에서 눈길을 끄는 건 자신의 고생을 대하는 작가의 태도다. 작품 속에서 오웰은 신세를 한탄하거나 세상을 원망하거나 마음속 깊이 절망하지 않는다. 대신 자기의 고생담을 마치 보고서를 작성하듯 정직하고 사실적인 문체로 풀어놓는다. 심지어 그 사이사이 유머를 집어넣는다. 덕분에 독자는 화자가 처한 상황에 몰입해 버리는 대신 어느 정도 거리를 두고 바라볼 수 있게 된다.

『파리와 런던의 따라지 인생』은 '극한 알바' 에피소드들을 잘 풀어낸 것만으로도 충분히 읽어볼 가치가 있는 작품이지만, 특히 눈여겨볼 부분은 화자가 자신의 고생담을 '리뷰'하는 대목들이다. 22장에서 화자는 파리의 접시닦이 생활에 대한 자신의 의견을 피력한다.

그럴 만한 가치가 있으므로 나는 파리의 접시닦이 생활에 대해 내 의견을 피력하려고 한다. 생각해보면 현대의 대도시에서 수천 명의 사람들이 깨어 있는 시간 전부를 지하의 뜨거운 굴속에서 접시를 닦는 데 쓴다는 것은 참으로 이상한 일이다. 내가 제기하는 질문은 왜 이런 생활이 지속되는지, 이런 생활이 어떤 목적에 기여하는 것인지, 누가 이것이 계속되기를 원하는지, 왜 원하는지 하는 것이다. 나는 단순히 반항적인 게으름뱅이의 태도를 취하려는 것이 아니다. 다만 접시닦이 생활의 사회적 의의가 어디에 있는지를 생각해 보려는 것이다.

-『파리와 런던의 따라지 인생』

이 대목이 흥미로운 이유는 바로 앞 장章까지 호텔에서 접시닦이를 하면서 고생한 에피소드를 속도감 있게 연이어 풀어놓다가 여기서 문체가 싹 바뀌기 때문이다. 어떤 문체로? 신문의 논설 문체로. "지금까지 내 알바 경험을 실컷 얘기했는데, 재밌었나요? 그럼 이제 그 경험에 대한 내 의견을 피력해 보겠습니다"라는 식이다.

이처럼 오웰은 자기가 겪은 어떤 일을 그냥 넘어가지 않고 그에 대해 자기의 의견을 피력하고자 한다. 그런데 그 의견이 감상적이거나 개인적인 게 아니라, 사회적 측면들을 고려하면서 형성된 의견이라는 점이 중요하다. 에피소드 자체는 개인적 경험이지만 오웰은 그걸 그냥 개인적인 경험으로 남겨두지 않고 사회적인 맥락과 연결시킨다.

그리하여 화자는 "접시닦이 생활의 사회적 의의를 생각해보겠다"고 선언한다. '아… 이 알바 너무 힘들다. 에라. 그만둬버릴까?' 정도의 생각에 그치지 않고, 과중한 노동에 미래도 없는 접시닦이와 같은 일이 왜 지속되는지, 사회의 어떤 목적에 기여하는지, 사회적으로 이익이 없다면 대체 누구한테 이익이 되는지를 묻는 것이다.

이렇게 꼬리에 꼬리를 무는 질문을 통해 오웰은 접시닦이라는 극한 알바를 둘러싼 구조적 문제와 사회적 의의를 함께 생각해 보자고 독자에게 제안한다. 자신이 경험한 일의 사회적 의미를 하나하나 생각하고 따져보는 것, 이게 바로 오웰이 세상을 대하는 관점이자 살아가는 태도라고 할 수 있겠다. 그리고 이런 태도에서 우리 역시 뭔가 배울 점이 있지 않을까.

오웰이 본 파리와 런던 두 도시의 차이

이 작품은 파리 편(1-23장)과 런던 편(24-38장) 두 파트로 이뤄져 있다. 자연히 독자는 두 도시를 비교하게 되는데, 파리가 '술酒'과 '과도한 노동'의 도시라면, 런던은 '차茶'와 '빈민 감호'의 도시다. 파리의 노동자들은 일이 끝나면 엄청난 양의 술(와인)을 마셔댐으로써 피로를 푼다. 그런데 런던에는 일자리 자체가 없다. 그래서 많은 가난한 이들이 낮에는 자선단체가 주는 무료 빵과 차를 나눠 마시고 밤에는 부랑자 구호소에 수용된다.

파리에서 화자는 가난과 엄청난 노동에 시달리지만 그래도 자유롭다. 파리는 뜨겁고 열정적이고 활기와 자유가 있는 도시로 묘사된다. 반면 런던은 차갑고 활기 없는 도시, 딱딱한 법칙 위주의 도시로 묘사된다. 예를 들어 런던에서는 부랑자로 보이는 사람은 곧바로 감호소에 집어넣어 버리기 때문에 공원 벤치에 잠깐 앉아 있을 수도 없다. 파리가 '극도로 빈곤한 노동자층'을 생산해서 술과 노동의 연쇄 고리 속에 가둔다면, 런던은 '무기력한 부랑자'를 생산해서 보호소에 가둔다.

한 가지 덧붙이자면 이런 측면도 있다. 파리의 노동자들은 '운만 좋으면 나도 성공할 수 있어!'라는 희망 속에서 장시간 노동을 견디며 살아간다. 이 희망은 비현실적이란 점에서 이들은 스스로를 착취하고 기만하며 살아간다고도 볼 수 있다. 한편 런던의 부랑자들은 마치 개한테 먹이를 던져주듯 이뤄지는 각종 자선에 인간으로서의 존엄을 잃는다. 하는 일도, 사회에 기여하는 바도 없다는 이유로 자선단체와 구호단체들은 먹을 것과 잠자리를 주기 전에 내용 없는 긴 설교 듣기를 요구한다.

둘 중 뭐가 더 나은 것인지는 쉽게 판단할 수 없는 문제겠다. 하지만 오웰이 바라본 프랑스와 영국의 차이는 그 자체로 흥미롭다.

밑바닥 체험을 보편성을 지닌 작품으로 승화시키다

밑바닥 생활을 겪고서 그것을 체험담으로 써낸 오웰의 시선에 대해서도 생각해 볼 점이 있다. 오웰은 자기의 개인 체험을 작품으로 승화시킨 셈인데, 이는 오웰 이후 사회 참여적 성향의 작가들에게 큰 영향을 주었다. 보통 사회 문제를 직접 다룬 작품들은 당대를 넘어선 보편성을 얻기 어려운데 오웰의 글은 시대를 초월한 보편적 호소력을 갖고 있다는 점도 높이 평가될 점이다.

그러나 오웰의 르포르타주 문학은 오웰 자신이 노동자 계층이 아닌 '엘리트 지식인'이라는 점에서 그 한계가 지적되기도 한다. 노동자들, 부랑자들 중의 한 사람이라기보다 한 다리 건너에서 이들의 생활을 관찰하는 '관찰자' 시선을 취하고 있다는 것이다. 그러나 오웰은 보통 이런 소재(빈곤)를 다룰 때 많은 작가가 빠지기 쉬운 함정에 빠지지 않는다. 사회의 근본적 변혁을 촉구하는 등 거창한 이야기를 하지 않는 것이다. 마지막 장에서 오웰은 자신의 글을 "무척 대수롭지 않은 이야기"라 부른다. 이어서 "현재로선 빈곤의 외곽 이상을 본 것 같지는 않다"며 자신의 한계를 인정하고, 빈곤 생활을 통해 느낀 한두 가지 점을 간단히 정리할 뿐이다.

하지만 빈곤에 찌들었던 생활을 통해 확실히 배운 한두 가지 점을 집어 말할 수는 있다. 나는 다시는 모든 부랑자가 술취한 불한당이라고 생각하지 않을 것이고, 거지에게 한 푼 주었을 때 고마워할 거란 기대도 하지 않을 것이며, 일자리를 잃은 사람들이 기력이 없어도 놀라지 않겠고, 구세군에는 헌금을 하지 않겠으며, 또 내 옷을 전당 잡히지 않을 것이고, 전단지를 거절하지 않겠으며, 말끔한 식당에서 식사를 즐기지도 않을 것이다. 이것이 시작이다.

떠돌이와 거지, 그리고 실직자들을 이전과는 다른 시선으로 볼 거라는 것, 그리고 광고 전단지를 거절하지 않겠다는 것. 이 정도가 오웰이 다짐하는 것이다. 시시한 나심처럼도 보이지만 자신의 경험에서 우러나온 정직한 다짐이기도 하다. 아서 케스틀러라는 영국의 한 작가는 이러한 오웰의 면모에서 "지성인의 굴하지 않는 정직함"을 보고 높이 평가한다. 그 같은 정직함으로 시대의 잔인함에 맞설 수 있었다는 것이다. 오웰의 작품들은 작가가 자신의 체험을 과장하면서 그럴듯한 설교나 교훈을 설파하지 않고 솔직담백하게 독자에게 전달하는 것이 결코 쉽지 않은 일임을 일깨운다.

■ 스페인 내전과 조지 오웰

『파리와 런던의 따라지 인생』 마지막 문장에서 오웰은 "이것이 시작이다."라고 다짐하는데, 이 데뷔작이 정말로 오웰이 이후에 써내는 작품들의 '시작점'이 된다는 점에서 흥미롭다.

오웰은 사회적·정치적 문제에 맞서 어디까지나 자신의 직접적인 체험에 바탕을 두고 작품을 썼다. 그는 처음에는 개인적인 체험을 반영한 작품들을 쓰다가 나중에는 작품 속에 사회적, 정치적인 메시지를 본격적으로 담기 시작한다. 20세기 최고의 정치 풍자 소설로 꼽히는 『동물농장』, 세계 3대 디스토피아 소설로 꼽히는 『1984』가 그 작품들인데, 이 작품들에서 오웰이 경고한 전체주의의 위험성은 오늘날까지도 유효한 것으로 여겨지고 있다.

오웰의 작품이 달라지게 된 계기는 스페인 내전(1936-1939) 참전이다. 이 전쟁에 의용군으로 참전한 오웰은 독재자 프랑코와 나치 독일의 만행뿐 아니라 의용군의 내막, 공산당의 배신 등을 겪으며 인간의 나약함과 권력의 속성에 대해 깊이 고민하게 된다. 이러한 고민이 권력 비판 의식을 담은 『동물농장』과 『1984』의 창작으로 이어졌다고 할 수 있다.

스페인 내전은 현대사에 큰 상처를 남겼지만 조지 오웰을 비롯한 많은 예술가가 이 상처를 기록했다. 헤밍웨이의 소설 『누구를 위하여 종을 울리나』, 피카소의 걸작 〈게르니카〉, 종군 사진 기자 로버트 카파의 사진 〈어느 인민 전선파 병사의 죽음〉이 대표적이다.

넷째 장.

읽는 행복

읽는다는 것

———

의미

21

안나의 기차 안 책 읽기
: 『안나 카레니나』 레프 톨스토이

안나는 책을 읽었고 이해도 했지만 읽는다는 것이 불쾌했다

[…] 다른 두 부인은 안나에게 말을 걸기 시작했다. 뚱뚱한 노부인은 다리를 감싸면서 열차의 난방에 대해 잔소리를 늘어놓았다. 안나는 부인들의 말에 서너 마디 응수해 주었지만 얘기가 재미있을 것 같지 않아 안누쉬카에게 독서등을 꺼내도록 부탁하여 그것을 좌석 팔걸이에 걸어놓고는 손가방에서 페이퍼나이프와 영국 소설책을 꺼냈다. 처음 얼마 동안은 읽을 수가 없었다. 주위의 혼잡과 사람들의 말소리가 방

해를 했으며, 이윽고 기차가 움직이기 시작했을 때는 그 소리에 마음을 빼앗기지 않을 수 없었다. 그다음에는 왼쪽 창문을 두드리며 창틀에 쌓이는 눈송이, 방한구를 뒤집어쓴 채 몸 한쪽 면이 온통 눈에 덮인 채 지나가는 차장의 모습, 밖에 눈보라가 참 무섭게 몰아친다는 사람들의 얘기 소리, 이러한 것들이 그녀의 주의를 산만하게 했다. 그러나 그다음부터는 똑같은 것의 연속이었다. 뭔가를 두드리는 것 같은 소리를 내는 기차의 진동, 창문을 두드리는 눈, 뜨겁다가 식었다가 다시 뜨거워졌다 하는 증기열의 변화, 어둑함 속에서 아른거리는 똑같은 얼굴들과 똑같은 목소리들. 그래서 안나는 책을 읽기 시작했고 읽은 것이 머릿속에 들어오기 시작했다. […] 안나 아르카디예브나는 책을 읽었고 내용도 이해했지만 읽는다는 것, 즉 책에 쓰인 타인의 삶의 반영을 뒤따라간다는 것이 불쾌했다. 그녀 자신의 삶을 살고 싶은 마음이 너무 간절했다. 소설의 여주인공이 환자를 간호하고 있는 부분을 읽을 때는 자기도 조용한 발걸음으로 병실 안을 걷고 싶은 욕구에 시달렸고, 의회 의원이 연설을 하고 있는 장면을 읽을 때면 자기도 연설을 하고 싶어졌다. 또 레이디 메리가 말에 올라타 사냥을 하며 시누이를 약 올리고 그 대담함으로 좌중을 놀라게 하는 대목을 읽을 때면 자기도 그렇게 해보고 싶었다. 그러나 아무것도 할 수 없었으므로 그녀는 조그만

손으로 매끈한 페이퍼나이프를 만지작거리며 책을 읽으려고 애썼다.

—『안나 카레니나』 1부 29장

책을 읽는 책 속 인물들

읽은 책을 다시 읽게 될 때가 있다. 찾아볼 게 있어서 일부러 볼 때도 있지만, 좋아하는 책 같은 경우에는 괜히 꺼내 들고 여기저기 뒤적이기도 한다. 다시 읽기의 즐거움이다. 우리는 좋아하는 노래를 몇백 번이고 다시 듣는다. 한 서른 권, 마흔 권 되는 분량의 만화를 다시 볼 때도 있다. 누가 시키지 않아도 기꺼이 그렇게 한다. 그런데 책, 특히 고전의 반열에 오른 세계문학은 다시 보는 경우가 드문 것 같다. 왜일까? 노래나 만화, 영화는 기꺼이 다시 보고 듣는데, 왜 문학 작품 다시 읽기는 고역처럼 여겨지는 걸까? 생각해 볼 문제다.

다시 읽기의 묘미는 역시 처음에 읽을 때는 눈에 들어오지 않았던 디테일들이 눈에 들어온다는 것이다. 특히 분량이 긴 장편 같은 경우 처음 읽을 때는 줄거리나 인물 간 관계, 감정선을 파악하느라 바빠 디테일들을 많이 놓치게 된다.

한 번은 『안나 카레니나』를 뒤적이다 위 인용 대목이 눈에 딱 들어왔다. 안나가 기차 안에서 소설을 읽는 대목인데, 지하철에서 책을 읽을 때가 종종 있는 우리로서는 관심을 가져볼 만한 대목이다. 특히 흥미로운 점은 안나가 소설에 잘 집중을 못하고 있다는 것이다. 책을 못 읽는 책 속 주인공이라니. 재미있다. 더구나 책 읽기를 불쾌해하고 있다니, 아이러니하다. 평소 책 읽기를 막막해하는 나 같은 독자의 입장에서는 반갑고 공감이 가는 대목이기도 하다.

개인적으로 소설 속 등장인물들이 무슨 책을 어떤 태도로 읽는지에 대해 관심이 많은 편이다. 그래서 소설 속 인물이 책을 읽는 대목이 나오면 꼭 표시해둔다. 릴케의 『말테의 수기』에 묘사된 가정교사의 독서 장면, 나쓰메 소세키가 『산시로』 첫머리에 제시해둔 산시로의 독서 장면이 대표적인데, 이렇게 소설 속 책 읽는 장면에 관심을 갖는 이유는 평소 책을 읽는다는 행위에 대해 고민이 많기 때문이다. "책은 꼭 읽어야 할까?" "책은 우리 삶에 도움이 될까?" "아니 그게 꼭 '도움'일 필요는 없겠지만… 그렇더라도 책은 우리 삶에 어떤 식으로든 개입하는 게 아닐까? 그렇다면 대체 어떤 식으로?" 음, 생각해봤자 답 안 나오는 질문들은 잠시 내버려두고 안나의 독서 장면을 살펴보기로 하자.

안나는 책 읽기를 불쾌해한다. 책 속 인물의 생활을 뒤따라간다는 느낌이 불쾌하다며 '무엇이든 직접 체험하고 싶다'는 마음을 드러낸다. 이것 참 흥미롭지 않은가? 책 읽기는 종종 우리를 불쾌하게 한다! 여러분도 이런 불쾌함을 느껴본 적이 있는지 모르겠다. 내 경우에는 주인공이 여러 모험을 하고 위기를 극복해나가면서, 또는 정신적 각성을 통해 한 단계 한 단계 성장해나가는 줄거리의 영화나 만화를 볼 때 안나가 느낀 것과 비슷한 불쾌함을 느낀다. "나는 방구석에서 책이나 읽고 있는데, 저놈은…!" 대략 이런 심정이다. 책 속 주인공이 다양한 모험을 하고, 많은 사람들과 부딪치고, 드라마틱한 경험을 하면서 한 걸음 한 걸음 성장, 발전해나가는 게 부러운 것이다. 하지만 이러한 부러움은 아이러니하다. 결국 책 속 인물의 책 속 경험이기 때문이다. 독자가 읽기 전엔 의미를 가질 수 없는.

안나가 읽고 있는 '영국 소설책'은 누구의 무슨 소설일까? 제인 오스틴? 월터 스콧? 아니, 그전에 왜 하필 러시아 소설이 아니고 영국 소설일까? 당시(『안나 카레니나』의 시간적 배경은 1860년대이다), 러시아의 교양 독자층은 러시아 자국 소설보다는 영국 소설들을 더 애독했던 것일까? 갑자기 이런 것들이 궁금해지지만 톨스토이는 안나가 읽고 있는 소설의 상세 정보를 제공하지 않는다. ('레이디 메리'라는 단서가 있어 구글링을 해봤지만 그것만으론 찾을 수 없었다.) 어쩌면 세계문학사에 이름을 남기지 못한, 당대의 그렇고 그런 대중 소설 중 하나일 수도 있다. 여행 중에는 아무래도 가벼운 소설이 제격일 테니까.

기차 안에서 책 읽기

안나가 책을 읽는 장소가 다름 아닌 '기차'라는 사실에 주의를 기울인 독자들이 있을지도 모르겠다. 오늘날에도 기차-지하철은 책을 읽기 좋은 장소 중 하나다. 적어도 독서가들에겐 그렇다. 내가 만나 본 독서가들 중에는 카페보다 오히려 지하철이 더 편하다는 사람들도 있었다. 왜 그럴까? 인용 대목에서 안나가 그러하듯 여행 중에는 딱히 할 수 있는 게 없기 때문에 책을 집중해서 읽을 수 있게 되는 것 같다.

스테디셀러로 꼽히는『철도 여행의 역사』라는 책이 있다. '기차 여행'이 사람들의 의식 변화, 사회의 풍속 변화에 미친 영향을 광범위하게 다룬 책인데, 당연히 '기차에서 책 읽는 습관'에 대해서도 다루고 있다.『철도 여행의 역사』에 따르면 기차에서 책을 읽는 습관은 1830년대에 시작되었고 1850-60년대에 이르러서는 '보편적 풍속'이 된다. 이 시기, 오늘날에도 유명 출판사로 남아 있는 영국의 루틀리지Routledge 출판사와 프랑스의 아셰트Hachette 출판사는 여행 중에 읽기 좋은 소설들로 구성된 '철도 총서'를 내기 시작했고, 여행객들이 책을 편리하게 구입할 수 있도록 '역 서점'을 개설하기도 했다. 나중에는 영국의 펭귄Penguin 출판사가 이 흐름에 가세하여 가격이 저렴한 '페이퍼백' 보급에 한몫을 한다.

책에서 볼프강 쉬벨부쉬는 '철도 여행에 관한 1866년의 의학 회의 자료'를 언급하는데, 이 자료의 필자는 19세기 중후반, 여행 속도가 이전보다 빨라짐에 따라(즉 여행 시간이 단축됨에 따라) 승객들 사이에 '무관심한 태도'가 새로운 관습과 예절로 자리 잡은 사실을 기차 안 책 읽기와 관련된 중요한 풍속적 변화로 지적한다. 시간이 더 오래 걸렸던 예전 여행에서는 동반자와 며칠씩 지내야 할 때도 많아서 함께 이야기를 나눌 때가 많았고 여행이 끝난 후에도 관계가 지속되는 경우가 많았는데, 오늘날(1860년대) 사람들은 목적지에 빨리 도착하는 것만 생각하게 되었다는 것이다. 이러한 여행 조건의 변화에 따라 기차 승객들에게는 독서라는 새로운 습관이 생겨나게 되었다는 얘기다.[*] 이 글 첫머리 인용 대목에서 안나 역시 부인들과 얘기를 나누려다 말고 책을 읽는다.

톨스토이의 기차 안 책 읽기 묘사는 쉬벨부쉬의 건조한 논의를 섬세하고 풍부하게 보완한다. 톨스토이는 기차 안의 상황과 분위기를, 그리고 안나가 느끼는 감각들을 묘사한다. 처음에 안나는 산만한 분위기 때문에 책에 집중하지 못한다. 이때 톨스토이는 기차가 만들어 내는 다양한 자극들을 묘사한다. 기차가 출발할 때 나는 소리, 창문을 두드리는 눈송이, 객실 옆을 지나가는 차장의 모습, 사람들의 이야기 소리 등이다. 이어서 기차가 만들어내는 기계적이고 반복적인 리듬에 주목한다. "그러나 그다음부터는 똑같은 것의 연속이었다." 그 단조로운 리듬 속에서 안나는 책을 읽기 시작한다. 즉 "읽은 것이 머릿속에 들어오기 시작"한다. 별로 중

●　　볼프강 쉬벨부쉬, 『철도 여행의 역사』, 박진희 옮김, 궁리, 2009, 87–92쪽
　　　쉬벨부쉬의 논의는 우리에게 특정 문학 작품의 배경이 언제인지를 알 수 있는 하나의 기준점을 알려준다. 만약 소설 속 인물이 여행 중 책을 읽고 있다면, 그 작품의 시대적 배경은 1800년대 중반 이후라고 판단할 수 있을 것이다.

요하지 않은 대목에서도 톨스토이는 오늘날의 독자도 충분히 공감할 수 있는 묘사를 해두고 있다. 이런 게 바로 거장의 솜씨인가 싶다.

책을 펴놓고 하는 생각들

소설 내적 맥락도 살펴보자. 안나가 기차에서 책을 읽는 시점은 오빠 스테판의 가정불화를 해결하기 위해 모스크바에 왔다가 페테르부르크의 집으로—즉 남편과 아이가 있는 가정으로—돌아가는 시점이다. 그런데 지금 페테르부르크행 기차 안의 안나에겐 모스크바에서 우연히 만난 브론스키라는 남자와의 일이 자꾸 떠오른다. 이런 상황을 고려하면 영국 소설책을 읽으며 느낀 안나의 '불쾌함'이 좀 더 의미심장하게 다가온다. 안나는 지금 브론스키에게 어쩔 수 없는 끌림을 느끼고 있다. 스스로는 부정하고 싶지만 마음에 열정이 불타오르고 있는 것이다. 그러니 영국 소설책 같은 게 읽힐 리가 없다. 그래서 안나는 책을 읽다 말고 자리 머릿속 기억과 인상을 읽고 해석하기 시작한다.

그녀는 마음속으로 모스크바에서 있었던 일들을 모두 떠올려 보았다. 멋지고 즐거운 일들뿐이었다. 그녀는 무도회를 떠올려 보았고, 브론스키와 그의 사랑에 빠진 그의 순종적인 표정을, 그를 대했던 자신의 태도를 모두 떠올려 보았다. 부

끄러워할 일은 아무것도 없었다. 그러나 회상이 이 대목에
오자 갑자기 부끄러운 마음이 강해졌다. 그녀가 브론스키를
떠올린 바로 그 순간 그녀 내면의 어떤 목소리가 "따뜻해, 너
무 따뜻해, 뜨거워!"라고 말하는 것 같았다. '그래, 그게 어
쨌다는 걸까?' 그녀는 자세를 고쳐 앉으며 단호하게 자문했
다. '이게 대체 뭘 의미하는 걸까? 내가 이 일을 똑바로 바라
보는 것을 두려워하고 있는 걸까? 뭐가 어떤데? 정말 나와
그 애송이 같은 사관 사이에 보통 지인들 사이 이상의 특별
한 관계가 존재하거나 존재할 수 있다는 것일까?' 그녀는 비
웃는 듯한 웃음을 띠고 다시 책을 집어 들었다. 하지만 이제
는 읽어도 내용이 머릿속에 조금도 들어오지 않았다. 그녀는
창유리를 페이퍼나이프로 긁어보고, 이어 미끈하고 차가운
유리창 표면에 뺨을 갖다 대었다가 느닷없이 아무 이유도 없
이 기쁨에 사로잡혀 자칫 소리내어 웃을 뻔했다. 그녀는 자
신의 신경이 마치 음을 조절하는 나사에 걸린 악기의 현처럼
팽팽하게 조여지고 있음을 느꼈다.

－1부 29장

한편 이런 생각도 해보게 된다. 안나가 영국 소설책을 읽으며
느낀 '불쾌함'이, 이후 안나의 행동에 어떤 영향을 끼친 것은 아닐
까? 책을 읽으며 안나는 "자신의 삶을 살고 싶은 마음"을 갖게 되

며, 레이디 메리라는 책 속 인물이 대담함으로 사람들을 놀라게 하는 대목을 읽으면서 "자기도 그렇게 해보고 싶은 마음"을 갖게 된다. 이후 소설은 다음과 같이 전개된다. 기차가 중간역에 정차했을 때 안나는 자신을 따라온 브론스키와 잠시 조우하고 그로부터 고백을 듣게 된다. 그리고 열차가 페테르부르크에 도착했을 때 안나는 마중 나온 남편 카레닌을 보고 문득 '어째서 저이의 귀는 저렇게 생겼을까?'라는 생각을 한다. 이전에는 한 번도 해보지 않은 생각이다. 이어서 남편의 얼굴, 특히 "집요하고 지친 듯한 시선"을 보고 "뭔가 불쾌한 감정"을 느낀다.

제목조차 명시되지 않은 '영국 소설책'은 이런 식으로 안나 카레니나의 삶에 개입한 게 아닐까? 안나가 책을 읽으면서 느꼈던 불쾌함은 남편과의 현재 삶에 대한 불쾌함으로 옮겨붙은 것은 아닐까? 한편 이런 생각도 해볼 수 있다. 혹시 안나가 기차 안에서 읽은 책이 적극적이고 대담한 성격의 여주인공이 등장하는 소설이 아니라, 부도덕한 일을 저질렀다 파멸하는 인물이 등장하는 소설이었다면 안나의 삶은 다른 방향으로 전개되지 않았을까?

톨스토이의 오랜 팬인 나보코프는 『러시아 문학 강의』에서 다음과 같이 쓴다. "톨스토이의 산문은 우리의 맥박과 같은 속도를 갖는다. 그의 등장인물들은 우리가 그의 책을 읽고 있는 방 창밖으로 지나가는 사람들과 같은 속도로 팔을 저으며 걸어 다닌다."●

안나가 기차에서 책을 읽는 장면. (영화『안나 카레니나』(1997), 4분 24초부터. 안나가 페이퍼 나이프로 책장을 자르는 모습을 볼 수 있다.) https://youtu.be/352TEL2znks?t=264
(QR코드를 스캔하시면 설명된 영화 장면을 볼 수 있습니다.)

『안나 카레니나』는 인간 심리에 대한 깊이 있는 묘사나 사회에 대한 통찰도 탁월하지만, 독자를 책 속 현실로 끌어들이는 시간 감각이(또한 그를 반영한 문체가) 대단히 뛰어난 소설이기도 하다. 나보코프의 평에서 '산문이 속도를 갖는다'는 표현은 매우 흥미롭다. 왜냐하면 영화와 같은 시각 매체에서는 느낄 수 없는, 문자 매체의 고유한 특성에 대해 생각하게 하기 때문이다.

안나의 책 읽기 장면 역시 우리의 맥박과 같은 속도로 서술되어 있다. 이 장면의 안나는 우리가 지하철이나 기차, 혹은 카페에서 만나는 어떤 독자의 모습이기도 하며, 어쩌면 우리 자신의 모습이기도 하다. 그렇다. 책을 읽을 때 우리는 다른 생각을 하며, (페이퍼나이프로 창을 긁는 등의) 딴짓을 한다. 책을 거울삼아 우리는 우리 자신의 머릿속 기억과 생각을 읽는다.

■ 페이퍼나이프

안나의 책 읽기 장면에서는 독서가의 눈길을 사로잡는 소품이 몇 등장한다. 의자 팔걸이에 걸어놓는 독서등이 있고, 페이퍼나이프라는 것도 있다. 특히 페이퍼나이프는 흥미롭다. 안나는 이

• 블라디미르 나보코프, 『나보코프의 러시아 문학 강의』, 이혜승 옮김. 을유문화사, 2012. 272쪽

걸 자꾸 만지작거리기도 하고, 창에 맺힌 성에를 긁기도 한다. 페이퍼나이프는 주로 편지봉투를 뜯는 데 써서 '레터오프너'라고도 불렸다. (페이퍼나이프로 편지를 개봉하는 장면은 영화에서 종종 볼 수 있다.) 예전에는 제본 방식 때문에 인접한 책장이 붙어 있었는데 이를 자를 때에도 페이퍼나이프가 쓰였다. 페이지를 넘길 때마다 칼로 잘라 열어야 했던 것이다. 불편하기 짝이 없는 방식이지만, 아직 내용을 알지 못하는 부분을 독자가 직접 여는 행위라 생각하면 낭만적으로 여겨지기도 한다.

책장이 붙어 있는 책을 '언컷 페이지uncut pages'라고 한다. 이 경우 책을 읽었는지 여부가 곧바로 드러나는 셈이다. 스콧 피츠제럴드 『위대한 개츠비』를 보면 개츠비의 서재를 방문한 이가 책들을 구경하다 '책장도 자르지 않았다'(즉 책은 많지만 하나도 안 읽었다)며 개츠비를 무시하는 대목이 있다.

한편, 『안나 카레니나』에서 아직 뜯지 않은 영국 소설책의 '언컷 페이지스'는 앞으로 어떻게 전개될지 알 수 없는 안나의 이야기와 겹쳐진다.

22

한 줄의 시구를 얻기까지
:『말테의 수기』라이너 마리아 릴케

젊은 시인 말테가 파리에서 본 것

그래, 이곳으로 사람들은 살기 위해 온다. 하지만 내 생각에
는 이곳에 와서 죽어가는 것 같다.

-『말테의 수기』첫 문장

소설 첫 문장은 종종 작품 전체의 주제를 알려주는 역할을 한
다.『말테의 수기』(1910) 역시 그렇다. 말테는 덴마크 시골에서 당
대 최고의 대도시이자 문화의 중심지인 파리로 상경한 젊은 시인

이다. 이러한 설정은 1900년대 초, 릴케가 조각가 로댕의 전기를 써달라는 부탁을 받고 그의 비서로 잠시 동안 파리에 머문 실제 사실을 반영한 것이기도 하다.

발자크나 에밀 졸라 등 다른 작가들의 소설에서 파리는 '출세와 욕망의 도시'로 등장하지만, 릴케에게 파리는 '죽어가는 이들의 도시'다. 수백 개의 병상이 있는 큰 병원에서 매일 같이 수많은 사람이 죽어가는 상황에 대해 말테는 마치 '죽음이 공장에서 생산되는 것 같다'라고 쓴다. 죽음은 병원에만 있지 않다. 길에서도 사람들은 죽어가고 있다.

밖에 나가 보았다. 여러 병원들을 보았다. 비틀거리다가 천천히 쓰러지는 남자를 보았다. 그 사람 주위로 사람들이 몰려들었다. 그 때문에 그다음은 보지 못했다. 임신한 한 여자를 보았다. 그 여자는 높고 뜨거운 담벼락을 따라 힘겹게 발걸음을 옮기면서 가끔 담벼락을 더듬었다. 마치 담벼락이 아직 그대로 거기 있는지 확인하려는 것 같았다. 물론 벽은 여전히 거기에 있었다. 그 너머엔 뭐가 있지? 나는 지도를 꺼내 살펴보았다. 조산원이었다. 다행이다. 사람들이 그녀의 출산을 도와주겠지. 그렇게 할 수 있을 거다.

이 소설의 상당 부분은 말테가 '거리에서 본 것들'에 대한 이야기다. 말테는 "나는 줄곧 떠돌아다녔다"고, "내가 얼마나 많은 도시와 도시의 장소들과 공동 묘지와 다리와 뒷골목을 누비고 다녔지는 하늘만이 안다"고 말한다. 위 인용에서 그는, 비틀거리다 쓰러지는 사람을 보고 병원 담벼락을 더듬으며 힘겹게 걷는 임산부를 본다.

말테는 자문한다. "그(담벼락) 너머엔 뭐가 있지?" 담벼락에 의해 시야가 막힌 상황에서 '지도'는 말테에게 새로운 시점, 위에서 조망하는 시점을 제공한다. 그러나 지도로 모든 것을 다 알 수 있는 건 아니다. 조망하는 시점에는 한계가 있다. 그것은 낡고 초라한 것, 구석에 존재하는 것은 포착하지 못한다.

지도는 초월적 시점을 제공함으로써 우리에게 방향감각을 갖게 해주고, 우리가 가야 할 곳, 있어야 할 곳을 알려주는 것 같지만, 사실상 보지 못하는 맹점이 있는 셈이다. 말테는 음산한 분위기를 풍기는 어떤 건물을 보게 되는데, 부랑자들이 머무는 간이 숙박소다. 이 장소는 지도에는 표시되어 있지 않다. 이 건물을 말테는 "백내장에 걸려 이상하게 눈이 먼 것 같은 집"이라고 표현한다.

지도가 포착하지 못하는 것이 있다는 사실을 인식할 때 우리는 불안과 혼란에 빠지게 된다. 복잡한 도시에서 길을 찾고 방향 설정을 하려면 지도가 필수다.(처음 간 도심에서, 처음 방문한 큰 건물의 입구에서 우리는 지도나 안내도를 찾는다.) 한편, 비틀거리다 쓰러지는 사람이나 병원 담벼락을 짚으며 힘겹게 발걸음을 옮기는 임산부를 보면서도 말테가 그들에게 개입하지 않고(돕지 않고) 지나칠 수 있는 이유는, 지도에 '병원이 있다'고 표시되어 있기 때문이다. "다행이다. 사람들이 도와주겠지. 그럴 거다." 아이러니하게도 지도는 무관심을 조장한다. 이러한 무관심 속에서 지치고 병든 사람들은 비틀거리며 걷고, 걷다가 쓰러진다.

분간할 수 있는 데까지 분간하며 바라보기

> 골목길 온 사방에서 냄새가 풍기기 시작했다. 냄새를 분간할 수 있는데까지 분간해 보면, 요오드포름과 감자 튀김 기름, 그리고 불안의 냄새가 났다.
>
> － 1단락•

소설 초반, 말테가 맡는 '불안의 냄새'란 바로 이런 도시적 삶의 양태에서 비롯된 것이리라. 릴케는 다른 대목에서 이렇게도 쓴다. "공기의 모든 분자(성분)마다 경악스러운 것이 스며 있다."•• 이와

• 『말테의 수기』는 모두 일흔한 개의 단락으로 되어 있다. 번역 판본에는 물론 원문에도 몇 번째 단락인지 표시되어 있지는 않지만(간혹 표시된 판본도 있다), 이 글에서는 그를 표시해 둔다. 인용 대목이 작품 어디쯤 나오는지 짐작하는 데 도움이 될 것이다. 『말테의 수기』를 자세히 읽기를 원한다면 단락을 표시해가며 읽는 것도 좋은 방법일 것이다.

•• 이 문장은 "공기의 모든 요소에 끔찍한 것이 존재한다"로도 번역할 수 있다.

연관되는 것은 도시에서 마주치는 장면과 자극들을 '분간할 수 있는 데까지 분간'해서 바라보겠다는 시인의 태도이다. 아마도 이것이 도시의 경악스러운 것들에 대처하는 시인의 방식이자 태도일 것이다.

『말테의 수기』는 릴케가 20세기 초의 파리를 어떻게 겪었는지, 무엇에 주목했는지를 알려준다. 소설 초반 말테는 반복해서 강조한다. 자신은 보는 법을 배우고 있다고. "나는 보는 법을 배우고 있다. 왜 그런지 까닭은 모르겠지만, 모든 것이 내 안으로 깊이 들어와 보통 때 같으면 멈췄던 곳에 이르러서도 멈추지 않는다."(4단락) 보는 법을 배우고자 하는 것은 사람들을 보지 못하는 상태로 만드는 담벼락과 지도에 대항하는 방식일 것이다. 그런데 그 결과 그는 도시의 경악스러운 것들, 끔찍한 것들을 본다.

그중 인상적인 한 사례는 다음과 같다. 말테는 노트르담 드 샹 거리에서 양손에 얼굴을 파묻고 있는 한 여인과 마주친다. "불쌍한 사람들이 뭔가 생각에 잠겨 있을 땐 방해를 해선 안 된다. 어쩌면 그 사람들의 머리에 무슨 생각이 떠오를 수도 있을 테니"라고 생각하며 화자는 가만히 지나가려 하지만 그때 텅 빈 거리에 자신의 발걸음 소리가 뚜벅뚜벅 울린다. 발소리에 화들짝 놀란 여인이 얼굴을 든다. 이때 말테의 눈에 들어온 광경은 다음과 같다. "(몸을 일으키는) 동작이 어찌나 빠르고 격했던지 그녀의 얼굴은 두 손에 그대로 남아 있었다." 화자는 찢겨 나와 그녀의 손에 놓인, 속이

움푹 파인 얼굴을 본다. "손에서 찢겨져 나온 것을 보지 않고 손만 쳐다보기 위해 말할 수 없이 힘든 노력을 해야 했다. 얼굴의 안쪽을 보는 일은 끔찍했다. 그러나 얼굴이 떨어져 나가 드러난 머리통을 보는 것은 더욱 끔찍한 일이었다."(5단락)

찢겨져 나와 안쪽이 보이는 얼굴과 얼굴이 떨어져 나간 맨머리. 말테는 이 둘을 모두 바라본다. 끔찍한 광경이지만 말테는 '보는 법을 배우겠다'는 자신의 결심을 실천한다. 이 장면에서는 시인의 예민한 감수성보다도 (분간할 수 있는 데까지 분간하려는) 관찰의 태도가 도드라진다. 말테의 이러한 관찰을 통해 독자들 역시 절망이나 비참, 체념 같은 간단한 표현으로 정리할 수 없는 어떤 얼굴들을 떠올리게 된다. 그리고 이는 일종의 연습이 된다. 우리 역시 도시에서 끔찍한 것들과 매일 마주치므로.

하지만 무엇을 위한 연습일까? 꼭 이런 장면을 보는 법을 배워야만 할까? 도시의 뒷골목이란 원래 숱한 불행과 비참으로 가득한 장소이지 않은가? 도시의 광경들을 분간할 수 있는 데까지 분간하며 보겠다는 말테의 문학적 기획은 (우리로선) 감당하기 힘든 것이 아닐까? 우리는 도시의 경악스러운 것들을 얼마만큼이나 우리 내부에 수용할 수 있을까? 우리는 대개 지나치거나 잊는 편을 택한다. 눈에 빤히 보이고 귀에 들리고 느껴지지만 내가 어떻게할 수 없는 일에 대해서 무관심할 것, 못 본 척, 못 들은 척 지나칠 것. 어쩌면 이는 도시생활자가 지켜야 할 가장 기본적인 수칙일 것이다.

한 줄의 시구를 얻기까지

그러나 말테는 보는 자의 태도를 고수한다. 그러는 이유는 아마도 앞서 말한 '불안의 냄새'와 맞서기 위해서일 것이다. 책 속 곳곳에서 그는 보는 법을 배우겠다고 반복해서 다짐하며, 또한 밤새도록 앉아서 글을 쓴다. "많은 도시, 온갖 사람들, 그리고 여러 가지 사물"을 알려고 하고 대화를 나누려 한다. 그는 도시의 뒷골목과 다리와 공동묘지를 떠돌아다니면서, 누구도 눈여겨보지 않는 구석, 예컨대 "거울이나 그림 또는 옷장 뒤쪽의 손이 덜 탄 곳"에 남아 있는, 또는 "찢긴 벽지 조각들 틈"에서 나부끼고 있는 삶이나 "오래전에 생긴 지저분한 얼룩들"에 배어 있는 삶을 알아보고 그것을 묘사한다. 그가 알아본 사물들과 거기에 남은 삶의 흔적들은 그의 내부로 들어와 자리를 잡는다.

무엇보다 그는 이 모든 과정을 "초심자로서 처음부터 다시 배우기"를 두려워하지 않는다. 말테가 이 지난한 과정을 겪음으로써 얻는 것은 무엇일까? 바로 '한 줄의 시구'이다. 그런데 말테는 시는 "감정이 아니라 경험"이라고 말한다. 이 말은 시를, 나아가 문학을 보는 새로운 시각을 제공한다.

하지만 시라는 것은 너무 어린 나이에 쓰면 보잘것없는 것이 되고 만다. 시를 쓰기 위해서는 기다려야 한다. 평생을 두고, 가능한 한 오래 살면서 의미와 달콤함을 모아들여야 한다. 그러면 그 다음 아마 오랜 삶의 맨 마지막에 열 줄 정도의 좋은 시를 쓸 수 있을지 모르겠다. 시라는 것은 사람들이 생각하는 것처럼 감정이 아니기 때문이다. 시는 경험이다. 시한 줄을 쓰기 위해서는 많은 도시를, 온갖 사람들과 사물들을 보아야 하며, 동물들을 알아야만 한다. 새들이 어떤 식으로 나는지 알아야 하며, 아침에 꽃이 필 때 꽃의 몸짓을 알아야 한다.

위 대목(14단락)에서 릴케가 나열하는 삶의 경험들은 총체적이다.(화자는 말테이지만 릴케의 육성이 느껴지는 대목이니 '릴케'라고 쓰자.) 시인은 우선 자연을(새들의 날갯짓과 꽃들의 몸짓을) 알아야 한다. 그런데 자연을 아는 것으로는 충분하지 않다. 시인은 "낯선 고장의 길들과, 예기치 않았던 만남과, 오래전부터 예견했던 이별들, 아직 설명할 수 없는 어린 시절의 날들"에 대해, 또한 "어린 시절 앓았던 병과, 조용하고 적막한 방에서 보낸 날들과, 바닷가에서 맞았던 아침들과, 바다 그 자체와, 여러 바다들과, 별들과 함께 높이 올라가 하늘을 가로질렀던 여행지에서의 밤들"에 대해 생각해 볼 수 있어야 한다. 즉 수많은 삶의 경험들에 대해 생각해 보아야 한다. 하지만 이것으로도 충분하지 않다. 시인은 사랑의 밤들과 산고의 외침과 회복 중인 산모들에 대해서도 떠올려봐야 한다. 그리고 임종을 지킨 경험과 죽은 사람들에 대한 기억도 있어야 한다. 그러나 이것으로도 충분하지 않다. 릴케는 마지막으로 강조한다.

> 그러나 기억이 있는 것만으로는 충분치 않다. 기억이 많아진다면 그것들을 잊을 수 있어야 한다. 그러다가 기억들이 돌아올 때까지 기다릴 큰 인내심을 가져야 한다. 왜냐하면 기억 그 자체로는 아직 시라고 할 수 없기 때문이다. 기억들이 우리 안에서 피가 되고, 시선가 태도가 되고, 이름 없는 것이 되어 더 이상 우리 자신과 분리될 수 없을 때, 그때 비로소 너무나 드문 한순간에 그 기억의 한가운데에서 시구의 첫 단어가 떠오를 수 있는 것이다.

앎에서 경험으로, 생각에서 기억하기로, 그리고 망각으로 또 재기억으로 이어지는 이 과정은 문학 창작의 비밀을 보여주는 듯하다. 종종 문학 작품 읽기는 지식 쌓기나 교양 쌓기로 여겨진다. 차곡차곡 쌓는 축적을 통해 창작이 가능해진다고 믿는 것이다. 오늘날 한 편의 문학 작품은 줄거리와 핵심 주제로 변환·가공되어 유명 강사의 입을 통해 요약·전달되며, 심지어 빅 데이터를 바탕으로 인공지능이 (몇 초 만에) 창작할 수 있는 것으로 여겨지기도 한다.

하지만 릴케는 문학에서는 채움과 축적에 따르는 비움과 기다림이 중요함을 선명하게 강조한다. 중요한 것은 알게 된 것과 경험한 것을 잊는 것이고, 잊은 것이 다시 떠오를 때까지의 기다림이다. 지식과 경험을 곧바로 이용하는 게 아니라 잊어야 하고 다시 떠오를 때까지 기다려야 한다니, 축적과 쓸모의 관점에서 본다면 이만큼 비효율적인 일도 없다. 그러나 잊는 것은 컴퓨터와 인공지능이 못하는 일이기도 하다.(포맷은 할 수 있겠지만 포맷한 것이 시간이 지난 후 자연히 떠오르는 일은 없다.) 글쓰기에 깃든 이러한 '시간성'을 포착하고 음미하는 것이야말로 문학 창작과 감상의 큰 보람이 아닐까 싶다.

『말테의 수기』 읽기

『말테의 수기』는 읽기 쉬운 작품이 아니다. 실은 읽다 말고 자꾸 정신줄을 놓게 되는 작품이다. 소설인지 에세이인지, 도시 관찰기인지 모를 이 작품은 다양한 형식으로 쓰인 일흔한 개의 단락으로 되어 있는데, 파편적이고 단속적이어서 연속성을 만들어가며 읽기가 무척 힘들다. 다루는 인물이나 대상에 대해서도 분명하게 말하는 대신, 마치 독자를 괴롭히려는 듯 최대한 애매모호하게 말한다. 하지만 그럼에도 전체를 관통하는 어떤 일관된 주제 의식, 흐름, 방향성, 분위기를 감지할 수 있기도 하다.

분위기로 보자면 이 작품에서 지배적인 것은 불안감과 고독감이다. 이 불안감과 고독감은 많은 독자들이 내용 이해와 무관하게 느낄 수 있다. 따라서 이를 작품 이해의 출발점으로 삼아볼 수 있다.

단순하게 말하면 이 작품은 젊은 시인 말테가 대도시 파리에서 체험하고 느낀 여러 가지 것들(또 그런 도시 체험이 촉발한 어린 시절에 대한 기억들, 읽은 책들 속 인상적인 장면들)에 대한 이야기다. 시인이 쓴 글답게 주관성이, 또 밀도 높은 감각적 심상들이 강조되어 있긴 하지만, 이를 시적 자아의 주관적이고 개인적인 표현으로 받아들이기보다는 한층 보편성을 지닌 이야기로 받아들여 볼 여지도 있다.

왜냐하면 이 작품에서 말테/릴케는 확장된 감각으로 도시를 체험하고 있기 때문이다. 즉 자신의 감각을 활짝 열어놓고 있으며 그 결과 사람들이 일반적으로 도시에서 보는 것과는 다른 광경, 장소들을 본다. 말하자면 우리가 도시에서 '봤지만 안 본 척 지나치는' 광경들을 피하지 않고 보려고 한다. 나아가 그런 광경들을 "제대로 보는 법"을 배우고자 한다. 우리 역시 도시에서 살면서 여러 광경과 마주친다. 하지만 대부분의 경우 감각을 열어놓기보다는 제한하고 차단하는 편을 택한다. 왜 그러는가? 인간이 만들어 낸 도시의 비참한 광경들을 똑바로 보는 것은 너무 힘들기 때문이다. 이런 면에서 말테의 불안감과 고독감을 좀더 가깝게 느껴볼 수 있다.

릴케가 밝히는 시 쓰기 과정

조금 다르게 보면 이 책은 시인 릴케가 자신이 어떻게 시를 쓰는지, 시작詩作 과정, 시 쓰기 메커니즘을 직접적으로 밝히고 있는 글이기도 하다. 시는 어떻게 쓰여지는가. 시의 첫 구절을 쓰기 위해 시인은 어떤 과정들을 거치는가. 확장하면 이는 곧 문학이란 무엇인가, 글쓰기란 무엇인가라는 질문이기도 하다. 릴케가 (말테의 입을 통해) 밝힌 시작 과정이 꼭 좁은 의미의 시 쓰기에만 참고가 되는 것은 아니란 얘기다. 어떤 소설이나 에세이, 심지어 신문 기사나 논문(가령 어떤 사회문제를 두고 오래 관찰하고 고민한 탐사 기사)에서도 우리는 종종 시詩를 발견하곤 한다. 글쓴이의 모든 경험과 감정, 세상을 바라보는 시각이 농축된, 그래서 읽는 독자에게 새로운 세계, 새로운 시각을 열어주는 그런 표현, 그런 문장이 있다. 그런 글은 어떻게 쓰여지는가.『말테의 수기』의 상당 부분은 이 질문에 대한 (꽤 직접적인) 대답이다.

책 앞에서 멍때리기

또한 이 작품은 '읽기'에 대해 근본적으로 다른 시각을 제시해 주기도 한다. (쓰기는 읽기에서 출발한다는 점에서 앞의 주제[쓰기]와도 연관이 있다.)『말테의 수기』는 말테/릴케가 읽은 이런저런 이야기들에 대한 독후감이기도 하다. 그런데 많이 특이한 독후감이다. 말테는 읽은 책 전체를 소개하는 대신 자신에게 깊은 인상을 남긴 일부분에 관해 이야기한다. 예를 들면 '어린 시절 읽은 초록색 책의 두 페이지'에 관해서만 이야기하는 식이다.

'나는 시를 어떤 과정을 통해 쓰는가'와 함께 '나는 어떤 책들을 어떤 방식으로 읽었는가'가 소개되는 셈인데, 『말테의 수기』에는 책을 읽는 장면보다도 책이 펼쳐져 있는 장면이 많이 나온다. 펼쳐진 페이지(그래서 두 페이지)를 오랫동안 들여다보고 있는 장면, 이건 대체 책을 읽는 건지 졸고 있는 건지 알 수 없는 장면이 말이다. 일반적으로는 이런 걸 독서라고 생각하지 않을 것이다. 대부분의 독자라면 책을 그냥 펴놓기만 하고 멍때린 시간은 독서 시간에서 제외할 것이다. 독서를 하겠다고 책상에 앉았는데 한 페이지도 못 넘겼다며 시간을 낭비했다고 푸념할 수도 있다. 그런데 말테/릴케는 자신은 오랫동안 그런 식으로 책을 읽어왔다고 말하며 바로 그런 식의 읽기가 오히려 더 중요할 수 있다고 말한다. 왜 그런가? 왜냐하면 "책에는 쓰여 있지 않지만, 우리에게 꼭 필요한 말들"을 읽을 수 있기 때문이다.

『말테의 수기』의 세 주제와 '죽음'이란 주제

1) 도시 체험 2) 어린 시절 회상 3) 읽은 것과 본 것에 대한 재해

석(새로운 해석)●

『말테의 수기』는 내용상 위의 세 갈래로 분류된다. 이 내용이
일목요연하게 제시되지 않고 이리저리 뒤섞여 있어(몽타주 기법으
로 제시되어 있어) 독자를 혼란스럽게 만든다. 독자는 각각의 대목
들을 조합, 적극적으로 의미망을 만들어 내며 읽어야 한다.

왜 이런 식으로 썼나? 그리고 이런 식의 글쓰기로부터 우리는
무엇을 얻을 수 있나?『말테의 수기』같은 작품을 읽는다는 것은
오늘날 우리의 삶에 무슨 의미가 있나? 여기에 대해서는 독자들
각자의 감상이 다 다를 것이다. 기회가 된다면 들어보고 싶다. 일
단은 릴케가 독자들에게 최대한 적극적인 책 읽기 태도를 요청하
고 있는 건 분명한 것 같다.

그런데 1), 2), 3)의 주제는 결국 '죽음'이란 주제(자신만의 고유
한 죽음을 갖는 문제)로 수렴된다. 말테가 도시에서 보는 것, 제대로
보려고 노력하는 것은 죽음의 장면들이다. 좀 더 정확히 말하자면
'죽음에 가까워지는 존재들'이며 '그들이 처해 있는 상태'다. 이와
관련하여 릴케는 비단 인간뿐만 아니라 개와 파리 등과 같은 동

●　　　텍스트상에서 제시되는 말테가 읽은 것의 사례는 '왕들의 죽음에 대한 이야기', '능
동적으로 사랑하는 여인들에 대한 이야기'가 있다. 그밖에 보고 들은 것으로 '베토
벤의 음악', '입센의 희곡', 파리 클뤼니 박물관에서 보게 된 중세 미술품 〈여인과 일
각수〉 태피스트리', '보쉬와 브뤼헐의 그림' 등이 있다.
　　　말테는 자신이 인상적으로 읽고 본 이러한 예술 작품들에 대해 자신만의 새로운 해
석과 감상을 내놓으려 애쓴다.

물-미물의 죽음은 물론, '무너진 집터'나 '불타버린 저택' 등 사물과 장소들에 대해서도 (이들이 마치 생명을 가진 것처럼 보면서) 죽음에 가까워진 모습을 묘사한다.

한 대목에서 릴케는 "운명이 (마치 침을 뱉은 것처럼) 퉤 하고 뱉어버린 사람들"이란 표현을 쓰기도 한다.(16단락) 여기서는 사람이 담벼락에 묻은 침 자국에 비유된다. 가을 파리의 죽음 묘사 대목도 비슷한 맥락에서 흥미로운데, 릴케가 죽음의 공포를 가만히 생각하는 이 단락(47단락)에서 사람의 죽음(나폴리 전차 안에서 목격한 소녀의 죽음)은 개의 죽음, 파리의 죽음과 나란히 열거되고 있다.(47단락) 모두 각자의 방식으로 죽음을(죽음의 공포를) 느끼는 것이다. 릴케는 인간의 죽음을 특권화하지 않으려 한다. 이처럼 삶과 죽음에 대한 릴케의 사유는 비인간, 사물, 장소에까지 확장되어 있다.

독자는 말테의 눈을 따라 파리의 거리에서 '얼굴이 뜯겨져 나간 여인'(5단락)을, '루브르에서 몸을 녹이는 하층민들'을, '꽃양배추 수레를 끄는 장님 행상'(18단락)을 보게 된다. 그런가 하면 '내부의 경련 때문에 껑충대는 남자'(21단락)를 한동안 따라가게 되기도 한다. '무너져 벽만 남은 집터(그리고 무너진 상황에서도 거기 남아 있는 끈질긴 삶)'에 대한 묘사도 있다.(18단락) 한편, 병원에서는 '반신불수가 된 환자의 옆얼굴'(19단락)을 보기도 하는데, 이는 말테가 어린 시절에 '뭔가 큰 것'(커다란 것, 무시무시한 것)의 존재를 느꼈던 기억을 생생하게 되살리기도 한다.

19번째 단락에서 말테가 느낀, 애매하게만 표현된 '뭔가 큰 것'의 존재는 대체 무엇일까. 이후 '뭔가 큰 것'은 '가슴 깊은 곳에 도사리고 있는 것'(20단락)으로 또는 '공기의 분자마다 스며 있는 경악스러운 것(끔찍한 것)'(23단락)으로 표현되기도 한다. 무슨 의미인지를 정확히 알 수 없는 애매한 표현들이다. 그러나 애매하게 쓴 이유는, 한편으론 그렇게밖에 쓸 수 없어서일 것이고 다른 한편으론 독자를 위해 해석의 여지를 널찍이 열어두기 위해서일 것이다. 어쨌든 전후의 서술들로 미루어, '뭔가 큰 것/경악스러운 것'은 '죽음(내지 질병)에 대한 불안'으로 또는 '고유성을 잃는 것(= 얼굴을 잃는 것)에 대한 불안'을 의미하는 것으로 보인다.

이후에는 어린 시절의 이야기가 펼쳐진다.(28-36단락.) 큰 줄거리로 보면 말테가 열병에 걸렸다가 회복하기까지의 이야기다. 이 단락들에서는 엄마와 나눈 (죽은 이모) 잉에보르크에 대한 이야기(그리고 이 이야기가 상기하게 한 '손 이야기'), 엄마와 할머니의 죽음, 옷장에서 다양한 의상들을 꺼내 입고 거울에 비춰봤던 이야기, 꼬마 사촌 에리크와 크리스티네 브라에의 초상화를 찾아다닌 이야기가 포함되어 있다. 이 대목에서는 '거울'이 중요한 상징으로 등장한다.

이처럼 중후반으로 갈수록 1)의 주제, 즉 '도시에서 말테가 본 죽음의 모습들'은 2)의 주제인 '어린 시절의 추억'과 점점 긴밀하게 연결된다. 어린 시절의 추억 역시 대부분 죽음의 장면들이다. 할아버지 크리스토프 데틀레프 브리게의 죽음(8단락)부터 시작해서, 어머니의 죽음(33단락), 할머니의 죽음(36단락), 아버지의 죽음(45단락) 등이 다뤄진다.

그런가 하면 크리스티네 브라에, 잉게보르크 등 이미 죽은 이들(친척들)에 관한 이야기도 있다. 이들은 마치 유령처럼 나타나는데, 그래서 이 대목들은 고딕 소설의 유령 이야기처럼도 읽힌다. 릴케가 이들을 처음에는 산 사람처럼 묘사하다가 뒤에 가서 유령적 존재인 것을 독자가 깨닫게 되는 식으로 서술한 것—그래서 독자를 모호성 속으로 끌어들이는 것—이 흥미롭기도 하다.

이 이야기들은 삶과 죽음의 경계(혹은 존재와 비존재)를 뚜렷이 나누는 게 가능하냐는 릴케의 고민을 느낄 수 있는 대목들이기도 하다. 이 이야기들에서 중요한 건 유령적 존재의 실재 여부가 아니라, 산 사람들은 죽은 사람의 존재를(혹은 죽음의 존재를) 계속 느끼고 있고 그들의 영향을 받고 있다는 것이다.(작품을 보면 심지어 개도 유령의 존재와 죽음의 기미를 느낀다.) 그래서 독자는 '사람(존재)이 죽으면 완전히 사라지는 것인가?', '산 사람들은 죽은 사람들과 완전히 무관한가?', 곧 '삶은 죽음과 무관한가'라는 질문들을 던지게 된다. 이와 관련해서 릴케의 대답은 분명하다. 삶은 죽음과 무관하지 않다. 삶은 죽음의 영향을 받는다.

왕들은 죽고 여인들은 사랑한다

『말테의 수기』는 '여인과 일각수' 태피스트리 묘사 단락(38단락)을 기준으로 전반부와 후반부로 나뉘는데, 후반부에는 3)의 주제 즉 '읽은 것들에 대한 재해석'에 해당하는 대목이 상당히 많다. 말테가 읽고 재해석하는 이야기의 종류는 크게 두 가지로 분류할 수 있다. 하나는 '왕(대공, 교황 등 권력자)들이 맞은 죽음에 관한 이야기', 다른 하나는 '사랑하는 여인들에 관한 이야기'이다. 전자는 '고유한 죽음'(각자 자신의 죽음을 갖는 것) 테마에, 후자는 '능동적인 사랑' 테마에 해당한다.

태피스트리 묘사 단락에 이어 태피스트리를 감상하고 스케치하는 여인들에 관한 이야기가 이어지는데(39단락), 이를 기점으로 후반부에는 여인들에 관한 이야기가 많이 나오는 것도 특징적이다. 이들은 사랑할 줄 아는 여인들, 사랑에 모든 것을 쏟아붓는 여인들, 책 속 표현에 따르면 "수 세기에 걸쳐 완전한 사랑을 실천해 온 여인들"이다. 릴케는 여인들의 사랑의 대상을 비단 이성, 사람에 한정하지 않고 예술 작품으로 확장하고자 한다. 우리도 종종 어떤 탁월한 예술 작품이나 퍼포먼스를 좋아하게 되면 거기에 우리의 모든 역량과 시간을 쏟아붓곤 하지 않나.(요즘은 이를 '덕질'이라고도 부른다.) 릴케가 강조하고자 하는 건 자신의 모든 것을 쏟아붓는 사랑의 태도다.

사실 우리가 중세 유럽사를 잘 모르는 만큼 말테가 자신이 인상적으로 읽었다며 들려주는 '왕과 여인들의 이야기'는 상당히 어렵고 낯설게 다가오기도 한다. 하지만 요약하면 이렇다. 왕들은 죽고, 여인들은 사랑한다. 이러한 대비로 후반부를 읽어볼 수 있다.

좀 구체적으로 들어가 보면 왕들은 자신의 얼굴을 잃은 채 고독하게 죽는다. 굉장히 깊은 인상을 남기는 이야기로 가면을 쓴(황제 후계자를 자처한) '러시아의 오트레피오프 이야기', 그리고 얼어붙은 땅에 얼굴을 처박고 죽었는데 시체 확인을 위해 몸을 뒤집으니 얼굴이 뜯겨져 나갔다는 '칼 대공(부르고뉴 대공)의 이야기'●가 있다.(54-55단락)

왕들은 스스로를 존경받고, 칭송받고, 사랑받는 위치, 즉 높은 위치에 올려놓고자 한 사람들이다. 고정되고 안정적인 높은 위치(지위)에 올라가 그 위치에 머물고자 한 사람들인 것이다. 하지만 그 결과는 아이러니하게도 자신의 얼굴(정체성)의 상실이다. 최후를 맞기 전부터도 그들은 언제 가면이 벗겨질지 모른다는 불안감, 언제 패배의 나락으로 떨어질지 모른다는 불안감에 시달린 후 결국 죽어서도 가면을 못 벗거나 얼굴을 잃는다.

이러한 왕들의 이야기는 서구 역사 자체이기도 하다. 역사history

●　　이 이야기는 작품 첫머리에 나오는, 말테가 거리에서 양손을 얼굴에 파묻고 있던 한 부랑자 여인을 만난 일화와도 겹쳐진다.

란 알다시피 남성의 이야기였다. 그것도 고귀한 피를 가진(가졌다고 여겨진) 남성들(왕들, 군주들)의 활동 위주로 기술된 이야기였던 것이다.

릴케는 이 작품에서 자꾸 '자기 가문과 혈통이 끝났다'고 선언하는데, 위의 맥락을 염두에 두면 그 이유가 잘 이해된다. 그는 남성-왕들의 이야기에 맞세울 수 있는 여성들의 이야기를 들려준다. 그 사례가 되는 것이 실연의 아픔을 시로 남긴 이탈리아 여성시인 '가스파라 스탐파'의 이야기, 수녀원에서 사랑하는 후작에게 편지를 쓴 '포르투갈 여인 알코포라도'의 이야기, 괴테에게 무수한 짝사랑의 편지들을 보낸 '베티나'의 이야기다.(그리고 이모 아벨로네의 일화도 있다.) 이러한 여성의 이야기들은 지금까지는 잘 말해지지 않은, 적절한 언어와 형식이 없어 비밀에 부쳐져온, 기껏해야 가망 없는 사랑에 헌신하다 고통받은 여인들의 이야기로 해석되고 전해져온 것들이다.

그런데 릴케는 그러한 이야기에서 사랑의 고통이 아니라 여인들의 '계속해서 사랑할 수 있는 힘'을 발견하여 강조한다. 즉 재해석한다. "이들 중에서 끝없는 고난을 견딘 힘찬 사랑의 여인들이 출현하였다. 이들은 남자를 부르면서 남자를 넘어섰고 남자가 돌아오지 않으면 이들은 남자를 넘어서 성장했다."(39단락)

사랑하는 여성들, 수동적으로 사랑을 받는 대신 능동적으로 사랑을 실천하는 여성들의 이름은 66번째 단락에서 쭉 열거되는데, 작품 마지막에 방점을 찍는 인물은 흥미롭게도 고대 그리스 여성 시인인 '사포'이다. 사포를 위시하여 언급된 여성들은 모두 '글 쓰는 여성들'이라는 공통점을 가지고 있기도 하다. 릴케는 지금까지 그들의 글쓰기는 제대로 평가된 적이 없고 시인이라 불린 적도 없다고 쓴다.

그러면서 릴케는 그들의 글쓰기를 (기존의 해석처럼) 한낱 실연의 고통을 토로한 것이나 가망 없는 짝사랑의 감정을 토로한 것이 아닌, "무한한 힘을 가진 것"으로 재해석한다. 이와 같은 릴케의 재해석은 생각해 보면 꽤 흥미롭다. 왜냐하면 전반부에서 우리는 릴케의 시적 야심과 기획의 규모가 대단함을 충분히 엿볼 수 있었는데, 그런 릴케가 자신의 시 쓰기의 롤모델로 기존의 위대한 남성 시인들이 아닌 (역사 속에서 시인이라고 불린 적도 없는) 여성들을 호명하며 따르겠다고 말하는 것이기도 하기 때문이다.

23

책 읽기가 우리에게 줄 수 있는 것
: 「책은 어떻게 읽어야 할까?」 버지니아 울프
: 『산시로』, 『도련님』 나쓰메 소세키

보통의 독자, 버지니아 울프

책이 줄 수 있는 것을 책에게 요구하는 사람은 별로 없어요.
대개 우리는 흐릿하고 산만한 마음으로 책을 접하며, 소설이
진실하기를, 시는 거짓이기를 요구하고, 전기는 아첨이기를,
역사는 우리의 편견을 강화시키기를 요구하죠.

책을 읽을 때 이런 모든 선입견을 없앨 수 있다면 아주 훌륭
한 시작이 될 거예요. 작가에게 이래라저래라 지시하지 말고
그 자신이 되도록 노력해 보세요. 작가의 동료나 공모자가

되어보는 거죠. 처음부터 물러나 앉아 뒷짐지고 비판부터 한다면, 지금 읽는 책에서 얻을 수 있는 최대한의 가치를 얻지 못하게 됩니다.

– 버지니아 울프, 「책은 어떻게 읽어야 할까?」

버지니아 울프는 글쓰기 경력을 서평 쓰기로 시작했다. 스무 살 무렵부터 여러 신문과 잡지에 서평을 실었는데, 평생 기고한 서평과 산문들을 합치면 600여 편에 달한다고 한다. 뿐만 아니라 일기에서도 책에 대한 감상을 자주 찾아볼 수 있는데, 독자 입장에서는 울프의 독서 기록들을 통해 책에 대한 정보나 독서에 대한 여러 힌트를 얻을 수 있어 반갑다.

울프의 서평을 읽어보면 폭넓은 독서, 새로운 시각, 정확한 논리에 감탄하게 된다. 거기서 끝이 아니다. 정말 감탄하게 되는 부분은 책을 대하는 그의 태도다. 결론부터 말하면 울프는 전문가가 아닌 '보통의 독자'로서 책을 대한다.● 자신의 독서량이나 해박한

● 　1932년, 버지니아 울프는 그간 잡지에 기고했던 글들을 묶어 산문집 두 권을 출간하는데 여기에 『보통의 독자common reader』라는 제목을 붙였다.('일반 독자'로도 번역된다.) 본문에서 다룬 에세이 「책은 어떻게 읽어야 할까?How Should One Read a Book?」는 『보통의 독자』 2편에 실렸다.
　'보통의 독자'는 울프가 내세운 일종의 페르소나라 할 수 있다. 이 독자는 전문 교육을 받지 않아 책에 대해 전문적인 관점을 갖고 있지 않은, 성격이 꽤 급한, 그러나 자신의 즐거움을 위해 책을 읽는 독자다. 즉 보통의 독자는 '즐거움'을 찾아 책을 읽기 때문에 책에서 얻은 지식을 자랑하거나 과시하지 않는다. 대신 자기 자신을 창조하겠다는 본능이 그를 독서로 이끈다.

지식, 날카로운 통찰을 자랑하는 게 아니라 책과 작가를 앞세운다. 즉 '자기'가 아니라 책이 우리에게 줄 수 있는 것, 책의 저자가 우리에게 전하고자 하는 것을 앞세운다.

「책은 어떻게 읽어야 할까?」에서 울프가 정리하는 독서의 단계는 다음과 같다. 독서의 첫 단계에서 책은 '친구'다. 친구 사이는 무한한 공감을 보일 수 있는 관계다. 즉 "열린 마음으로 책이 선사하는 수많은 인상을 받아들이는 것"이 독서의 첫 단계라고 울프는 말한다. 하지만 어떤 책들은 1, 2년 지나면 생명력을 잃고 부서지고 만다. 때문에 어떤 책이 가치 있는 책인지 판단하고 비교하는 게 필요하다. 이게 독서의 두 번째 단계다. 이 단계에서 독자는 책을 마구잡이로 읽는 대신 좀 더 생각을 하게 된다. 작가의 친구가 아니라 그를 판단하는 '엄정한 심판관'이 되는 것이다. 이 과정을 거치면서 취향이 성숙해지고 안목이 생긴다.

물론 책의 가치를 판단하는 일, 안목을 갖추는 일은 지극히 어렵다고 울프는 덧붙인다. 상상력과 통찰력, 지식이 모두 필요한 일이고 그 모두를 갖춘 독자는 드물기 때문이다. "아무리 자신감이 넘치는 사람이라도 자신이 그러한 능력의 씨앗 이상은 갖고 있지 않다"고 울프는 말한다. 다행히 독자는 혼자가 아니다. "예술로서의 문학에 대해 우리에게 가르침을 줄 수 있는 아주 귀한 (선배) 작가들에게 도움을 요청"할 수 있다. 이 귀한 작가·비평가들은 놀랄 만큼 적절한 말들로 "뿌연 머릿속으로 어수선하게 쏟아지는 모호한 생각을 분명히 밝혀주고 구체화"해준다. 그러나 이들이 도움이 되는 건, 우리가 독서의 과정에서 스스로 떠올린 질문들과 의견들을 갖고서 이들을 찾을 때이다. 우리의 질문과 의견, 판단으로 위대한 선배 독자들(비평가들)과 치열한 대결을 벌여야 하는 것이다. 치열한 대결을 거친 후, 그들의 판결이 우리를 승복시킬 때에야 비로소 그들의 판단을 제대로 이해할 수 있다고 울프는 말한다.

그런데 가치 있는 책을 알아보고 판단하는 일과는 별도로 울프가 강조하는 건 '나만의 취향'이다. 각각의 독자에겐 "이건 정말 싫어. 이건 정말 좋아."라고 속삭이는 내면의 악마가 있다. 곧 취향(호불호)인데, 개인의 취향은 3자의 개입 즉 조언이나 가르침을 참을 수 없어 한다. 울프는 취향을 훈련할 필요를 역설하기도 하지만, 다른 한편 자신만의 취향을 쉽게 버려선 안 된다고 이야기한다. 물론 설익은 취향으로 인해 "참담한 결과가 나오고 우리의 판단이 틀릴" 수도 있다. 그러나 우리의 취향은, 즉 독서를 하는 동안 "우리의 온몸을 휩쓸고 지나가는 감각 신경의 반응"은 "우리의 길을 밝혀주는 불빛"이다.

책이 우리에게 줄 수 있는 것

'책이 줄 수 있는 것을 요구하라'는 울프의 말로 돌아가 보자. 문학은 우리에게 무엇을 줄 수 있는가? 우리는 문학 작품 읽기를 통해 무엇을 얻고자 하는가? 그것은 지식·교양 측면의 만족감일 수도 있고, 현실 도피의 즐거움일 수도 있으며, 때론 (책을 안 읽는) 남들보다는 내가 더 낫다는 허영심일 수도 있다.

'고전' 또는 '걸작' 읽기를 원하는 많은 이들은, 그 책들을 통해 이전보다 더 나은 삶, 더 발전된 삶, 더 깨인 삶, 더 주체적이고 자유로운 삶을 사는 법을 알게 되길 바란다. 문학 읽기가 우리에게 그런 것을 선사해 줄 수 있을까? 그런데 질문에 답하기 전에, 곰곰 생각해 보면 이 모두는 '나 자신'을 향한다. 내 삶이 중심인 것이다. 우리의 독서에는 언제나 '나'로 수렴되는, 마치 중력과도 같은 거스를 수 없는 어떤 방향성-힘이 있다.

물론 우리가 원할 경우 책 읽기는 위에서 언급한 것들을 기꺼이 선사하기도 한다. 하지만 독서가 나 자신의 필요나 결여를 채우기 위한 수단인 것만은 아니다. 우리가 자신의 필요를 채워줄 것을 책에게 요구할 때, 작품은 '콘텐츠'가 되어 버린다. 즐거워서 읽는 게 아니라 이 시대에 필수적이라는 지식 획득과 교양 함양을 위해 꾸역꾸역 섭취해야 할 내용물이 되는 것이다. 작품이 콘텐츠가 되면 독자도 달라진다. 독자는 무엇이 되는가? '콘텐츠 소비자'가 된다.

콘텐츠는 책을 빠르고 쉽게 소화, 흡수할 수 있게 가공한 것이다. 마치 쉽고 간편하게, 필요한 영양소만 섭취할 수 있는 편의점 도시락과 같다.(편의점 도시락에는 식사의 전 과정, 준비에서부터 뒷정리 과정까지에 깃든 사회적이고 정서적인 의미가 생략되어 있다.) 오늘날의 지식 교양 콘텐츠들은 '원하는 건 많은데 바쁜' 소비자의 니즈를 최대한 간편히 짧은 시간 안에 충족시키는 것을 목표로 삼는다. 시청자는 잠깐의 강의 또는 인문학적, 과학적 수다를 듣는 것만으로 필독서의 내용과 주제를 습득할 수 있다. 이런 방식으로 지식과 교양이 '차곡차곡 쌓여' 나의 지적, 문화적 자산이 된다(고 생각한다).

하지만 기억할 것은 독서는 금고나 통장에 돈이 쌓이듯 뭔가를 차곡차곡 쌓는 과정이 아니라는 것이다. 이는 직접 책을 읽어보면 알 수 있다. 책을 끝까지 완독해도 작가가 말하고자 하는 게 도대체 뭔지 모르겠고, 핵심을 요약할 수 없음은 물론 뭘 읽었는지조차 기억나지 않는 경우는 생각보다 많다. 나름대로 시간과 노력을 들였으나 아무것도 남지 않은 것 같은 이런 독서 경험을 하고 나면 허탈하고 초조해진다. 그러다 잘 정리된 콘텐츠를 접하고 나면, 작품의 주제 파악과 내용 정리에 보다 유용하고 효율적인 도움을 주는 건 직접 독서가 아니라 콘텐츠라는 생각을 하게 된다.

책을 읽다가 내다본 창문 밖 풍경

그렇다면 군이 시간을 들여 '직접 독서'를 할 필요가 있을까? 일상은 바쁘고 다른 읽을 책들도 많은데? 어차피 잊을 것을 공들여 읽는 것은 시간과 자원의 낭비가 아닐까? 이쯤에서 울프의 말을 들어보자. 책을 '직접 읽는' 행위가 우리에게 줄 수 있는 것과 관련하여 울프는 엉뚱하게 창문 밖 풍경 이야기를 한다.

> 서가 오른편의 창문이 열려 있지 않나요? 책 읽기를 멈추고 눈을 들어 창밖을 내다보는 건 얼마나 즐거운가요! 그럴 때 눈에 들어오는 장면들 […] 독서와는 전혀 무관한 그 무의식적이고 끝없는 움직임이 얼마나 상상을 자극하나요?
>
> — 「책은 어떻게 읽어야 할까?」

> 어떻게 된 일인지 창문이 열려 있었고, 책은 에스칼로니아 울타리와 멀리 펼쳐진 하늘을 배경으로 놓여 있었기 때문에, 내가 읽고 있는 것이 책이 아니라 풍경 위에 놓여 있는 것 같았다. 인쇄되어 엮이고 제본된 것이 아니라 마치 나무와 들판과 더운 여름 하늘이 만들어낸 작품 같았고, 맑은 아침에 사물들의 윤곽을 따라 헤엄치는 공기 같았다.
>
> — 버지니아 울프, 「독서」

바로 이것, 창문 밖 주변 풍경을 내다보게 만드는 것이 책이 우리에게 줄 수 있는 것이다. 책 읽기는 우리에게 주변 세상을 살피게 한다. 창밖 풍경(자연)은 물론 나와 전혀 관련 없는 다른 시대와 다른 나라의 풍속과 감정과 사람들 등 '다른 세계'를 살피게 한다.

소파에 앉아 창밖을 내다보는 울프, 몽크스 하우스에서 찍은 사진, 1942년

책은 그 속으로 파고들면 나에게 유용한 정보와 통찰을 캐낼 수 있는 지식의 보고寶庫 같은 것이 아니다. 내 정신을 살찌우는 양식 같은 것도 아니다. 책은 오히려 우리로 하여금 평소엔 하지 않았던 딴생각을 하게 만드는 촉매다.

우리의 독서 경험을 정직하게 돌아보면, 책 속으로 파고드는 것 자체가 사실상 거의 불가능한 일임을 알 수 있다. 책 읽기는 자꾸만 중단된다. 우리는 읽고 있던 책의 페이지에서 고개를 돌려 다른 곳을 바라보곤 한다. 카페 테이블에 앉아 책을 펴놓고는 있지만 (마치 사진의 울프처럼) 창밖 풍경을, 인테리어 소품을 멍하니 바라볼 때도 많고 다른 생각에 빠질 때가 많다.

그런데 그게 책의 속성이다. 책은 원래 집중이 어려운 매체인 것이다. 옆에 있는 문학책을 집어 들고 아무 페이지나 펼쳐 읽어보면 바로 알 수 있다. 스무 페이지, 아니 열 페이지 이상을 한달음에, 아무 딴짓이나 딴생각을 하지 않고 읽는 건 의외로 쉽지 않다.

이는 스마트폰과 완전히 반대되는 특징이다. 책 읽기는 자꾸만 중단되는 반면, 스마트폰으로 유튜브를 보는 것은 웬만한 의지나 누군가의 간섭 없이는 중단하기 힘들다. 책을 읽을 때의 몰입은 유튜브를 볼 때의 몰입과는 완전히 다르다는 사실을 인식할 필요가 있다. 당장 유튜브를 끊고 그 시간에 책을 읽으라는 얘기가 아니다. 다만 몰입에 있어서 두 매체의 근본적인 차이를 알고 있을 필요가 있다는 얘기다. 무엇보다 유튜브 콘텐츠를 대하듯 책을 대하지 말라는 얘기다. 책은 원래 읽기 힘든 것, 집중하기 힘든 것임을 알고 있을 필요가 있다. 한번 보기 시작하면 '주위를 잊은 채' 한두 시간이 '순삭'되는 유튜브와 달리, 책은 몰입하는 것을 쉽게 허락하지 않으며 자꾸 '주위를 둘러보게' 하며, 딴생각을 하게 한다.

문학 읽기가 우리에게 줄 수 있는 것

다시 한번 물어보자. 책은 우리에게 무엇을 줄 수 있나? 이제 답을 할 수 있을 듯하다. 책은 우리에게 딴짓과 딴생각을 할 시간을 준다. 그걸 할 심적 여유를, 마음의 빈자리를 만들어 준다. 이 같은 독서 경험과 관련하여 나쓰메 소세키의 소설 『산시로』와 『도련님』은 흥미로운 장면들을 다수 선보인다. 울프와 직접 관련은 없지만, 울프의 독서 태도와 상통하는 장면이라 이 두 작품 속의 몇 장면을 소개해 본다.

소설 『산시로』의 초반, 주인공 산시로는 도쿄로 가는 기차 안에서 영국 철학자 프랜시스 베이컨의 책 23페이지를 펼쳐놓고 어젯밤에 있었던 일을 생각한다. 그는 "점잖게 23페이지를 펼치고 구석구석까지 페이지 전체를 훑어"본다. "23페이지를 앞에 두고 어젯밤의 일을 되짚어볼 생각"인 것인데, 하필 23페이지를 펼친 이유는 현재 그의 나이가 23세이기 때문이다. 말하자면 산시로는 베이컨의 철학책을 펴놓고(읽지는 않고) 어젯밤 있었던 일을 생각하며 자신의 스물세 살 인생 전체를 돌아보고 있는 셈이다.

소설 중반, 산시로는 학교 도서관에서 여러 권의 책을 빌려 쌓아두고 읽는다. 한참 책을 읽다 돌아갈 시간이 되어 미처 펼쳐보지 못한 맨 아래의 한 권을 빼서 보니 책의 면지에 가득 쓰인 낙서가 보인다. 누군가 '헤겔이야말로 진정한 철학자'라는 평을 하면서, '현재 일본의 대학에는 무의미한 시험만 있지 (헤겔 시절의) 진지한 진리 탐구 태도는 없다'는 식의 이야기를 써놓았다. 아마 시험 스트레스로 인해 쓴 낙서일 텐데, 산시로는 책보다도 이 낙서에 깊은 인상을 받고 조용히 생각에 잠긴다.

소설 후반에 산시로는 토머스 브라운의 『하이드리오타피아』라는 책을 읽는다.● 아는 대학 강사 선생에게서 '명문名文으로 이름높다'는 추천과 함께 빌린 책이다. 산시로는 길 가운데서 책을 대충 펼치고 마지막 몇 단락을 읽어본다. 그런데 "어디를 보고 명문이라고 하는지 통 알 수가 없다"는 게 산시로의 감상이다. 뒤이은

● 　토머스 브라운Thomas Browne,1605-1682은 17세기 영국의 의사이자 작가다. 『하이드리오타피아』Hydriotaphia,urn buria,1658는 영국 노리치 지방에서 발굴된 로마 점령 시대의 유골단지와 관련하여 고대의 장례 문화, 매장의 형식을 논하면서 작가 자신의 삶과 죽음에 대한 생각을 서술한 일종의 명상 에세이다. '호장론壺葬論' 또는 '유골단지'로도 번역되며 명문으로 이름 높은 책이기도 하다.
　한국에는 전혀 알려져 있지 않은 이 책은 버지니아 울프의 『올랜도』, W.G. 제발트의 『토성의 고리』에서도 언급되는데, 인물이 삶과 죽음 그리고 글쓰기에 대한 깊은 생각에 잠기는 매개 역할을 한다. 소세키의 『산시로』에서도 『하이드리오타피아』는 비슷한 역할을 하는데(이 책을 들고 있을 때 길에서 어느 아이의 장례 행렬을 만난다), 그와 함께 동양의 독자가 '원문의 세계'에 대해 느끼는 거리감이 강조되어 있어 흥미롭다.

감상도 재미있다. "그저 단락 나누는 게 좋지 않고 글자 표기법도 이상하며 이야기를 해나가는 방식이 답답해서 마치 오래된 절을 보는 것 같은 기분이 들었다"는 것이다.

이처럼 우리는 책을 펼쳐놓고 전혀 딴생각을 하기도 하고, 그 딴생각을 여백에 기록해두기도 하며, 책 내용과는 별 상관없는 책의 편집 상태나 표기법, 어렵고 복잡하게 쓰여진 문장들을 보며 체한 것 같은 답답함을 느끼기도 한다. 책 내용의 이해와는 전혀 상관없지만, 책을 읽을 때 우리가 생각하고 느낀 것들임은 분명하다. 그런데 어쩌면 우리 독서 시간의 8할 이상은 이런 딴생각들과 느낌들로 채워져 있지 않을까?

실은 이런 것 또한 소중한 독서 경험일 것이다. 그저 어떤 페이지를 펼쳐놓고 지금까지의 삶을 멍하니 생각해 보는 것, 무거운 철학책에 누군가 휘갈겨 놓은 낙서를 보며 현재 나(우리)의 위치와 모습을 두고 곰곰이 생각에 잠기는 것, 낯선 외국 작가의 쉽게 소화가 안 되는 난해한 문장들을 읽으며 답답함을 느끼는 것.(그 답답함 속에서 낯선, 그러나 고대부터 현대까지 누구나가 깊게 고민했을 주제인 죽음에 대해 잠깐이나마 절실하게 생각해 보는 것.) 이런 것들이 책이 우리에게 줄 수 있는 경험들일 것이다. 책은 우리로 하여금 평소에는 느끼지 못했을 것을 느끼게 한다. 평소라면 하지 않았을 딴생각에 빠지게 한다.

의미보다 정서의 그림자

한편, 위에 언급된 산시로의 독서 경험 중 세 번째 장면을 보면 산시로가 『하이드리오타피아』의 마지막 구절을 두고 "이 한 구절이 주는 의미보다는 그 의미 위에 드리워진 정서의 그림자가 더 반가웠다"고 생각하는 대목이 있다.(『산시로』, 269쪽) 사실 17세기 영국 작가(토머스 브라운)와 20세기 일본 독자(산시로)의 거리는 '명문 감상'을 불가능하게 하기에 충분한 거리나. 오랜 옛날 영국 의사의 책, 그것도 고대 로마의 장례 절차를 서술한 책이 20세기 초 일본의 새내기 대학생에게 무슨 호소력을 발휘할 수 있을까. 설령 열심히 읽고 이해한다 한들 무슨 유용한 게 남을 수 있을까. 하지만 '정서(의 그림자)'는 느낄 수 있다. 번역된 세계문학 작품들을 읽을 때 우리 역시 이 '정서의 그림자'를 느낀다.

고작 정서의 그림자를 느끼는 것 정도로 뭘 할 수 있을까, 라고 반문할 수도 있겠다. 하지만 그렇게 많이 걱정하지 않아도 된다. 우리가 접하는 대부분의 세계문학은 19세기 이후의 작품들인 데다 번역자들의 노력과 축적된 독서 경험 덕에, 토머스 브라운에게 산시로가 느끼는 거리감보다는 훨씬 가깝고 친숙하기 때문이다.

소세키가 쓴 '정서의 그림자'란 표현에서 좀 더 곱씹어볼 점은 원문에 얼마나 가까이 다가가느냐가 중요한 게 아니라는 것이다. 산시로의 독서 태도에서 우리가 배울 수 있는 건 오히려 '먼 거리에서 비롯되는 낯섦'을 있는 그대로 대하는 태도다. 그는 의미 위에 드리워진 정서의 그림자를 '반가워한다.' 이처럼 멀고 막연한 어떤 정서가 반갑게 느껴질 때가 있고, 이 반가움이 한층 깊은 독서와 사색의 출발점이 되기도 한다.

나중에 산시로는 '하이드리오타피아'란 책 제목을 두 번 되뇐다. 의미는 모르는 채 그냥 단어를 발음해 보는 것이다. 다만 그것이 자신이 기억한 외국어 중에서 "가장 길고 또 가장 어려운 단어 가운데 하나"라는 사실을 의식하고, 외우는 데도 꽤 시간이 걸리며, 또 두 번 되풀이하자 걸음이 저절로 느려진다는 사실을 깨닫는다. 이와 같이 우리는 종종 어떤 책이 이해하기 가장 어려운 것들 중 하나라는 것을, 그런 책을 대할 때는 시간이 걸릴 것을 감수해야 하며, 아주 느린 속도로, 천천히 산책하듯 읽어야 한다는 것을 깨닫곤 한다.

> 산시로는 열심히 공부하는 사람이라기보다 오히려 사색에 잠겨 거닐기 좋아하는 사람이라 비교적 책을 읽지 않는다. 그 대신 헤아릴만한 정경과 만나면 몇 번이고 그것을 머릿속에서 새롭게 하며 기뻐한다. 그러는 편이 생명에 깊이가 있는 듯한 기분이 든다.
>
> ─『산시로』

원문의 세계와 독자 사이의 거리. 산시로에게 이는 서구 중심부와 동양 주변부 사이의 거리이기도 하고, 책과 현실 사이의 거리이기도 하며, 죽음과 삶 사이의 거리이기도 하다. 산시로는 그 거리를 섣불리 좁히려 하거나 빨리 목표에 도달하고자 자기 자리를 버리고 원문의 세계로 달음질치지 않는다. 그보다 그 거리를 음미하고, 사색에 잠겨 천천히 거니는 편을 택한다. 정신적 산책이라고 할까. 그렇게 거니는 동안 "몇 번이고 머릿속에서 새롭게 기뻐" 할 수 있는 정경을 책에서 혹은 현실에서 만난다. 이렇게 몇 번이고 새롭게 기뻐할 수 있는 정경을 만나는 것 역시 책 읽기가 예기치 않은 순간 우리에게 선사하는 선물일 것이다.

중요한 편지는 바람에 날려가며 읽기

마지막으로 소개할 소세키 소설 속 장면은 『도련님』의 한 장면이다. 소설 중반, 주인공은 기요 할멈이 보내온 편지를 툇마루에 누워 바람에 날려가며 읽는다.

〔편지를〕 다 읽은 것은 사실이지만 읽는 데 애를 먹어 의미가 이어지지 않아 처음부터 다시 읽어보았다. 방안은 조금 어두워져 읽기가 더 힘들어졌기에 결국 툇마루로 나와 앉아 신중하게 읽었다. 그러자 초가을 바람이 파초 잎을 흔들고 살갗에 부딪치고 돌아가는 길에 읽다 만 편지를 마당 쪽으로 나부끼게 하면서 결국에는 4척尺(약 120cm) 길이나 되는 편지

의 절반이 팔랑거려 손을 놓으면 건너편 산울타리까지 날아
갈 것만 같다.

[…]

내가 툇마루에서 기요의 편지를 팔랑거리며 생각에 잠겨 있
자, 장지문을 열고 [하숙집의] 하기노 할머니가 저녁상을 차
려 왔다.

"아직도 읽고 계신가벼유? 에지간히 긴 편지인갑네유." 하
고 말하자

"예. 중요한 편지라 바람에 날리며 보고, 날리며 보고 있는
중입니다." 하고 스스로도 요령부득인 대답을 하고 상 앞에
앉았다.

—『도련님』

주인공이 읽는 건 편지지만 읽기에 임하는 태도를 보면 '책'으
로 바꿔도 무방하겠다. 울프가 책을 여름 풍경 속에 놓아두었던
것처럼, 도련님은 초가을 바람 속에 나부끼게 놓아둔다. 바람에
나부끼는 편지를 도련님은 읽고 또 읽는다. 처음부터 다시 읽기도
하고, 생각에 잠기기도 한다. 사실 평범한 안부 편지여서 내용은
하나도 어려울 게 없다. 안부 편지를 쓴 기요 할멈은 도련님 집에
서 오래 일한 하녀인데 읽고 쓰기가 능숙하지 못해 글씨가 엉망이
다. 말하자면 글씨를 읽는 것 자체가 힘들어 오래 걸린 것이다.

하지만 도련님은 이게 '중요한 편지'라고 말하며, 실제로도 중요한 글을 읽듯 편지를 읽고 또 읽는다. 어떤 면에선 그렇게 읽을 수밖에 없다. 왜냐하면 이 편지는 초안을 잡는 데 나흘, 깨끗한 글씨로 옮겨 적는 데 이틀이나 걸린 편지이며, 도련님은 그를 짐작하고 있기 때문이다. 말하자면 도련님은 엉망인 글씨에 깃든 시간과 노력을, 쉽지 않은 과정을 거쳐 편지를 썼을 발신자의 상황과 마음을 헤아리며 편지를 읽고 있는 셈이다.

소설 한중간에 편지 읽기 장면을 배치한 건 구성상의 탁월함이다. 도쿄에서 시골의 학교 교사로 부임한 후 도련님은 다양한 일들을 겪었다. 특히 이해관계를 앞세워 사람의 마음을 사려 들고, 편 가르기를 하는 학교 선생들의 이기적이고 속물적인 행태를 겪었다. 툇마루에 누워 바람을 느끼며 자신을 소중히 여기는 사람에게서 온 편지를 바람에 날려가며 오래도록 읽고 또 읽는 시간은 인물이 스스로의 마음을 점검하고 세상과 맞설 힘을 재충전하는 시간이다. 독자 역시 남은 후반을 기대하며 잠시 긴장을 풀 수 있다. 가을의 툇마루를 상상하며 책 속 인물과 함께 초가을 바람을 느끼는 것도 가능하겠다.

앞서 살폈듯, 울프는 책을 읽다가 눈을 들어 창밖을 내다보면 얼마나 즐겁겠느냐고 말한다. 상쾌한 아침나절의 공기나, 나무와 들판과 어우러진 더운 여름날의 하늘을 언급하기도 한다. 울프에게 열린 창문과 바깥 풍경이 있다면 소세키에겐 툇마루와 선선히 불어오는 초가을 바람이 있다.* 책 읽기와 함께 할 때 한층 풍부하게 느낄 수 있는 경험과 감각들이 있다. 책은 독자의 눈앞에도 있지만 동시에 풍경 속에(또 시대 속에) 있다. 우리는 풍경과 책 사이를, 시대와 그 시대 속의 인물을, 우리 외부의 세계와 내면세계를 왔다 갔다 하면서 "책에는 쓰여 있지 않지만 우리에게 꼭 필요한 무언가"를 읽는다.** 이들을 아울러 '독서 경험'이라 부를 수 있을 것이다.

●　　　　창문과 툇마루는 둘 다 안과 밖을 잇는 경계 공간이다.
●●　　　릴케, 『말테의 수기』에 나오는 표현.

참고 도서

*원서와 번역본 모두 표기된 발행 연도는 작품의 최초 발표 연도가 아닌, 저자 소장 판본의 발행 연도다.
*오픈 소스의 경우 웹주소를 표기하였다.

프롤로그

롤랑 바르트, 『문학은 어디로 가고 있는가?』, 유기환 옮김, 강, 1998

진실되고 단호한 박치기

미겔 데 세르반테스, 『돈키호테』, 박철 옮김, 시공사, 2021
　　　　　| 김충식 옮김, 문예출판사, 2021 (살바도르 달리 에디션)
　　　　　| 안영옥 옮김, 열린책들, 2014
Miguel de Cervantes, Don Quixote, trans. John Rutherford, London: Penguin, 2003
　　　　　| trans. John Ormsby, Projcet Gutenberg(전자자료)
　　　　　https://www.gutenberg.org/ebooks/996

권미선, 『돈키호테』, 살림, 2005
안영옥, 『돈키호테를 읽다』, 열린책들, 2016

안나를 대표하는 두 단어, simple과 spirit

레프 톨스토이, 『안나 카레니나』, 박형규 옮김, 문학동네, 2012
　　　　　| 연진희 옮김, 민음사, 2009
　　　　　| 윤새라 옮김, 펭귄클래식, 2011
Leo Tolstoy, Anna Karenina, trans. Richard Pevear and Larissa Volokhonsky, New York: The Penguin Press, 2006
　　　　　| trans. Marian Schwartz, ed. Gary Saul Morson, New Haven, CT: Yale University Press, 2014
　　　　　| trans. Rosamund Bartlett, Oxford: Oxford University Press, 2014
　　　　　| trans. Constance Garnett, Project Gutenberg(전자자료);
　　　　　https://www.gutenberg.org/ebooks/1399

블라디미르 나보코프, 『나보코프의 러시아 문학 강의』, 이혜승 옮김, 을유문화사, 2012

누구라도 어디든 갈 곳이 한 군데는 있어야 한다

표도르 도스토예프스키, 『죄와 벌』, 김희숙 옮김, 을유문화사, 2015

표도르 도스또예프스끼, 『죄와 벌』, 홍대화 옮김, 열린책들, 2002

Fyodor Dostoyevsky, Crime and Punishment, trans. Oliver Ready, London: Penguin Books, 2015

> | trans. Constance Garnett, Project Gutenberg(전자자료);
> https://www.gutenberg.org/ebooks/2554

발자크의 교훈, 속내를 드러내지 말 것

오노레 드 발자크, 『골짜기의 백합』, 정예영 옮김, 을유문화사, 2010

Honoré de Balzac, The Lily of the Valley, trans. Katharine Prescott Wormeley, Project Gutenberg(전자자료); https://www.gutenberg.org/ebooks/1569

아르놀트 하우저, 『문학과 예술의 사회사 4』, 반성완, 백낙청, 염무웅 옮김, 창비, 2016

독서하는 괴물

메리 셸리, 『프랑켄슈타인』, 김선형 옮김, 문학동네, 2014

Mary Shelley, Frankenstein (the 1818 text), ed. J. Paul Hunter, New York: W.W. Norton & Company, 2012

인간의 심연을 관찰하다

에드거 앨런 포, 『에드거 앨런 포 단편선』, 전승희 옮김, 민음사, 2015

Edgar Allen Poe, Selected Tales, ed. David Van Leer, Oxford: Oxford University Press, 2008

위장과 역할놀이를 통해 사랑의 정의를 탐색하다

윌리엄 셰익스피어, 『좋을 대로 하시든지』, 김정환 옮김, 아침이슬, 2010

> | 『좋으실 대로』, 『셰익스피어 전집』, 이상섭 옮김, 문학과지성사, 2016

William Shakespeare, As You Like It, ed. Alan Brissenden, Oxford: Oxford University Press, 2008

스스로를 돌아보는 시선

아쿠타가와 류노스케, 「참마죽」, 『아쿠타가와 류노스케 선집』, 송태욱 옮김, 서커스, 2019

> | 『지옥변 外』, 양윤옥 옮김, 시공사, 2011

芥川龍之介, 『羅生門·鼻』, 東京: 新潮社, 2008

소통을 말하다

안톤 체호프, 「상자 속의 사나이」, 「산딸기」, 『사랑에 관하여 外』, 안지영 옮김, 펭귄클래식, 2013

　　　 | 「상자 속에 든 사나이」, 「구스베리」, 『귀여운 여인 外』, 김규종 옮김, 시공사, 2013

Anton Chekhov, About Love and Other Stories, trans. Rosamund Bartlett, Oxford: Oxford University Press, 2004

권력에 맞서는 카프카적 방식

프란츠 카프카, 「변신」, 『변신·단식광대』, 편영수 · 임홍배 옮김, 창비, 2020

　　　 | 『변신·선고 外』, 김태환 옮김, 을유문화사, 2015

　　　 | 『프란츠 카프카』, 박병덕 옮김, 현대문학, 2020

Franz Kafka, "Metamorphosis" in The Complete Stories of Franz Kafka, ed. Nahum Glatzer, New York: Schocken Books, 1988

엘리아스 카네티, 『카프카의 고독한 방황』, 허창운 옮김, 홍성사, 1982

Elias Canetti, Kafka's Other Trial, trans. Christopher Middleton, New York: Penguin Books, 2012.

테오도르 아도르노, 『프리즘』 홍승용 옮김, 문학동네, 2004

피터 게이, 『모더니즘』, 정주연 옮김, 민음사, 2015

김진영, 『철학자 김진영의 전복적 소설 읽기』, 한겨레출판, 2019

어느 계약직 직장인의 선언, "일을 안 하는 편을 택하겠습니다."

허먼 멜빌, 「필경사 바틀비」, 공진호 옮김, 문학동네, 2014

　　　 | 『필경사 바틀비』, 한기욱 옮김, 창비, 2010

　　　 | 『허먼 멜빌』, 김훈 옮김, 현대문학, 2015

Herman Melville, "Bartleby" in Billy Budd, Sailor and Other Stories, New York: Penguin Books, 1986

한병철, 『피로사회』, 문학과지성사, 2012

삼십 년 만에 만난 구남친과 벌인 대결
사람은 꽃보다 아름다운 걸까

버지니아 울프, 『댈러웨이 부인』, 이태동 옮김, 시공사, 2020

　　　 | 최애리 옮김, 열린책들, 2016

Virginia Woolf, Mrs. Dalloway, London: Penguin, 2000

독서를 통해 획득한 저항의 말들

샬럿 브론테, 『제인 에어』, 조애리 옮김, 을유문화사, 2019

    | 『제인 에어』, 류경희 옮김, 펭귄클래식, 2010

Charlotte Brontë, Jane Eyre (deluxe edition), New York: Penguin Books, 2010

에이드리언 리치, 『우리 죽은 자들이 깨어날 때』, 이주혜 옮김, 바다출판사, 2020

아버지의 질서에 반기를 든 착한 딸들
글쓰기의 새로운 가능성

루이자 메이 올콧, 『작은 아씨들』, 유수아 옮김, 펭귄클래식, 2020

    | 허진 옮김, 열린책들, 2022

Louisa May Alcott, Little Women, ed. Elain Showalter, New York: Penguin Books,
1989

어슐러 르 귄, 「지금 이모랑 낚시하러 가도 돼?」, 모이라 데이비 엮음, 『분노와 애정』,
김하연 옮김, 시대의 창, 2018

Ursula K. Le Guin, "The Fisherman's Daughter", Mother Reader: Essential Writings on
Motherhood, ed. Moyra Davey, New York: Seven Stories Press, 2001

루이자 올콧, 『초월주의의 야생 귀리』, 서정은 옮김, 문학동네, 2014

혁명 속의 개인

찰스 디킨스, 『두 도시 이야기』, 이은정 옮김, 펭귄클래식, 2012

    | 성은애 옮김, 창비, 2014

Charles Dickens, A Tale of Two Cities, London: Penguin Books, 2003

슈테판 츠바이크, 『천재, 광기, 열정 2』, 원당희 옮김, 세창미디어, 2009

노동자의 생활상을 최초로 그리다

에밀 졸라, 『목로주점』, 박명숙 옮김, 문학동네, 2011

    | 유기환 옮김, 열린책들, 2011

Emile Zola, The Drinking Den, trans. Robin Buss, New York: Penguin Classics, 2000

도움을 베풀기엔 장소가 좋지 않다

나쓰메 소세키, 『산시로』, 송태욱 옮김, 현암사, 2014

夏目漱石, 『三四郎』, 東京 : 新潮社, 1986

야나부 아키라, 『프리덤, 어떻게 자유로 번역되었는가』, 김옥희 옮김, AK커뮤니케이

션즈, 2020

나쓰메 소세키『나의 개인주의』, 김정훈 옮김, 책세상, 2004

발터 벤야민『번역자의 과제』, 최성만 옮김, 길, 2008

조지 오웰의 극한 알바

조지 오웰,『동물농장·파리와 런던의 따라지 인생』, 김기혁 옮김, 문학동네, 2013

George Orwell, Down and Out in Paris and London, Oxford: Oxford University Press,
2023

안나의 기차 안 책 읽기

레프 톨스토이,『안나 카레니나』, 박형규 옮김, 문학동네, 2012

볼프강 쉬벨부쉬,『철도 여행의 역사』, 박진희 옮김, 궁리, 2009

한 줄의 시구를 얻기까지

라이너 마리아 릴케,『말테의 수기』, 김재혁 옮김, 펭귄클래식, 2010

　　　　　｜안문영 옮김, 열린책들, 2013

　　　　　｜김용민 옮김, 책세상, 2000

Reiner Maria Rilke, The Notebooks of Malte Laurids Brigge, trans. Robert Vilain,
Oxford: Oxford University Press, 2016

책이 우리에게 줄 수 있는 것

버지니아 울프,「책은 어떻게 읽어야 할까?」,『책 읽기를 정말 좋아하는 사람들 아닌
가』, 정소영 엮고 옮김, 온다프레스, 2021

　　　　,「독서」,『버지니아 울프 독서법』, 정명진 옮김, 부글, 2021

Virginia Woolf, "How Should One Read a Book?", Common Reader (the second series),
ed. Andrew McNeillie, San Diego: Harvest book, 1986

　　　　, "Reading", The Captain's Death Bed and Other Essays, ed. Leonard Woolf, New
York: Harcourt Brace Jovanovich, 1978

나쓰메 소세키,『도련님』, 송태욱 옮김, 현암사, 2014

　　　　,『산시로』, 송태욱 옮김, 현암사, 2014

夏目漱石,『坊っちゃん』, 東京 : 新潮社, 2012

　　　　,『三四郎』, 東京 : 新潮社, 1986

막막한 독서

안나 카레니나에서 버지니아 울프까지, 문학의 빛나는 장면들

ⓒ 시로군 2024

초판 발행 2024년 11월 29일

지은이   시로군
펴낸이   고진
디자인   육일구디자인
마케팅   김학홍
펴낸곳   (주)북루덴스
출판등록   2021년 3월 19일 제2021-000084호
주소   서울시 중구 을지로 새 특 4-2호
전자우편   bookludens@naver.com
전화번호   02-3144-2706

ISBN 979-11-986790-4-8 03800